读者
签约作家
精品选粹

在星空下静坐

李汉荣自选集

李汉荣 ◎ 著

读者出版传媒股份有限公司
甘肃人民出版社

图书在版编目（ＣＩＰ）数据

在星空下静坐：李汉荣自选集 / 李汉荣著. -- 兰
州：甘肃人民出版社，2021.6
　ISBN 978-7-226-05705-6

　Ⅰ．①在… Ⅱ．①李… Ⅲ．①散文集－中国－当代
Ⅳ．①I267

中国版本图书馆CIP数据核字(2021)第103724号

出　版　人：刘永升
总　策　划：刘永升　李树军　宁　恢
项目统筹：高茂林　王　祎　李青立
策划编辑：高茂林
责任编辑：王建华
封面设计：今亮後聲 HOPESOUND
2580590616@qq.com ·核漫　欧阳倩文

在星空下静坐：李汉荣自选集

李汉荣　著

甘肃人民出版社出版发行
（730030　兰州市读者大道 568 号）
北京金特印刷有限责任公司印刷

开本 889 毫米×1194 毫米　1/32　印张 10.75　插页 2　字数 240 千
2021 年 7 月第 1 版　2021 年 7 月第 1 次印刷
印数：1~20 000

ISBN 978-7-226-05705-6　　定价：48.00 元

第 一 辑　　　大 自 然 之 恋

第 二 辑　　　路 上 的 发 现

第 三 辑　　　生 命 中 柔 软 的 部 分

第一辑

大自然之恋

地　气

我们的生命越来越缺少地气了。

从水泥路走到另一条水泥路。从水泥楼走到另一栋水泥楼。到家了，家是什么呢？一个用水泥构筑的巢。

我们听不见蛐蛐和蝈蝈的啼叫。不知道纺织娘是怎么在夜晚纺织它那美丽的梦想。"稻花香里说丰年"，我们只知道诗人是这样说，"听取蛙声一片"的诗人的背影越来越模糊，我们只能"听取电视一片""听取手机一片"或"听取麻将一片"。我们行走的地方和居住的地方很结实也很干净：除了定时清除的垃圾，什么也不生长，包括野草、闲花，包括幻想和诗意，这一切都不生长。

"苔痕上阶绿，草色入帘青"，把这样充满生机和地气的诗句作为对联贴在我们的门前，是莫大的讽刺。苔痕有再大的耐心也不会登上门来造访我们了，草色有再长的腿也走不到我们的帘上。我们有阶，有越来越高的阶，沿着这阶我们向越来越高的荒凉攀缘。我们无帘，我们只有防盗门，用它拒绝窃贼也拒绝阳光和天空的邀请。

不禁羡慕古时的人们，他们或居官舍或住民宅，或客寄驿站，或静处禅房，不过是朴素的土墙瓦舍竹篱茅庐，总能时时与绿色相处，与禽鸟比邻，无处不在的鲜活地气充盈着他们的生活和心性。或许他们有愁苦的时候，但不会或少有绝望的时候：大自然生生不已的活力和层出不穷的风景一次次安顿和安慰了他们。他们活在自然中也活得自然，因而他们活得从容。在从容的生存中，他们发现了天地间浸漫的诗意。

而我们活着必须把自己交给这一堆堆钢筋和水泥。钢筋和水泥保护我们也塑造我们，然后我们也有了钢筋的心肠和水泥的脸。我们居住和行走在钢筋水泥之中，我们也是另一种钢筋水泥。

一切事件和情绪都发生在钢筋水泥之中，又消失在钢筋水泥之中。我们只知道市场行情，知道股市的涨落，知道流行什么连衣裙、歌星和网红，我们不知道诗为何物，彩虹为何物，瀑布为何物，鸟为何物。我们只知道气象台的天气预报，甚至知道未来两周的天气预报，我们不再看天，不再看云，不再看银河数星星，因为市场不在天上，天上没钱也没有可口可乐，伟大的天空是一个巨大的虚无，让天文学家去主管天空吧，我们是钢筋水泥中人，是市场中人。让诗人去数星星吧，我们躲在防盗门里数钱，又安全又实惠。

走到哪里我们也不会留下脚印，更不会留下深深的脚窝。风很快清除了我们的影子和痕迹。僵硬的地板和僵硬的生存，淡漠多情的触摸和柔软的亲吻。没有碧澄的溪水抢拍童年的微笑，没有亲切的檐雨陪伴失眠的心情，没有彩虹临摹初恋的梦境，没有落叶满窗前引发我们美丽而荒凉的联想。坐车出去又坐车返回，除了带回一些货物钞票和一些灰尘，我们什么也没有体验。李白的脚印里盛着原野的春水，倒映着唐朝的天空，明丽又高远。陆游的马蹄敲着强劲的诗韵，蹄窝里秋水映着苍凉的夕阳，古老而纯真。这都是遥远的往事了。我们只顾赶路，没有脚印也没有蹄窝，只溅起一点渺茫的声响。好像在飞行，但我们拒绝了天空；好像在行走，但我们并没有触到地气。上不挨天下不着地，我们是无根的生物。

诗人们在水泥地板上耕种诗的麦田，千万亩稿纸上和海量的网页上荒草疯长而丰收无望，没有地气浸润他们的身心，没有露水灌溉他们的想象，没有星空召唤他们的灵性，以一支尖利的笔、滑溜的鼠标，就能在荒滩上耕种诗的作物？

古人是原生林，强大的地气和充沛的天光笼罩和化育了他们的肉体和灵魂。他们创造的文化也如同苍茫森林里的风涛、瀑布、泉流和幽草，充盈着神性、浩气和灵气。

而我们是盆栽，我们的精神和文化也如同盆栽，多的是机巧和聪明，多的是漂亮的玩意儿和媚俗的杂耍，绝少那种浑然天成、妙合神灵的魂魄和气韵。

文无地气则无味，诗无地气则无韵，人无地气则无情。

或许我们必须与地气沟通，方可复活和壮大我们日渐萎缩的心性和情怀。

有时候，我读诗经读楚辞读唐诗读宋词，开始觉得是在读古书，读着读着就感到是在读古时候的大地山川，是在呼吸那强盛而神秘的地气。

然则，我就靠保存在古书里的地气供养自己？我该怎样吸取更广大的地气，以救助这衰落的生命和心魂？

小　村

　　小村很小。一二十户人家，一个小小的地名：孙家湾。

　　远远近近还有：李家营，张家寨，汪家梁，富家坝，杨家坪，袁家庄，吴家沟，王家坎……

　　这小小地名需轻轻地、抿着嘴叫，才能叫出那小小的味道、小小的意境、小小的风情。如果你大张着嘴吼叫，会吓坏了她，会惊了她的魂儿。不信，你试着大声吼一句：孙家湾！——看是不是没有了孙家湾的味儿？孙家湾飘着淡淡的野花香味儿。孙家湾像一个刚刚新婚的小媳妇，青涩、害羞、爱笑，朦胧中透出刚刚知晓什么秘密后的不好意思，还流露一点隐隐约约的风流，你闻这梨花，不正是她睡梦中飘出的撩人的体香？

　　你肯定不能大声吼叫孙家湾，只能轻轻地、软软地喊她。

　　李家营，张家寨，王家坎……她们都是孙家湾的姊妹。她们都是很小很小的小村。

　　一只公鸡把早霞衔上家家户户的窗口。

一群公鸡把太阳哄抬到高高的天上。

一只猫捉尽了小村可疑的阴影。

一只狗的尾巴拍打着小村每一条裤腿上的疲倦和灰尘。

小路送走远行的背影，接回归来的足音。

一座柳木桥连接起小河两岸的方言和风俗，彼岸不远，抬脚即达。

一头及时下地的黄牛，认识田野的每一苗青草，熟悉小村每一块地的墒情。

一架公道正派的风车，分辨着人心的虚实和小村的收成，吹走了秕谷，留下了真金。不管外面刮什么风，这古老的风车，他怀古，他念旧，他一年四季只刮温柔的春风。

一缕炊烟从屋顶扯着懒腰慢慢升起，与另一缕炊烟牵手，渐渐与好几缕炊烟牵绕在一起，合成一缕更大的炊烟，淡淡缓缓地，又热热闹闹地，向天上飘去，结伴儿要到天上去走一回亲戚。

一架高高的秋千，把小村的笑声荡向云端荡向天河，只差一点，就把天上想家的织女接回来了，就差那一点，织女未归，于是小村的秋千越荡越高，越荡越高，荡了一年又一年。

一棵老皂角树，搓洗着世代的衣裳，小村的布衣青衫，总是那么朴素洁净合身得体，一年四季都飘着皂角的清香，即使走在远方的街头，闻一闻衣香，就能找到你的老乡。

一弯明月是小村的印章，盖在家家户户窗口上，盖在老老少少心口上，有时就盖在大槐树上和稻草垛上，盖在孩子们的课本上。

小学放学的学娃子，边踢石子边背诵"两个黄鹂鸣翠柳……"小村的树上就歇满唐朝的诗句，家家户户就记住了一位姓杜的诗人。

村头那口水井，滋润着小村的性情、口音和眼神：淡淡的、绵绵的、清清的……

小村很小。小村的世面不大，小村心地单纯，心事简单，话题也简单。小村没有大起大落，没有大悲大喜，习惯了平平静静过日子，小村的夜晚没有噩梦。

小村很小。小村的心肠软，人情厚，张家娃感冒了，折儿苗李家院子里的柴胡散寒祛风；黄二婶炖鸡汤，采一捧邻居菜园的花椒提味增鲜。老孙家的丝瓜蔓憨乎乎翻过院墙，悄悄给我家送来几个丝瓜；我家的冬瓜藤比初恋的后生还要缠绵多情，绕来绕去非要绕进老孙的地里，就把几个比枕头还大的冬瓜蹲在那里，傻瓜一样守着，不走了。

小村很小。小村的脾气好，性子慢，庄稼不慌不忙地长着，孩子不慌不忙地玩着，大人不慌不忙地忙着，老人不慌不忙地老着，河水不慌不忙地哼着祖传的民谣，燕子不慌不忙地背着一部远年的家训。除了急躁的闪电，和偶尔发脾气的阵雨，多数时候，小村是慢悠悠的，羊儿是慢悠悠吃草的，夕阳是慢悠悠落山的，山湾的那汪清泉，也是慢悠悠说着地底的见闻。

小村很小。小村的胸襟并不小。小村的天空很大。天，是小村的哲学老师和伦理学教授，把深奥的道理讲得通俗透彻。小村的口头禅：老天爷在上，把啥都看着呢。小村早就明白：在天下面，谁都是小小的，神仙是小小的，皇帝是小小的，村长是小小的，人啊鸟啊猫啊狗啊蚂蚁啊都是小小的，谁都没有什么了不起。小村没有势利眼，小村没有奴性，小村不崇拜什么官啊长啊，小村只尊敬君子，君子是大人，君子是懂得天道人心的人，是有情有义的人。因此，厚道和本分，是小村对人品的最高评价；善良和仁义，是小村的身份证和墓志铭。小村虽小，小村不出产小人，小村最看重良心。

小村的鸟不卑不亢地飞着，小村的狗不卑不亢地叫着，小村的河不卑不亢地流着，小村的云不卑不亢地飘着。

小村夜晚星星很多，密密匝匝像熟透的葡萄。老人逗孩子们说："那么多葡萄，祖祖辈辈也吃不完一小串。"

"嚓"——几粒流星划过小村头顶。

孩子们说："天上的孩子也在吃葡萄。"

海边的人

那年我去黄海边旅行。到过烟台、威海、荣城，以及黄海最边缘的石岛。在海边观潮，同行的朋友为我在海浪汹涌、浪沫飞溅中抢拍照片，险些被奔涌而来的巨浪卷走，至今想起还有些恐惧。那天黄昏，我和朋友在海边一家小饭馆吃饭，吃的是海鱼，喝的是齐鲁啤酒；在我们旁边的海堤下，就是汹涌的海。海潮的巨大轰鸣声时时将我们的谈话打断，偶尔溅过来点点水沫，像在为我们的餐桌上加盐。

永恒的、浩瀚的大海就在我们旁边；无限就在我们的餐桌旁边。如果我们伸出筷子，就能夹起一撮海浪。我和朋友在这时候几乎都不说话了。我们静默下来。我发现餐馆里的顾客话都不多，偶尔的三言两语，也都说得简单，平静，温和。在海面前，人们真正认识了什么叫伟大、什么叫深邃、什么叫浩瀚。有海在说话，人似乎没有了插嘴的必要。在海面前喋喋不休、张牙舞爪，甚至端起英雄的架势，谁都明白，那种狂妄是太浅薄了。在海面前，我们都成了谦逊的学生。的确，海有足够的智慧、力量和胸襟来教导陆地和人类。

在海边住了近一个月，接触了许多人，有渔民、农民、工人、公务员、商人，有老人、妇女、儿童。他们大都待人友好、温和，绝少傲慢和粗暴，也没有那种夸张的激情、脸谱化的表情。我想，这都是住在海边，被海熏陶的结果。海的邻居，也有了海的某些气度，他们的宽广和从容、温柔与谦逊，不是一种外在的风度和礼貌，而是性情深处的品质。在海边的一个文化馆，我冒昧拜访了一位颇有成就的画家，我走进他的画室，他一点也没有为我的突然打扰生出不愉快的情绪，他温和、真诚地接待了我，让我看了他的书画，并请我指教，对于书画我是外行，我直觉地感到他的书画有一种内在的气韵，是宽广而细腻的，有一种沉静的澎湃，一种让人飞扬起来又让人在更大的寂静里沉默下来的力量。他挽留我吃饭，建议我在海边多住些日子，临行时他送给我他刚出的画册，送了我好远，我让他留步，他才停下来，走了好一会儿，在路的转弯处，我回过头看见他仍在远远地目送我。我当时竟有些感动，泪水都快流出来了。至今我仍然清楚地记得他那温和的面容，他那深情的目光。我保存着他赠给我的画册。有一幅油画我经常要看一看，画面上是一片无止境的蓝：天蓝和海蓝，在无尽的、无言的蓝里，飘着一小片白的羽毛。我从这幅画里读到了很多东西，在无言中读到了很多语言，在无声中听见了很大的声音。画家似乎彻底退出了画面，只让海在那里说话，只让一片小小的羽毛掠过永恒的海。而海并不说什么，海只是在那里静静地蓝着，所有的语言和声音最终都被海接纳和溶解，化作无边的蓝色的寂静。

我和朋友访问了海边的石岛中学。那是下午，学校正在上课。真是巧合，有一位语文老师正在为高二学生辅导课外阅读，他讲的正是海明威的著名小说《老人与海》，听得出来，课堂的气氛是快乐的，师生的情感是默契而共鸣着的，他们与海明威是共鸣的，与海是共鸣的。我和朋友开玩笑说：有大海在教室旁边辅导"老人与海"，教案都写在海上，这堂语文课肯定是成功的。而海潮声不时将老师的辅导打断，教室里一片沉默，唯有海潮的轰鸣声，在人安静下来的这一瞬间，在人声的间歇里，他们听见了海的语言。最后的语言是从海里发出来的。

结束这次旅行的前一天，我和朋友来到海边的一个村庄，土地是辽阔浑厚的，种植的作物主要是葡萄和花生。我们访问的那户农家房前屋后全是葡萄，主人热情地邀请我们坐在葡萄架下，说：没什么好招待的，就请吃葡萄吧。我们也不客气，一边与主人叙谈，一边伸手采摘葡萄吃。完了，主人请我们参观他家门前不远处的池塘，这既是他家的风景区，也是养殖区，池塘有三个：鱼塘、鸭塘、荷花塘。住在海边，有吃不完的海产，怎么还要养鱼、养鸭？主人介绍说，他是从内陆地区移民到海边的，他爱海，爱海的辽阔，爱海的涛声，爱涛声过后的那种广阔的寂静，但在口味上他仍然保持着内陆人的习惯，爱吃淡水鱼，爱看荷花爱吃藕。我说：你在精神上气质上是靠近海、属于海的，而在生活上身体上是系于陆地、属于陆地的。主人点头称是。当晚，我们就住在主人家。夜晚，海边的星星特别密，离地面也似乎很近，葡萄串一样硕大繁密的星群倒映在海面上，也倒映在池塘的水面上。涨潮的时候，涛声哗啦啦笼罩了整个夜晚，使你忘记了哪是池塘、哪是大海、哪是陆地、哪是星空；恍恍然忘记了自己究竟是栖居在地球之上，还是漂游在银河的波涛深处。星光下，一阵阵潮声漫过来，哗啦啦漫过来……

夜奔：向定军山，向漾水

1

20世纪庚辰年五月二十七日，黄昏，邀熙睿友结伴出行。过县城，人潮车潮，声浪热浪，人气暑气废气，滞闷得令人窒息。

目光所及见不到什么可爱的事物，目光遭遇的都是商品、商品、商品，目光遭遇的不是物，就是肉。耳朵呢，一路被噪音，被疯狂的、挑逗的、迷乱的所谓"音乐"轰击着撕扯着。我竟同情眼睛和耳朵了，可怜啊，你们整天就吃这样的"食物"。而心呢，被这些"食物"充填的心，会是什么心呢？我有点为"心"担忧了。灯光渐渐亮起来，人流更加汹涌，有多少心就这么泡在这浑浊迷乱的夜色里。我爱读诗写诗，心里总想着人性的净化、心灵的清洁、道德的提升——心里一向把这视为人类社会摆脱野蛮而能逐渐走向完善的根本途径，如此才能把"大地的皮肤病"的人变成"大地的意义"，人才能真正诗意地栖居在大地上。"诗意"，哲人和诗人所憧憬的人的"诗意"，似乎不是离生存近了，而是越来越远了。被金钱和物欲统治的世界，头也不回地背过诗意远去，向别一个暧昧的、看不清方向的地方狂奔。我不知道街灯那快乐的目光望着什么，能望见什么？"小心垃圾堆"，熙睿提醒低头边走边沉思的我，走了几步，熙睿又提醒："小心污水沟"，果然，街道转弯处，一条壕沟冒着臭气黏糊糊移动着，听不见水声，只听见隐约摩擦的声音，可怜的水负载不了过多的废物，废物与废物摩擦着，发出沉闷的声音。

夜奔吧，逃离这污水沟垃圾堆。哪怕是短暂的逃离，也是对肺对眼睛的保护，也是对心的一点拯救啊。

于是我们夜奔，向定军山，向漾水……

2

骑车出县城，过了一座大桥，就是一片原野，朦胧星光下，秧苗现出墨绿，微风里卷起一层层细浪。渐渐有了蛙声，不怎么稠密，也不稀落，猜想稻田深处，藏着多少寂寞的歌手，那歌是从公元前，从古早古早的年代传下来的，唱了无数个夏天，到今天也没有走调，把一支歌传唱千年万载，这也是奇迹啊。千年万载的歌都在此刻唱给我们了，我对熙睿说：我们今夜是在赴一个古老的约会呢，歌手们从古到今准备着传唱着那首老歌，今夜都唱给我们了。陶渊明从蛙声里走过，王维从蛙声里走过，苏东坡辛弃疾从蛙声里走过，今夜，我们又从同样的蛙声里走过。大地上许多事物是纯真的，又是脆弱的，有的是卑微的，但这些纯真、脆弱而卑微的事物都偏偏能长久流传，而另一些貌似庞大的、不可一世的东西却都消逝了。恐龙安在？皇帝安在？或许只能在博物馆和坟墓里找到它们残余的尸骸。而蛙声历万载而不绝，响彻这个星球的所有夏夜，响彻古往今来的诗篇。蛙声漫过的原野和心灵，就不会变成荒原。我们在蛙声里谈起了文学，谈起了写作。越来越稠密的蛙声时常打断我们的谈话，我们只好静下来听蛙声说些什么了。在我们谈话的间隙，填满了如潮的蛙声，自然的语言覆盖了人的语言，于是我们觉得，在原野上主要的叙述者不是我们，而是蛙声，我们只是插嘴者。若干年后，我们在大地上已消逝得无影无踪，而在夏天的夜晚，在天地间响彻的，仍是这蛙声。于是我们谈到文学和写作。以往我们常常陶醉于"宏大叙事"的狂热里，以为文学应该表现那些惊天动地的事件和死去活来的情节，是这样吗？文学的本质是这样吗？天地的真相是这样吗？蛙声来纠正我们了。大的未必就伟大，小的未必就渺小。宏观的宇宙是由微观的细节构成的，而每一个细节都平淡而寻常。夏夜无边无际，而构成它的每一个事物都遵循着自己的天命平凡地存在着，无限的夜晚里，每一个青蛙都在自己的那片水田里唱着纯真的歌，它们单纯得几乎没有故事，而它们又丰富得足以阐释这个夜晚的一切。从这细小的，甚至琐碎的事物和情境里，看见它们和万物的共同命运的联系，顿悟到它们也是宏大宇宙一个可爱的细节，小就不小了，小就是它们的大，而"大"，就是隐藏于万物万象中的宇宙真谛吧。更稠密的蛙声彻底淹没了我们的谈话。我们安静下来。推着的自行车越来越慢下来，我们不愿走出蛙声的围困。原野上亮着灯光的农家小院令我们羡慕，夜夜枕着稻香入睡，听着蛙声做梦，是怎样的福气啊。

　　蛙声渐渐稀落下来，终于只剩下三声五声，才发现我们已走在山道上。山的轮廓告诉我们，这就是绵延在《三国演义》里的那座定军山了，十二座山峰高低错落连成一条逶迤曲线，从夜幕里望过去，像是从浩瀚的宇宙史书里抛出的一根若有若无的线索。我们此刻正走在定军山主峰的山麓，熙睿的自行车被路上石头绊了个趔趄，这是三国的石头，这或许是张飞拴过马的那块石头，或许是黄忠磨刀的那块石头，或许是诸葛亮在山头眺望敌情站立过的那块石头。现代的灯光声浪早已消隐得似乎不存在，我们真真切切走进了三国，这石头、这草、这袭来的野花的清香都是三国的，头顶的天空、身边的夜气、似乎伸手可摘的野葡萄般的星星，都是三国的，而我们也完全可以是三国的顽童三国的农夫和兵士，只不过脑子里多了那么一点点与三国略有不同的理念、意识而已，真正是不知今夕何夕，不知此身何身了，时间空间原来是多么虚玄的概念啊，其实，生命的存在是借助于时空又超越时空的，抚千秋于须臾之间，揽万象于眉睫之前，在一个"存在于时间之外的神秘瞬间"里，人似乎会经历万古而面对宇宙的最后时刻。熙睿说：我好像是在梦中。我说：我也在梦中。谁说宇宙不是一场大梦呢，而我们正是这大梦中的梦游者。我们梦见三国了。风从林中走过去发出诡秘的声音，我们隐约听见了远方传来的马蹄的声音。溪水流过草丛，是激战的兵士们喝过的水吗？我仿佛看见两千年前那些饥渴干裂的嘴唇，和他们疲惫而迷茫的面孔。听说定军山颇多红的石头，打开手电，果然照见了红的石头，这就是民间传说里的血石，血浸过的石头，三国的石头，每块石头都连着一些血肉，连着某个家族的血缘，连着一个恐怖的悲凉的时刻。将自行车停在一块大的血石旁边，让三国的某位将军帮我们照管，我们踩着乱石和野草，攀着青藤和树枝，我们来到了定军山主峰之巅。寂静。太古般的寂静。好像激战还没有发生。好像三国还没有到来。好像历史还没有开始。微风过处，只有蛩声唱得响亮。头顶正好对着明亮的天狼星，这宇宙孤独的狼，以天的眼睛，把所有的事看成往事，把所有的人看成古人，把所有的年代看成古代。天狼是不吃人的，而它大口大口地吃着时间。天狼目送我们走下来，在据说是黄忠斩夏侯渊的那个隘口，我们站着，有点苍凉和肃穆地站着，不知是悼念死者还是怀念英雄，曾经他们都是血肉之躯，都是母亲的儿子和儿女的父亲。这时候，嚓，一粒流星向东划过去，陨落了；嚓，又一粒流星向北划过去，陨落了。而此刻，宇宙间有多少流星，正在交换陨落的方向……

3

从定军山下来，转一个弯，穿过一片玉米地，就听见哗哗的流水声，就看见一河的星光，一河稠密的星光，这就是漾河了，《水经注》里潺湲着的那条古老的河，陆游骑驴走过的那条诗意的河。蛙声渐渐密起来，沿河岸的稻田、柳林、芦苇，风里混合着各种植物的香气，像是从诗经、从唐诗、从宋词里飘过来的那种原始纯真的气息。河边，有一条溪涧注入漾河，涧上有一古桥，据说是陆游曾在桥头驻足，让那头心爱的驴儿在草坪上吃草，他则坐在桥头写下他水流泉涌般的诗篇，"山重水复疑无路，柳暗花明又一村"，走在漾河岸上，你只能确信这样的诗就是得自于漾河两岸的山水。难怪后人把这座古桥叫陆游桥，也叫诗桥。站在诗桥上，我问熙睿有诗兴吗？他说，有一种非常空蒙、辽远的感觉，但一时难以形成诗句。他说的这种心境也是我的心境。我想，人不一定都要写诗，但应该时常拥有一种诗的情怀和感觉，那种辽阔、澄明、深挚的内心体验，将人的有限性消融于自然和宇宙的无限性中，将人从琐碎狭隘的意识囚笼里解放出来，升华到永恒的情境中。这样的时刻是具有无限价值的时刻，是神性与人性合一的时刻。文化中最高级最美好的部分是诗性，诗性与人性中最核心最幽微的那部分性灵是对应的，也只有诗性文化能把隐藏于混沌人性中那部分最好的性灵调动出来并加以提炼和熔铸，由此形成人的诗性灵魂——那种天人合一的生命境界，人性与神性汇合的生命境界，那种空明辽远的生命境界。我们禁不住怀念起唐宋文化的诗意境界了。那时候，大地上不只生长物质，也生长着葱茏的诗意；大地上行走的不只是农夫、官吏、兵卒、商人，大地上行走着李白、杜甫、王维、孟浩然、苏东坡、辛弃疾、陆游，大地上行走着无尽的诗。在"诗桥"上，我们终于没有吟出一句诗，而内心里充盈着对古典的怀念，对诗的怀念。熙睿拿出随身携带的一瓶酒，在桥上轻叩三下，然后举起来，与陆游碰杯，与诗碰杯，与古典的河流，与头顶古典的星空碰杯。我咕咕咕喝下去半瓶，熙睿也咕咕咕喝下去半瓶。我们都有些醉了。我们继续沿漾河行走。月亮还没有出来，天地辽阔而幽暗，如创世之初那般神秘、深邃和鲜美。夜已很深了，田野里一二户人家窗户的灯也熄了，头顶，星光稠密如纷飞的野蜂，又像是熟透了的天国葡萄等待采摘，我们隐隐能闻到一股浓郁的酒香，这是天国的葡萄酒吗？那滔滔涌流的是倾倒在永恒天界的酒浆吗？不，那是银河，那古老的宇宙大河啊，它哗哗地哗哗地流过我们头顶，流过万古千秋人们的头顶。刚好，漾河的上空就对流着银河，我们沿漾河行走，也是沿银河行走啊。

狗叫了几声，提醒我们行走在人间；鸡叫了几声，又叫了几声，接着远远近近的鸡叫响成一片。我们知道天快亮了。我们得赶在天亮之前返回县城，我们要去上班谋生。从古典的夜晚返回现代的白昼，从诗的河流返回到商业的街道，我们，是这样的不情愿，体内沸腾的酒不让我们回去，心里透明的诗不让我们回去。踌躇间，一个高古的声音传来：小隐隐于山，大隐隐于市，真隐隐于心。又一个清澈的声音说：烦恼即菩提。又一个苍茫的声音说：道在屎溺。又一个睿智的声音提醒：把更多的星光盛进生存的池塘。又一个朴素的声音说：水至清则无鱼。归去吧，归去吧。在诗意稀薄的地方，你坚持着，你就是诗意。在光亮沦陷的地方，你燃烧着，你就是光亮。把古典的星光带入现代暗昧的房间。让银河与漾河同时注入干涸的日子，让清流照见我们虔诚的倒影。又路过"诗桥"，我们轻轻说道：再见，陆游，再见，先贤，有你们在，有诗在，大地就不会变成荒原和废墟。何况我们随时会返回来，返回到古典的夜晚，返回到诗的怀想和意境。水至清则无鱼，那我们就去到深水中，做一条自新的鱼。庄子曰：道在屎溺。那我们就不避屎溺，而屎溺未必不催生芬芳的植物。我们走原路，向现代向生存向城市的方向返回。又来到定军山麓，又恍然听见得得的马蹄。站在三国的石头上，我们向远处的城市眺望。而此刻，银河渐渐西斜，天上的波涛渐渐平息，市声隐隐传来，我们身上的夜气也似乎开始褪落，这时候，我们忽然记起了，在这个辽阔无边的宇宙里，在那小小的弥漫着尘埃的城市里，有我们的一个小小的"单位"。

就这样，从古典的夜晚，从漾河岸边，从银河深处，从诗的高处，我们向小小的"单位"走去。

而一个人不只属于那个小小的"单位"，一个人完整的生存应该包含整个宇宙，是不是可以说我的"单位"是整个宇宙呢？熙睿说，当然，我们是地球村民，也是宇宙公民。我们，怎一个"单位"了得？

就这样，就这样，我们的心，仍留在古典的夜晚，留在定军山头，留在漾河岸边，留在银河深处，留在诗的高处……

泉水清澈

如果有一天我真的看见了神的眸子，我是不会过分惊奇的。因为此刻我已看见了神的眸子。我与神面对面交换着眼神。

我从南山东麓一片槐树林里走出来，迎面吹来的风有一种清爽的湿气，脚下野径边的灯芯草渐渐密集起来，灯芯草最喜欢在有水的地方点亮自己的灯盏——直觉告诉我，这里有水，这里是土地最多情的地方，"神"有时就藏在低处，藏在不起眼的地方为我布置奇迹。

野葫芦藤、野百合、野水芹菜、野水仙静静地守着它，守着一潭清澈，守着一汪没有见过什么世面的纯真目光。

它真的没有见过世面吗？它见过的世面可大呢，天上的云彩、星辰、飞鸟都与它一次次相遇，并投影于它深深的波心。每一次相遇都是一种感动和沉淀。必须守住自己的清澈，必须让自己更加清澈，才能看见并接纳高处的事物，无论较低处的花影、较高处的云彩，或最高处的星辰，都是为清澈的灵魂、清澈的眼睛准备的。如果它稍稍有些浑浊，就会屏蔽许多高贵的礼物；如果全然浑浊，就会失去整个宇宙。而说到底，生命不过是一次与土地和天空交换眼神交换灵魂的过程。眼睛和灵魂，匆匆开启又匆匆关闭，开闭之间，只是与神打了个照面，投去深情或惊奇的一瞥。永在的是时间，万类皆刹生刹灭，天地间最珍贵的，除了那清澈而深邃、被永恒和"神的奥秘"感动得如醉如痴的目光，还有什么是天地愿意长久珍藏的呢？

总是与天空交换眼神，所以水最懂得"天意"。有人说"天意从来高难问"，其实是"天意从来不须问"，让水，让泉告诉你"天意"吧：清澈，才深情，才丰富；清澈，才能看见天空，认领万物。清澈，是水的智慧，也是神的智慧。

而一旦浑浊，就什么也看不见了，甚至也看不见自己的浑浊，除了浑浊，什么都没有了。

现在的人类，可以统称为"浑浊"，浸泡在狭小的消费池塘里，呼吸着腥气，吞吐着泡沫，池塘之外的伟大事物，都与之无关了。

试着做一次水，做一眼泉吧。用清澈的眼睛、清澈的灵魂，去凝望、去接纳吧。

我在泉边躺下来，就想象以往那个浑浊的我已经离我而去，我刚刚被时间分娩出来，我获得了新生，我的灵魂，没有渣滓，清澈透明，一望见底。

天地像一颗巨大的灵魂捧着我，笼罩着我，凝视着我。而我，只是等待被收回去的小小的灵魂晶体。

我敞开灵魂注视和呼吸着这一切，月影、星影、云影、花影、鸟影，还有那俯下身子来辨认我、抚摸我，连一滴水珠也没有带走的、比我父亲还要慈祥的天空。

我单纯到透明的时候，是我一无所有的时候，也是我无限丰富的时候。

我努力理解着泉的感受，像一个信徒理解着伟大的神的降临。

我怀念古代的大地。那时，大地上密布着透明的泉，它恰到好处地对应着天上密布的星星。

密集的泉望着密集的星。这正好揭示着一种隐秘的对称关系：低处敞开的灵性对应着高处降临的暗示和奇迹。

在泉与泉、星光与星光之间行走的古人，该是多么幸福！他既感恩这水灵灵的注视，也惊叹这层出不穷的神秘幻象，人生从而成为领略"神的奇迹"的过程。世界，就是"神的作坊"或"神曾经降临过的遗址"。

这么多年，我几乎没有看见过泉。大地的眼睛纷纷瞎了。没有了来自地面的深情注视，飞鸟、云影、星辰，众多高处的事物，都退回到虚幻的远方，与人的存在中断了联系。世界缩小成一个交换利益的店铺。店铺之外，没有天空，没有彼岸，没有远方，没有奇迹，没有神性，没有召唤，没有感动。

在泉与泉之间行走的古人们，你们走得那么慢，那么空灵，那么湿润，那么庄重，你们行走的背影是多么值得尊敬啊。

而我们，在市场上奔忙，在赌场上穿梭，在数字的高速路上失魂落魄，我们似乎在追逐着一个伟大的神灵，然而，实际上却加速度地陷入浑浊，靠近虚无，我们的人生不曾诗意地行走过、洗礼过、映照过，我们的活着，太像一种盲目的逃亡。

我们何曾在一眼泉边驻足，与它交换清澈的眼神？

或索性躺下来，像泉一样，躺在大地最多情的地方，长久地注视天空，并把那无尽的蔚蓝和星光融入血液，把那层出不穷的幻象藏进心底？

大地的眼睛纷纷瞎了，在盲目的尘世，我们盲目狂奔。

我怀念古时候的大地……

古代的天空

能看见好的天空是一种大福气。瓦蓝瓦蓝的天空，银河滔滔的天空，群星旋舞的天空，白云舒卷的天空，那才是神灵亲手造的天空，我们敬爱的老祖母女娲仔细打磨过、抚摸过的天空。好多年，我没有看见过好的天空了。

在城市，我们都像小人国的居民，只关心自己那几十、百十平方米的房子，占有它像占有了真理，装饰它像装饰着皇宫。对壁灯吊灯的兴趣超过了对银河的崇拜，或者干脆说吧，壁灯和吊灯就是自家的银河。偶尔我们把头探出阳台，望一眼被废气尘埃篡改的天空，皱一皱眉我们又缩回沙发，看着满屋的名牌，高档，不无满足地，笑了，似乎很欣慰。

我在南山找到了我童年的天空，或者说远一点，唐朝的天空，诗经年代的天空，我都找到了。

我当然不大清楚古人是怎么生活的，他们的活动半径或许不及我们，但他们对一切都要身体力行，很少借助外物，这使得他们对事物体验的深度和密度就大大加强了。我们的活动半径，只能算是机械和电子活动的半径，是速度叱咤的半径。乘车而来，坐机而去，我们何曾真正触摸过一片草叶，注视过一朵花悄然绽开的情景，或者静坐于碧潭边，等候一弯初月从水底、从第七枝水仙旁边悄悄升起？就说对待天空的态度吧，古人是虔诚而敬畏的，天空是神的脸，壮美的星象是创世的手绘制在时间宫墙上的伟大壁画，即使是坐井观天，也看见了高深处那不可企及的灵魂。古人凭肉眼苦读天空，不，不是肉眼，是灵眼，那凝聚着无限激情的灵魂之眼，把整个天空都读成了一封寄给心灵的家书，从浩瀚宇宙读出了胸中的波澜。我感到奇怪，古人命名的星座，有许多我们已经看不见了，而天文学家固执地说，它们仍旋转在苍穹深处，只不过隔了一层厚厚的尘埃。尘埃啊尘埃，你让我们错失了多少伟大的事物，你封锁了多少纯真的激情？尘埃之上，是李白的天空是诗的天空，尘埃之下，是二氧化碳的天空是高消费时代能见度很低的天空。我真想躺在草地上数星星，可即使买一片草地，坐在售价 1000 元一平方米的草地上，我看不清也数不清，我一生中究竟丢失了多少美好的星星？

尘埃之下，我们睁着一双势利眼，瞅着利益的鸡毛蒜皮，盯着市场的金银铜铁。只是在天气骤变的时候，我们才潦草地望一眼天空。至于那些孩子们关心的星星究竟是不是失踪了，这是孩子们的事，是气象局的事。蝗虫们从来不欣赏天空，我们早已切断了通向高处的神经。

我一次次在南山凝神仰望。我分明看见了古人们看见的天空，纯真、清澈、深邃、邈远。天蓝着汉朝的蓝，云白着唐朝的白。一匹马领着一群马驰过去，我分明看见公元前那些远征的英雄。一朵淡灰的云飞过来，突然在天心一动不动，是不是被怀素一笔划定，再也飘不出微醺的历史？

阵雨过后，南山变成了蓝山，天的那种蓝，现成的语言无法形容，不能说话，只能静静地、迷狂地去看，去呼吸。蓝得那么单纯，那么嫩，简直不忍心多看。这时候，我感到我们小小眼睛里沉积的烟雾尘埃是太多了，释放出去，也许会使此刻的天空惊骇而变色。天这么嫩，这么蓝，蓝得让人不忍心多看，怕被看化了。这么蓝的天，该把诗写在上面，把情书写在上面。什么都不用往上写，这透明真挚的蓝，就是诗，就是情书，就是心灵的经典。就呼吸这蓝色吧。我分享着古人的盛筵，那时，在那天真的时光，古人们登高望远，目极苍穹，天人共舞，蓝色，是从神手里领取的，最好的午餐。我分享着古人的盛筵。此刻，我的瞳仁里，吞吐着大剂量的蓝色；如果你要化验我的灵魂，肯定是蓝的；若干年后，当我老去，我仍会在记忆里找出许多蓝色。

深　蓝

　　这时候，真为没有信仰的人难过，他们太可怜了，他们不能超出天气和物理学的概念，看见灵魂的深蓝。他们很难从如此晴好、如此幽蓝、如此辽阔的苍穹，看到并领略一种伟大澄明的心胸，看到并呼吸到一种神圣的感召和永恒对灵魂的暗示。

　　此时，目光所及，全是蓝，纯蓝、水蓝、浅蓝、蔚蓝、幽蓝，幽蓝的远处、更远处，仍是蓝，极致的蓝，透明的蓝，梦一样的深蓝，接近无限的深蓝。使你相信，有一种胸怀，有一种灵魂，可以包容万有，抵达无限。

　　但是，无信仰的人，看不到深蓝所提示的终极含义，看不到高于天象的精神幻象和高于物象的永恒心象，看不到此时的苍穹所昭示的宇宙的真谛——宇宙，它是以物质的形式演绎着的永恒的绝对精神。我们说宇宙是无限的，其实是说宇宙所负载和呈现的精神是无限的。而永恒运行着的宇宙，正是一颗被无限激情所推动而环绕一个神圣的核心做均衡运动的伟大心灵。

无信仰的人，物质化的人，被利益捆绑、被欲望锁定的人，此时，看到的只是物理的蓝或化学的蓝，顶多只看到了一个便于交易的好天气，他的想象力不会超过市场的半径，不会超过实用的尺度，不会超过一只风筝一架飞机的高度。

他对于深蓝天空所呈现的深邃暗示毫无感触和领略，宇宙将无穷的奥义出示在他面前，他却浑然不觉，他完全将自己锁定在帽子和鞋子之间，锁定在市场和欲望之间，锁定在厨房的抽油烟机和火葬场的烟囱之间。他与无限切断了精神联系，在尘土和利益之上，他看不见心灵的深蓝。

此时，一只在深蓝的苍穹里飞行和鸣叫的鸟儿，也比没有信仰的人更有神性和灵性。那在苍穹中飞跃的身影，闪耀着何等感人且感天的神性和灵性啊。那只鸟儿，它以它天真的激情，在无限里穿越，在永恒里横渡。它飞翔，整个天空都随之飞翔起来。它歌唱，整个苍穹都发出了回声。

那灵性的鸟儿，热烈的鸟儿，蔚蓝点燃了它生命的激情，它成为辽阔苍穹一个动人的生命沸点，它是宇宙记忆里闪过的一个多么生动的细节。

它被永恒感动得如醉如痴，它追随那永恒；它被无限引领，它属于那无限。

当它飞远了，不见了，它已与深蓝融为一体，与永恒融为一体。

在无限深蓝的背景里，一个没有信仰的人，是那样苍白，那样贫乏，那样空洞，那样可怜。

一个没有信仰的人，他没有灵魂，他听不见无限的召唤，他看不见灵魂的盛宴。

没有灵魂的人，完全物质化的人，真可怜，在物理学和化学的天气之外，在市场和利益的半径之外，他看不见灵魂的深蓝。

蝴　蝶

从一朵花到另一朵花，从一个梦到另一个梦，从一个王朝到另一个王朝——你是梦的搬运者、诗的传播者，春天的幻想家和浪漫诗人。

那么单薄，除了薄薄的羽翼，几乎再没有多余的身体，就像梦没有多余的物质载体，梦就是你的全部家当。

你对美的崇拜，超过人对真理的崇拜，人总是背离真理甚至亵渎真理，转而极度迷恋自己的贪欲，自己之外或自己的私欲之外，再无值得投奔的圣土。而你，一生都在寻美，直至殉美，为美而死。

有一种蝴蝶，名叫帝王蝶，每年冬天来临之际，它们成千上万集结成浩荡队伍，横渡浩瀚大西洋，到另一片大陆的温暖山谷里产卵，途中被海浪和风雨吞噬了许多，只有一部分幸存者能到达目的地，产卵之后，不久即死去。而次年春天出生的年轻一代蝴蝶，并不像鸟类有父母养育和领路，它们没见过自己的父母，它们全凭铭刻在基因里的记忆，循着地球磁场的导航，回到当初它们父母的产卵之地，迁徙里程竟达到三千公里以上！途中，它们只能在茫茫大洋寻找岛屿作短暂歇息，主要靠自己血脉里的意志和连续滑翔的本领，最终飞抵遥远的目的地。就这样，它们重复着上一代蝴蝶的生命历程，穿越奔腾的大洋，延续生命的传递——想想看，这是怎样令人惊奇的情境？在我看来，它们冒死延续的已不是一个物种的生存，它们是在延续爱与美的奇迹，延续关于生命的悲壮寓言。

在人类之中，敢于把唯美主义理想坚持下来的人实在太少了，英国的唯美主义诗人王尔德算一个，但他曾因罪入狱，唯美得并不彻底；唐朝的李贺算一个，但他唯美得很忧郁，只活了二十七岁就死去了。还能举出的是林黛玉，她唯美，纯情，但很伤感，且多病，也夭折了；当世的童话诗人顾城据说是唯美的，但后来疯了，杀妻后自杀。想再举几例，一时想不起来，想起来的也多以悲剧告终。可见在艰辛人世，活下来已属不易，唯美更是大不易。

而蝴蝶个个都是唯美主义者，我认为蝴蝶是唯美主义的族群，生的纯洁，死的唯美——唯美，在它们那里不是奢侈不是理想不是仪式，更非作秀和表演，而是一种传统，一种天性，一种与生俱来的生命美学，一种常态的生存方式。我们何曾见过一只为了坚持唯美主义而抑郁或自杀的蝴蝶？

也许，人太复杂，太浑浊，太贪婪，太累赘，负载的历史垃圾和杂念太多，背离率真、简单的天性越来越远，私欲太甚，妄念太多，因而难以返回简单和纯粹。

其实，唯美主义就是简单主义。"天使之所以能够自由飞行，是因为身上不带黄金"。你看蝴蝶，并不需要什么行囊，就那天赐的单薄羽翼——就那轻盈的梦的船帆，一代代万死不辞，飞渡时间的沧海，赶赴春的约会。即使九死一生，也要以一生赴九死，赴万死。终于与春天相会了，悲欣交集，悲欣交集！其悲其欣，何其壮美。

只要能与无言的天地之美撞个满怀，虽九死而不悔——这大约就是蝴蝶王国的唯美宪法。

此刻是下午，院落寂静。忽然，一只蝴蝶飞过我的窗口，我急忙走出门，想看一眼那只蝴蝶，并向她表示问候和致敬——然而，她已飞过院墙，倏忽不见。

今生，我是再也见不到那只蝴蝶了。

泉边，诗的时光

上中学时，课外读了《中国文学史》《唐诗三百首》等，在语文老师那里借阅了多期《中华活页文选》，还读了些现代文学作品和新诗，艾青的一些诗就是那时读的。本来就喜好语文，这些有意思的课外阅读，竟撩拨起我写诗的冲动。加之正值青春全盛期，对人生、理想、自然等等，充满着朦胧而浩荡的情思，此时，与诗相遇，诗竟如火苗点燃了生命里茂密的柴薪，噼噼啪啪就燃烧起来了，我想，若是谁能看见青春的内部情景，那是有点像火海的。

诗就一首首写起来了，一天不写，就很憋闷，两三天不写，就像害了一场病似的。于是天天写诗，有时熬夜到黎明时分，非得把诗写出来，不然觉是睡不着的。

于今看来，那些诗多是情绪宣泄，是青春期的精神代偿品。其特征是情绪的泡沫远多于诗性元素，诗的意境、蕴含和诗艺难免是稀薄的。那时写诗，可以看作是以分行的文字为生命泄洪、为青春救火的一种方式。虽则是虔诚地以审美方式进行的，但又是应用价值大于审美价值的——当然它是精神的活动而非世俗的物质活动，因为它很纯粹，没有精神之外的别的杂念。它的价值在于给青春一次淋漓的诗的洗礼，并提供了一艘精神的渡船，帮助年轻的心灵在生命激流里做着美好的飞渡，避免了沉沦和迷失，而且给人生敞开了一个诗意的方向，从而使我们有可能在告别青春走向社会以后，在接受庸常的同时也拒绝和超越着庸常——因为青春曾告诉我们：人活着不仅仅只是生存，生存之上还有一个诗意世界。

那时的一段日子，我几乎每天都暗暗地、秘密地、疯了一样地进行着史前造山运动——诗的运动。痴迷地在内心里打捞诗，在自然里捕捉诗，在激情里烹调诗，觉得诗才是世界的主题，诗之外的世界反而有些虚幻。

课余时间、劳动间隙，都用于发现、冥想诗了，常常于夜晚久久徘徊在星光下的学校操场、乡间路上、小河之畔，也早早知道了失眠的滋味。

记得一个星期天，我在家乡的五泉山帮助父亲挖完了那片待种的坡地，就拿着专门写诗的笔记本来到一眼山泉边，折一片水葫芦叶，卷成漏斗状，舀了泉水喝下，那清冽、甘甜与爽快，直达肺腑，满溢身心。

喝了泉水，满心荡漾着透明的、莫可名状的欣悦。坐在四周摇曳着水仙、野葫芦、灯芯草、野薄荷、菊花、车前草的泉边，天光、云影、水影和花影交叠于泉中，真是梦境映着梦境，幻象叠着幻象，我就坐在这重叠的梦和幻象之间，成了梦中之梦，幻象中之幻象。涌流的泉声已提前为一种心境押了韵，泉的上方是倾斜着而渐在高处陡起来的高坡，上面长满蕨草、葛藤、松树、各种野花，有几株野百合正在盛开着，于蓬勃草木里捧出四月的白雪，那似乎是给我的礼物，那洁白，是如此吻合了我那纯洁的心。仙境也不过如此吧？但这分明是我熟悉的故乡的山、故乡的泉，它们是这般映照着我那唯美、空灵的心魂。心中的潮水荡漾起来了。赶紧写诗吧，否则对不起这泉，对不起这春的盛情，对不起这满山吹拂着草木清气和五谷香气的清风，对不起这颗透明、欣悦的心。

于是我在泉边青石上躺下来，聆听着泉声，构思着诗句。

听着，想着，心里幽幽的，静静的，诗句，竟然久久不出现，出现的，却是被泉水和泉韵洗漱得越来越清澈、越来越空远的心境。

我觉得这是比平日写诗写疯了的时候更好的心境。

此时心里没有情绪的激荡，没有心事的拥堵，没有语词的阻隔，没有欲念的喷涌，被泉水洗过的、无限敞开着的心，如寂静空灵的幽谷，如此时头顶那洁净无尘、一碧万顷的天空。

我静静地让自己停靠在这无边的空明心境里。

朦胧中，我感到脸上有什么在降临，接着有微微的酥痒，但没有别的不祥动静，我微睁了眼睛，看见一只蝴蝶停靠在我的鼻子上，轻轻扇着的翅膀鼓起一丝小风，我感到这是自然界所能有的最细微、最柔软、最美好，也是风力最小的风。

它把我当作春天的一部分，当作山泉的一部分，把我的身体当作春天里刚刚修好的一座安静的寺庙，把我的鼻子当作一个温柔的小亭子，一个通向花海的驿站。

它就这么停下来，坐在我的鼻子上。我的身体，我的心灵，似梦非梦地，以前所未有的极度安静和单纯，轻轻地、均匀地呼吸着，似乎静止在一种空蒙里。

我的脸的正中，停靠着春天的呼吸，停靠着一只蝴蝶的小小的疲倦。

直到它的翅膀带起一阵小风，这春天的女王，起身走了，到别处巡视和观光去了。

我坐起来，目送它的身影，一点点淡去。

这个下午，诗终于没写出来。

停止了写诗，心，却静静地、完全地变成了一颗诗心。

我体验到了从未有过的心灵的澄澈、透明、空远和宁静。

我体验到了文字不能企及的、无以言状的诗的意境。

那是人的心能够进入的最好、最接近神性的时刻，是真正属于诗的时刻。

人在那样的心境，一字不写，他也是个真的诗人。

沉浸于那种意境里的人，就是一首高度诗化了的纯诗。

我坐在四月的山泉边。

一只蝴蝶停靠在我的身上。

我停靠在内心的澄澈、空明里。

内心，其实正停靠在一种诗境里。

那个下午我没有写出一句诗。

但是，在那个没有写出诗的下午，我正是在一首诗里度过的。

心疼大自然

　　现在的人们离大自然越来越远。城市就不用说了，钢铁、水泥、轮胎、废气、噪音，构成城市生活的基本景观，想看一眼成片的绿色，想吸一口清新的空气，或者想放开嗓子长啸一声，都需要到郊外，到野地上去。人就是这么自己作难自己，建筑城市的本意是要提高生存的质量，城市建起来了，生存的许多方面也确实方便了、文明了，但同时又发现我们也被城市囚禁起来，许多最基本的生存要求，比如呼吸等等，都因为环境污染而成了问题。城市，在日渐文明、日渐方便的同时，也压缩了我们的心灵空间，降低着我们的生存质量。比如：你想在城市看日出、赏流水、望彩虹、听鸟声，这都成了奢侈。古人把与天地精神往来视作人生的最大美感和生命喜悦，而在城市的围城里，我们与天地精神隔绝，只好与货物人潮噪音废气相往来了。

　　即使在农村里，尤其是城市周围的农村，又有多少自然气息呢？鸟基本绝迹了；三五棵树形影相吊，有限的耕地寸土如金，寸土都要派作生存的实用，断不会，或很难有审美的闲情和田园的气象。蔬菜在塑料大棚里寂静生长，隔绝了与阳光和雨水的亲情往来。农药消灭了害虫，也消灭着燕子、蝴蝶们生存的机会；化肥提高了作物产量，但也板结了土地，板结了人们内心的水土。除草剂灭杀了杂草，也灭杀了土地的生机和野趣。偶尔看见一条狗，都被铁链套在角落里，目光里透出孤独和悲凉；鸡在鸡栏里吃着从城市买回的饲料，激素催生着它们的脂肪，那叫声也如机械般单调和雷同。"狗吠深巷中，鸡鸣桑树巅"，早已是保存在古诗里的意境了。

我有一个朋友，酷爱艺术热爱大自然，对大自然的原生态和山水林泉的诗情画意，永远怀着初恋般狂热、痴迷、虔诚的感情。他不甘做城市的囚徒，隔几天就要到野外去，到大自然中去，他说那是去会见他永恒的情人。前些年他到城市郊区就能感受到的某种田园情调，如今只能到很远很远的山里才能感受到，他说随着城市化和污染的加剧，我们会不会丧失最后一点葆有原始气息的野地和净土？为此，他强烈意识到人对大自然怀有的一种责任和义务，他意识到艺术除了关心人与人、人与社会，艺术还应关心更为根本的关系：人与自然的关系。人是社会中的人，但从根本上说，人是大自然中的生命，大自然是人的家，是生命的家。人从大自然中来，最终要归于自然，社会只是浩瀚大自然中的一个岛屿一个驿站一座桥，人和社会终究是要连接和汇入大自然的苍茫气象之中，人才是有根的人，社会才是有底蕴的社会。对于艺术来说，大自然还是不可穷尽的美学宝藏和灵感源泉。毁了自然，不仅毁了人的安身立命之所，也毁了艺术的根基和审美的本源。这位朋友画了许多表现人与自然之血脉关系的系列画，表现了他对大自然的那种母子般的深情，也呼吁人们关心动物，关心植物，关心大自然赐给我们的每一条溪流每一片绿叶每一只鸟儿每一声虫鸣。

　　前几天母亲托人捎来口信，让我回家看看。是母亲听了一首"常回家看看"的歌，捎口信让我回家看看的。母亲说：不是让你回来看我，满脸皱纹和满头白发没什么好看的，我是想让你回来看看老家门前的一片小树林，榆树上来了几对喜鹊，筑了窝，叽叽喳喳叫得可亲热了。我知道母亲一生爱树爱鸟，小时候，她给我们做的鞋垫上和枕套上就有她绣的喜鹊，我猜想那是她在喜鹊的叫声里，在春日的细雨中，怀着宁静喜悦的心情一针一线绣的。后来喜鹊飞走了，十几年里树上都没有一只鸟的影子。现在喜鹊飞回来了，母亲怎么不欢喜呢？当然，喜鹊未必全都是来报喜的，但至少，在喜鹊的叫声里，在鸟儿投进水面的倒影里，我们会听到和看到：这个世界还剩下的一点喜气，一点诗意。

溪　水

　　一条大河有确切的源头，一条小溪是找不到源头的，你看见某块石头下面在渗水，你以为这就是溪的源头，而在近处和稍远处，有许多石头下面、树丛下面也在渗水，你就找那最先渗水的地方，认它就是源头，可是那最先渗水的地方只是潜流乍现，不知道在距它多远的地方，又有哪块石头下面或哪丛野薄荷附近，也眨动着亮晶晶的眸子。于是，你不再寻找溪的源头了。你认定每一颗露珠都是源头，如果你此刻莫名其妙流下几滴忧伤或喜悦的泪水，那你的眼睛、你的心，也是源头之一了。尤其是在一场雨后，天刚放晴，每一片草叶，每一片树叶，每一朵花上，都滴着雨水，这晶莹、细密的源头，谁能数得清呢？

　　溪水是很会走路的，哪里直走，哪里转弯，哪里急行，哪里迂回，哪里挂一道小瀑，哪里漾一个小潭，乍看潦草随意，细察都有章法。我曾试着为一条小溪改道，不仅破坏了美感，而且要么流得太快，水上气不接下气似在逃命，要么滞塞不畅好像对前路失了信心。只好让它复走原路，果然又听见纯真喜悦的足音。

别小看这小溪，它比我更有智慧，它遵循的是自然的智慧，是大智慧。它走的路就是它该走的路，它不会错走一步路；它说的话就是它该说的话，它不会多说一句话。你见过小溪吗？你见过令你讨厌的小溪吗？比起我，小溪可能不识字，也没有文化，也没学过美学，在字之外、文化之外、美学之外，溪水流淌着多么清澈的情感和思想，创造了多么生动的美感啊。我很可能有令人讨厌的丑陋，但溪水总是美好的，令人喜爱的，从古至今，所有的溪水都是如此的可爱，它令我们想起生命中最美好纯真的那些品性。

林中的溪水有着特别丰富的经历。我跟着溪水蜿蜒徐行，穿花绕树，跳涧越石，我才发现，做一条单纯的溪流是多么幸福啊。你看，老树掉一片叶子，算是对它的叮咛；那枝野百合投来妩媚的笑影，又是怎样的邂逅呢？野水仙果然得水成仙，守着水就再不远离一步了；盘古时代的那些岩石，老迈愚顽得不知道让路，就横卧在那里，温顺的溪水就嬉笑着绕道而行，在顽石附近漾一个潭，正好，鱼儿就有了合适的家，到夜晚，一小段天河也向这里流泻、汇聚，潭水就变得深不可测；兔子一个箭步跨过去，溪水就抢拍了那惊慌的尾巴；一只小鸟赶来喝水，好几只小鸟赶来喝水，溪水正担心会被它们喝完，担心自己被它们的小嘴衔到天上去，不远处，一股泉水从草丛里笑着走过来，溪水就笑着接受了它们的笑……

我羡慕着溪水，如果人活着，能停止一会儿，暂不做人，而去做一会儿别的，然后再返回来继续做人，在这"停止做人的一会儿里"，我选择做什么呢？就让我做一会儿溪水吧，让我从林子里流过，绕花穿树，跳涧越石，内心清澈成一面镜子，经历相遇的一切，心仪而不占有，欣赏然后交出，我从一切中走过，一切都从我获得记忆。你们只看见我的清亮，却不知道我清亮里的无限丰富⋯⋯

第二辑

路上的发现

地球，升起在月亮的上空

冬夜，我一人在旷野里行走。

很白的月光洒在很白的霜露上，旷野是一片银色。寂静使旷野显得神秘，每一片草叶都像是刚刚从一个神话的国度里移植过来，小心地站着打量什么，又像在回忆什么。鞋或腿碰触了它们，就会得到一些它们刚刚串起的珍珠——不过很快就碎成冰冷的水，渗进脚背或腿腕，一阵刺骨，就对这些植物们肃然起敬和怜惜起来：整整一个冬天，每个夜晚都这么站着，不知道等待着什么却总是等待着什么，还要专心做着提炼珍珠的古老手工艺术。你们冷吗？你们孤独吗？你们能坚持下去吗？

碎石铺在野径上，亮晶晶闪着月光，好像一地的宝石，一地的月亮石。就怀疑自己是否正走在月亮上面。赶快打住这个想象，天文学在一旁纠正：如果你真的到了月亮上面，照亮月亮的是地球的光，那时你会看见一颗灿亮的星慢慢升起来——地球慢慢升上来，把死寂的月球照成灿亮的白昼。那时你会惊呼：那粒星星，是多么美丽纯洁啊，像蓝宝石，像蓝葡萄，像初恋情人的眸子，那肯定是宇宙手中最漂亮的一枚戒指。

你或许不知道，那时照亮你、抚摸你，也被你仰望和赞美的那颗星，正是地球——你太熟悉它了，它满载人群、希望、信仰、生灵、植物、矿藏、山脉、江河、海洋、财富、机械、钢筋、水泥、轮胎、玻璃、电脑、电器、书刊、文化、食物、商品，也满载沙漠、垃圾、贫困、病毒、坟墓、痛苦、忧患、仇恨、嫉妒、不公、愤怒、埋怨、忧郁、焦虑……

就是你曾经热爱过也失望过和祈祷过的那个地球，此刻正照着月亮，照着你，它是如此纯洁的一颗星，像蓝色的水晶。

那时，它温柔地抚摸着你和你的影子，它仔细照看着你留在月面上的每一个足迹。它缓缓移动，在天空划过长长的抛物线，然后，无限眷恋地沉落到环形山那边——你就想：你的父老乡亲、兄弟姊妹、同事朋友、你的故乡山水、田园草木、城市长街、学校、医院、疾病、墓地、垃圾……全都随着那颗沉落的星沉落了。

它明天又会升起。

完美的光就来自那颗不完美的发光体。

明天，晨曦初露，那颗蓝色的水晶又一次温柔地升起，天国的光照彻月面，照彻了你——那时，遥远的人间正有许多棺材下沉到黝黑的地层，一些命运沉落着，沉落到没有命运的地方。

但你看到的是那蓝色的水晶星（你的和我们的地球）正温柔地、幸福地升起，它怀抱着那些沉落的命运幸福地上升。

那些沉落的事物和命运也加强着它的引力，也护持着它上升，上升到宇宙的地平线，上升到月亮的上空。

你这么想着——在月亮上沉思着。那片寂静荒凉的土地因为你的到来第一次有了情感和思想。

你突然脱口而出说了一句：那么，阴影和痛苦也在照耀我？这纯洁、吉祥的光，不正来自那颗痛苦的地球？

就在你这样说的时候，遥远的人间正发生着许多爱情、亲情、友情、诗情、乡愁、家国之恋、审美感动和宇宙意识，当然，也发生着许多苦难、疼痛、死亡、罪恶、不幸、不义和难以预料的灾难和危机。

而那颗蓝色的水晶星负载着这一切，仍在上升、上升，上升到辽阔的苍穹，上升到月亮的上空……

我终于来到旷野边缘。远山如夜航的帆樯，停泊在寂静月色里；小河铮铮淙淙，弹着月的古琴。稍远处那些高高低低的坟墓都像是月光堆积起来的样子，看不出悲喜，安静且慈祥，并不阴森。我不由得对造物者的良苦用心深怀感激：忙碌、辛劳一生之后，这样熟睡过去，该是多好的酬劳多好的休息。

走着走着，旷野的朦胧渐渐清晰，如同一首含蓄的诗终于有了悟解：它无限的蕴含里照进了一线较强的亮光。抬起头，我看见月还悬在头顶，很淡的一张圆脸，渐渐瘦下去，远山的帆樯被一页页整理，明明暗暗显出了层次。很远的地方雄鸡叫成一片；更远的地方汽笛叫得嘹亮又粗野。

天渐渐亮了。天完全亮了。

头顶的月更淡了，依稀残剩一点轮廓。

我想，此时，月亮上那人，会看到一颗蓝色的水晶星冉冉升起，星光洒在月亮上，把他照成了神。

那是地球在升起，升起在月亮的上空。

我也在升起。我和许多的人们，和许多的生灵们，和地球负载的万物和命运，都在同时升起。

我们，正照耀着月亮……

爱与爱

先人造字，均有深意存焉。日月合而为"明"，水漫流而成"川"，夕阳入林而有"梦"，二犬对言的孤独险恶必是在"狱"中方能体验。远古的字不多，每一个字都暗示一种生命处境，都象征一种况味一种遭际。每一个字，都是人与宇宙相遇，与命运相遇的一种图像，一种内心经验的符号造型。

难怪有"仓颉造字鬼神哭"的传说。伟大的仓颉用人的符号泄露了"天意"，用人的心接纳并呈现了"天地之心"。这就是说，从有文字的那一刻，人结束了被自然奴役的史前蒙昧状态，而开始了人的历史。当最初的那个符号那个或复杂或简单的图像，带着人的全部身心的战栗和神秘感动，被刻凿在岩石上或甲骨上，从这一刻起，人的心灵历史——人的精神史和文化史就开始了。

我想，文字较少的远古时代，人们敬字如神，见字如见这个字所象征的事物本身，每一个字都对应着他们内心的某种感遇某种记忆，故每一个字都揭示着他们的心灵的一部分，所谓"敬字如神"，其实是"敬字如心"，他们从字看见了自己的心。所以那时候，文字少，每一个字都对应着人们内心感受到的某种情境，一个字一个精神实体，一个字一个心灵意象，没有虚拟，很少借代，字字都浓缩着情感，都能落实到心里。有限的文字传达着和暗示着人们对天地万物无限的惊讶、敬畏和感动。我想，那时候人们大约不轻易说话，一旦张口，发出的都是心之声，所谓"君子一言，驷马难追"，所谓"一诺千金重"。连孔夫子这样的大思想家教育家学问家，积一生的修养和经验，也只留下几万字的《论语》，但是，你若仔细读，用心灵去读，你会发现那每一个字每一句话都是人生的大感悟、大体验，每一个字都如夜幕上的星星，能烛照千古夜晚。

后来，文字越造越多，借代、虚拟的字越来越多，离精神实体和心灵意象越来越远，许多字是从原型字（与心象吻合的字）衍生而来，衍生的字又衍生出更多的衍生字，代代衍生以至于无穷。文字随之远离心象，而日趋泛滥，泛滥的文字如同轻浮的鸡毛和落叶满地飘飞。越来越多的虚拟的字、借代的字，组合成了一个个虚拟的、借代的话语空间，说变得越来越容易，写变得越来越简单，在虚拟的、借代的话语空间里，文字自由繁殖而意义并不增殖，说可以不对心负责，写可以不与精神发生关系，口与心分离，象与心分离，言与意分离，人类随之进入大规模制造语言泡沫的游戏狂欢之中。随着技术时代、数字化时代的降临，言说、写作，日趋成为一种语言游戏和欲望腹泻，快速制作满天飞舞的"文本""帖子""鸡汤"却越来越不负载心灵信息，甚至把言说和写作干脆蜕变为"垃圾制造业"。

语言的内核、精神和深度终于被掏空了。我们越来越多地看见，由语言的空壳吹奏的彩色泡沫翻腾着飞旋着，覆盖了失去意义的生存的天空。

我想到一个当今使用频率最高的字：爱。它也是被抽空了内核的。在古典时代，爱是用心去爱的，那时候人们不轻易言爱，因为爱在心中，爱是心与心的交付，爱是天长地久的记忆，"春蚕到死丝方尽，蜡炬成灰泪始干"，爱是无情宇宙的情感，爱是对死亡的反抗，爱是横渡无情时间激流的心灵方舟；"曾经沧海难为水，除却巫山不是云"，爱是庙宇倒塌之后人心里的最后一位神，对爱的记忆和感恩，使我们能怀着欣慰的微笑面对生命的最后时刻而宁静地走向时间的那一边。

然而，爱已变成爱，在一个无心的世界里，我们用语言的空壳吹奏着空洞的泡沫。

然而，爱可能还会继续演变，变成一个发音，变成一个空洞的发音：ai。

然而，那被遗弃的心，仍在荒野里流浪、呼唤：

魂兮归来。心兮归来。

情　思

感激植物

诗经里的植物，大部分在今天还活着。走在山野里，不小心就遇见了，还是几千年前诗人看见的样子，不由得感激草木不变的本心，使这个变动不居的世界保持了可贵的不变，使我们还能辨认和回忆，使我们还能安静和从容。

我们是比古人更老的人

如果能够穿越时空阻隔，转身，我来到唐朝，恰好遇见李白，会是怎样的情景？肯定，我们都十分惊讶：李白是这样年轻、率性、纯真，我竟是如此苍老、圆滑、世故。我本来要向"老祖宗"跪拜的，却见一脸天真的李白向我恭恭敬敬地鞠躬、施礼。我纳闷：我们想象中白发万丈的老祖宗，竟然是些天真少年，而我，怎么竟老成这个样子？

仔细一想，明白了，在时间的河流里，我比他多漂流了一千多个春秋，也就是比他多活了一千多岁。多少风浪、泥沙、尘埃、云烟、雾霾，淤积在我的记忆里，涂抹着我的性情，修改着我的基因。我，终于老成这个样子和德行。

难怪我们没有古人那种率真、空灵、热烈和浪漫，他们沉浸于对宇宙的天真想象和对生命的无限激情，天地的浩茫万象和他们自身的清澈灵性，交相辉映成古人的生命情调和生命意境。我们则早已从精神和灵性的清澈水域撤离、上岸，来到物质世界的荒滩，安营扎寨，掘金刨银；即使有三五个不愿上岸的，也只能在剩水残山里郁郁徘徊、苦苦寻觅，谛听远去的涛声，打捞那沉落的昔年倒影。

亲爱的李白，无数亲爱的古人，你们，是在时间那边歌唱的青春少年，是在人类精神之河的上游吟啸的浪漫诗人，而我们，是一群灵性遮蔽、本心失落、胸襟狭小、苍老世故、气血两亏的老人、病人。

由此上溯到屈原、老子、孔子、庄子，他们是比李白更年少的少年，他们的思想，他们的感情，他们的哲学，他们的智慧，他们的伦理，其实是纯真美好的诗，是没有被污染的人类精神之河的源头活水。

我们是比古人更老的人，除了机巧、世故、精明和熟谙商业社会的经营算计，我们的心性里，实在没有比古人更多一些美好的东西，恰恰丧失了古人曾有的清澈灵性和纯真情怀。正如哲人所说：

比起在科学技术上的进步，人类的道德和心灵并没有提升和进化，反而出现堕落和沦丧。

我们读古诗，读经典，其实是回望我们纯洁的早年，倾听遗落在时间上游的青春期的浪漫歌唱，复习单纯的灵性和真挚的感情，使我们不至于病得太深，不至于老得太快，太无情，太无趣，太无聊，太没有诗意。

古　河

梦里，我看见一位年轻的古人，从河的上游缓缓向我走来，我急忙迎上去。奇怪，我们都不停地向对方走着，却始终保持着中间那段距离，我们无法相互靠近。他那边水草丰美，雀鸟啼鸣；我这里乱石荒滩，生灵绝迹。河水在他那边淙淙鸣溅，终是没流过来，我始终在一堆瓦砾里向他走着，却始终无法挨近。

担心月亮

被诗人的目光长久凝望和打磨，月亮在唐朝最亮；后来，经过历代多情善感的人们用思念之泪反复擦拭，月亮还是维持了一定的亮度。直到几十年前，我初恋的第一封信，也是月亮伏在窗前看着我一字一个心跳地写出来，以至于我把满纸的皎洁月光都寄给远方了。现在，我老是担心，机器人组成的矿业公司，哪一天会开进环形山，嫦娥的月宫被强行拆迁，吴刚的桂树连根拔起，举杯邀明月，明月不理你，明月是一片繁忙的矿山。

李白与石头

李白坐过的那块石头的内部，也许有贵金属正在形成——这或许是我的迷信，在充满物质迷信的物质世界，允许我有一点美好的精神迷信吧。

父亲的菊花

我父亲一生喜欢菊花，但没说过一句夸奖菊花的话，也许他想说却说不出来。几十年里，我读了许多古人咏菊的诗文，发现古人把能说给菊的好话都说完了，我无力写出一句隽永的句子，我欠菊花一份心债。我常为此憋闷，这才想起父亲，他深爱菊，却找不到语言表达，他深爱了一辈子，也憋闷了一辈子。我由此知道：即使一个不懂诗、甚至不识字的人，也有他高贵的、未完成的诗性生命。

早　晨

今天这个早晨是经过了无数个黑夜和光明的轮回才出现的，没有比这个早晨更好的了，这个早晨一过，就再没有这个早晨了。这样想着，我打开窗子，向晨光熹微的远天，恭恭敬敬鞠了一躬。一声鸟鸣为我的一天开了个好头，我叮嘱自己：每天、每时，都不可辜负。

淑女何在

她骑着摩托驰过去，赠我一缕废气；她开着汽车飙过来，溅我一身尘埃。吐气如兰的古典淑女，我是见不到了。

空中的眼睛

读过《红楼梦》并受其感染的人，看见花，他不会轻易去折，他会想起那首用血泪凝成的《葬花词》，他伸向花的手会迟疑，会莫名地颤抖，最终，在柔弱和美好面前，手选择了撤离，懂得了怜惜。一位葬花女子，一双古代的伤感泪眼，此时，就在花木的上空依稀闪现，注视着他和他的手的动静。一种悲天悯人之情思接通古今，这一刻，被商业主宰和技术浇铸得越来越僵硬的世界和人心，有了柔软、怜惜，有了不忍和温情。

这就是文学和诗的力量，沉潜、微妙、深挚而恒久。生活中有没有文学和诗，大地上有没有这样不忍伤害的温润的心和不忍下手的柔软的手，很不一样。我们可以想象相反的情形：一群或一大群，从没有与文学和诗发生过关系的人，从不曾被那双真挚泪眼注视过的人，面对一丛花、一棵树、一只鸟、一汪溪水、一地月光、一个月夜里独自行走的少女……他们和他们的手，会有怎样的动静？

李清照

出了个李清照之后，我们的文学史就有了一位不凡的祖母。在这位祖母面前，侍弄文学和诗的人，若是浑浊张狂或自命不凡，就显得可笑可怜。读过李清照，会知道什么叫才，什么叫洁。不知别人怎样，反正我读了李清照之后，真正见识了什么叫才，什么叫洁。

路　遇

好多次，走在小路或大街，看见有人迎面走来，长久寻觅终于见到故友似的，惊喜之色照亮了整个脸，他疾步走过来，正要开口与我说话，那句话好像憋了许久，而终于有机会诉说了，我也迎面停住，而对方将我打量片刻，失望地转过脸去——显然，他是看错人了，我并不是他苦苦寻觅而不期相遇的知己故交。我竟觉得很对不起他，我为什么就不是他的知己故交，而只能是他的陌生路人呢？事后经常纳闷：他憋了许久而终于没有说出的那句话，是什么呢？他准备对我说什么呢？

人世的浩荡川流，沉积着多少秘密，带走了多少未及倾吐的心情。

雨后之虹

雷雨之后，往往晴空如洗，天地特别明澈，山色如新版名著，那般的幽蓝，历历在目，页页可诵。恰在此时，一座虹桥悄然架起，接通了彼岸的豪华天界。

人间天上，此岸彼岸，一气呵成，和盘托出，养眼、养心且提神。那虹桥，既是审美对象，也是令人憧憬的人生和社会的完美方案。上苍，是何等理想主义的创意设计大师。

天地仍然明澈，虹桥很快拆除。谁说天意从来高难问？天的意思是：此方案，仅供参考，最好的那部分，最难以实施。

心灵之虹

马克思说，文化是"蒸腾在太空中的人类精神"。精神信仰和文学艺术揭示、抵达的最高的心灵之美，乃是人的内心经过复杂挣扎和充分净化和升华而生成的心灵彩虹。虽然，人心不可能时时彩虹高悬，但若没有这精神之虹、彼岸之虹，人心就会全然匍匐于物质的暗云下和欲望的囚笼里，难有自由的呼吸和精神的超越，而纯然沦为物质世界的奴隶。我们的内心世界必须有自己的超越界，尘界之上必须有自己的精神净界，物质的云层之上必须有自己的万有引力之虹、彼岸之虹、终极之虹、精神之虹。如此，我们才既是现实世界的一部分，同时也是精神世界的一部分，我们不只是现象界的速朽过客和瞬时碎片，也与永恒的精神世界有着内在的关联——彼岸之虹照耀下的人生，从而有了高于物质生存的精神意味。生存的意义感和心灵的慰藉由此产生，它不只仅仅由物质和现实的话语规定和解释。生命是大于我们的事件，心灵是高于物质的更高的存在，是永恒的宇宙记忆的一部分。

恐龙与虹

壮丽的虹，也曾高悬在恐龙时代的上空（距今六千万年——两亿年左右），然而它们不会去仰望它，偶尔瞥一眼，也不会有任何美感和崇高感，天空中有没有虹，都不会影响它们进食、交配、相互仇恨、嫉妒、抢掠、争斗、厮杀和随地大小便。我忽然明白了，那些没有任何美感和道德感的某些所谓现代人，原来，还停留在数千万年前的恐龙状态。他们还没有进化出美好的心灵和高尚的情感，其心智水平，还没有高出侏罗纪的爬行动物。

春日的奢侈

那个春日午后，我在故乡小河边散步，欣赏河滩上野草杂花率性铺陈的缤纷春意，高大的槐树也开花了，甜津津的香气阵阵袭来，噫，"花袭人"，曹雪芹悄然与我同行，送来这极俗而极雅的名字。忽闻堤下水声鸣溅，近前，见一条清澈小溪于水草间忽隐忽现，难得啊，在日益浑浊污染的世界上，难得我的故乡还有这干净小河，还有这清澈小溪。溪畔野花错落排列，精心刺绣着乡土艺术，就看见一株株擎着小小银杯的荠菜花，杯里盛着晶亮露珠，虔敬地等候着远来的客人，生怕不小心失手洒了那份心意，它们努力在微风中平衡着自己，那么认真的姿态，那么恭敬的神色，那样的自律、谦逊，那样的诚恳，是我在人的世界里很难见到的。"春在溪头荠菜花"，辛弃疾先生闻香而来，一边吟哦，一边引我步入宋词的意境。

我深知田园已经荒芜，乡土正在沦陷。在这个春日午后，我何其有幸，在我暂未完全沦陷的故乡，在河畔溪边，在一小片残剩的古典角落，我享用了一份古典田园意趣。午后，片刻的奢侈。

路上的发现

　　总是忙着走路，上学、上班、打工、买卖、送别、游玩、旅行、探亲……

　　路上，我们只顾赶路，总想着尽快走完这段路，尽快到达目的地。我们很少停下来低下头看看，这被我们踩在脚底默默地忍受着被践踏的疼痛，忍受着灰尘、噪音和痰迹的伤害，默默地托举我们，永远也不会站起来翻一下身打一个哈欠的疲倦的道路，我们很少注意过这忍辱负重的道路的表情和细节。路把我们从南送到北，从早送到晚，从生送到死，我们不曾对道路打过一声招呼或说一声谢谢。路不说什么，一句话也不说，它不动声色地憨厚地躺在那里，任由我们走来走去。

　　是的，我们只顾匆匆走路，很少低下头来认真地、深情地凝视过脚下的路。

　　20 世纪 80 年代中期，我在秦岭深处驻乡一年，协助乡里植树、扶贫等工作，附近有一个大型矿区，人员往来、商贸交易还算频繁，人虽在深山，倒也不寂寞。周围山势崛峨，奇峰插天，幽谷溅玉，树多林密，雀鸟喧呼。清晨、黄昏或月夜，有二三干部漫步山间。我常是一人独行，或斜倚古松，看群壑奔来眼底；或静坐潭边，守着一潭星月，神游苍溟，物我皆忘，竟不知此身何身，今夕何夕。陶醉于山水审美，忘情于天地气象，也就纾解了工作的累，充实了内心的空茫。周遭的山路，弯曲纵横的小路，人车杂沓的大路，几乎走了个遍。但走过也就是走过，走过了也就忘记了，世上的路，不就是这样匆忙走过吗？

是在一个微不足道的日子，我走在山野小路上，一个偶然的瞬间，我弯下身子，低下头，开始凝视和打探我脚下的这条微不足道、走过多次的小路。促成这个举动的原因其实很简单：我衣服胸前的一枚塑料纽扣掉在路上了，风吹入衣，微微生凉。纽扣是淡蓝色的，出门时还扣过，一定是掉在路上了，圆的纽扣掉落下来会滚动的，它也许隐没在路边草丛里了吧，我弯下身找我的纽扣。

没想到，我在这条走过无数次的小路上，有了许多意想不到的发现。

我看见路上路边路坎行走着无数的蚂蚁，有的在结队远征，有的正为分享几只苍蝇遗体聚集着搬运着，有的正在路坎下青苔覆盖的土堆上——它们简朴的国土上，修筑城堡，挖掘地道，辛苦着忙碌着，建设它们古老的共和国。我看见一只甲壳虫潜伏在小土洞的洞口，窥视着一个秘密，那也许是一个天敌或一顿晚餐；我看见蝴蝶栖在一枝欲绽未绽的野百合的叶子上，安静地等待那个芬芳的时刻；我看见一只受伤的残疾的蟋蟀，无助地挣扎着、痉挛着，它曾在草丛里那看不见的简陋的琴台上，一次次为过路人演奏着从诗经年代流传下来的古曲，安慰了道路的寂寞和行者的寂寞，我不止一次听着它的琴曲，就记起了诗经的句子，遥想着公元前土地的容颜和夜色，遥想着古人的生活和他们纯真的感情，可是此刻，我深深觉着对不起它，我不是忘恩负义的人，可是，在这生死攸关的时刻，我竟然无法给这可怜的古琴演奏家力所能及的救助；我看见土坡上有几只屎壳郎勤奋地工作着，围着一堆牛粪提炼它们的美餐，它们不是吃相粗俗的贪食者，它们是美食家，是出色的环保工作者，它们把我们不屑一顾的废物，提炼成精美的食物，在本来为着口腹之欲而展开的工作里，它们却凭着灵性和利他的品格，让这枯燥的过程充满了艺术性和仪式感，面对食物，它们不是匆忙吞咽，而是先把食物做成造型精美的艺术品，让路过的虫儿、鸟儿和我这样喜欢游走的人，都能免费参观和欣赏，若说它们是活跃于山野的行为艺术家，也不算过誉吧？我看见有一只倒撅着屁股，不停地换着方位蹬着灵巧手脚，操持着它那能工巧匠的技艺，正把那粗糙的散落的牛粪，精心揉搓打磨成浑圆的宝珠——如同僧侣胸前神圣的念珠，看到这里，我差点笑出声来，笑过之后，心里竟升起对这小小生灵的尊敬和对自己的不满了，我想起了自己做人做事的态度和品质，竟很有些愧疚了，人家小小的屎壳郎能把牛粪打磨成珍珠，你吃着美食，穿着华服，住着大屋，并且号称是万物之灵，好像还有点文化，你一天到晚究竟做了几件高尚的事？你身为大地之子，又为养活你的大地，奉献了几多情感的露珠和心血的珍珠？人家屎壳郎不曾向大地索取什么，更不曾贪污盗窃多吃多占，大地给它几堆牛粪，它却把粗糙的牛粪，仿照星星和月亮的样子，精心打磨成浑圆的宝石，最后郑重地还给大地。而你呢，你向人世、向自然索取占有了那么多，你对人世、对自然都回馈了什么？想到这些，我情不自禁地弯下腰，向屎壳郎们深深鞠了一躬，表达由衷的尊敬和惭愧的感情。

我看见一枚断裂的马蹄铁，一定是一匹负重的马或驴在跋涉途中掉落的，我想象着那裸露的受伤的蹄子，滴着血挣扎着负重赶路，钻心的疼它怎样忍受？我的心里竟生出了怜悯；在路的转弯处，我看见几个蓝布做的小小的沙包，旁边还有一根红绿交织的丝绒头绳，肯定是几个放学的小女孩正在路边玩着踢沙包游戏，一阵突然而至的暴雨把她们赶回了家，她们把笑声和做了一半的游戏留在了这里，把不为人知的童年故事留在了这里。

我继续寻找那粒纽扣，我继续着我的发现。我看见在小路不远，青草覆盖着一个塌陷的土堆，几根断裂的腿骨露出草丛，太阳下闪着凄凉而惨白的光，这是一座破败的坟，大约是被前几天的一场暴雨冲毁了泥土和砖石，百十年前安息在此的魂灵被惊醒被裸呈，暴露出时光的残忍，暴露出我们平日不愿直视不忍说出的生命最终的残破结局：这是谁的腿骨，男的还是女的？古人的还是今人的？这正在风化的可怜的腿骨，它曾年轻过、健康过、奔跑过，它最终衰朽了，被人世遗忘了，被道路遗忘了。我用水果刀在土包上刨开一条缝，将这腿骨重新掩埋起来，我默默地祭奠这无名的腿，无名的人生。

这时，我抬起头来，忽然，我看见离坟墓不远，路坎边断续散落着一些撕碎的满是字迹的纸片，我拾起纸片小心地拼凑起来，我吃了一惊！这是一封情思深挚、文字优美的情书，显然是一个男子写的，字迹苍劲有些潦草，但情感绝不是潦草的，是深沉的、哀婉而伤感的。这么深挚的情书，他为什么不寄给一个纯真的姑娘，或献给一个高贵的女人？我不忍再读下去了，我凭什么偷偷享用一个痛苦男人的爱情？我百思不解，他为什么撕碎了这情书？这么动人的情思为什么不能馈赠给一颗高贵的心灵，却把它抛撒在荒草丛中，多么可惜啊。我默默为那颗深爱着却受伤的心，遗憾着同情着，却无力为他祝福，但是我依然相信爱的力量和情义的力量，我在心里默默向他祝福：既然走在路上，那就真诚地脚踏实地走下去吧，总有一个路口，会绽开一束心形的勿忘我，会摇曳一朵深情的百合。

我继续寻找我的纽扣，我继续着我的发现。我拨开路边的松针和落叶，看见许多碎石、鹅卵石，其中有一枚好看的石头，从上面的纹路，我读到了一个神秘的字母，被我珍藏在记忆深处的那个动人的名字，第一个字母正好也是这个字母。我颇为惊讶，也觉得神奇，怎么恰恰是在这里，是在这时候，在我寻找失落的东西的时候，却意想不到地见到了这个字母，而且是在不可想象的亿万年前的洪荒远古，就被创造万物的时间之手，熔铸、雕刻在一枚注定要与我邂逅的石头上！这是神话么？这是天意么？这是传说么？这是寓言么？我的爱，在创世的那一刻，在亿万年前的隆隆火山里，你就开始等待我了，迟到了多少亿年，荒废了多少亿年，此刻，我才发现你，你也才看见我。这一刻，我重新确认了曾一度动摇了的精神信仰：爱，是心灵的图腾，是生命的意义，是精神的源头，是平凡生活中的奇迹，是我们唯一能反抗死亡和虚无的心灵的盾牌。它不仅存在于今生今世，它存在于所有的时间里，它是时间的魂魄；它循环在宇宙的脉搏里，它是宇宙的血液，它是万物的根源，它是生命生长的第一动力。我拾起这枚石头，紧紧地揣在胸前，仿佛是我的第二颗心脏。

我继续寻找我的纽扣，我继续着我的发现。在这条微不足道的小路上，仅仅为了寻找一粒掉落的小小纽扣，我竟有了这么多堪称惊心动魄的发现。

我发现有那么多生命、死亡、疼痛、辛劳、遗憾、爱情、命运和我们走在同一条路上。在我的呼吸之外，还有那么多深长的呼吸；在我的感情之外，还有那么多痛苦的感情；在我的生存之外，还有那么多艰辛的生存；在我的时间之外，还有那么多默默运行的时间。我们走在路上，有许许多多可见和不可见的命运也走在这条路上，许许多多的生与死，伴随着我们的生与死。

夜色降临，我仍然没有找到我的纽扣，它肯定就藏在路边某一个神秘的角落，或许，在某一时刻，也会有一个走路的人为了捡拾自己丢失的东西，或别的什么原因，他会低下头来，久久地注视路，或许，我的那枚纽扣就是他的重大发现之一，但他是否会知道，那枚纽扣的主人，曾经在这里发现了什么……

一失足成千古恨

许多年前的一天，因为有急事匆忙赶路，路上无人，见原野葱翠，流泉泛碧，时有飞鸟，盘桓左右，似与人亲。但急事催逼，无心顾盼。还一脚踢飞了路旁的一块暗蓝色石头，将它踢进了溪涧里，嫌它挡路，误人前程。当时，脚起石飞，眼前忽地腾起一道幽光，十几秒钟才散去，接着扑通一声，溪涧里水花泼溅，哽咽了数声，再无声息。心里掠过一种逞能的快感。

数年以后，我读了若干地质演化书、天文学书、哲学书、文学书和历史书，我那蒙昧浮浅的心智，渐渐出现了此前没有的深沟巨壑和幽思远想，我看地看天看万物看众生的眼光和情怀彻底变了，变得宽阔、深邃、细腻和慈悲，觉得万物艰辛、众生多难、尘世悲苦，物不分动植，命不论大小，来世上走一遭，皆是一次冒险和受苦，皆不易，皆可悯矣。而万物来自时间烘炉的激烈锻打、严酷汰选和漫长提炼，才终于成为某一物，哪怕是一块石头，一粒细沙，一只虫儿，也必得是亿万万年时空运作的劳绩，其间说不清经历了多少磨难和惊险。

后来我有了寻觅和收藏石头的爱好，石头不论样子丑俊，更不管有无商业价值，只要遇到的石头，能让我突然眼睛一亮，心里一动，我就认定是有缘的石头，也是有灵的石头，我见到这石头，或这石头见到我，都源于某种天意，是这石头想到我了，于是来找我了，这石头就不是木讷顽石，而是时光老人传递给我的一句悄悄话。而我自己，不过是石头面前的过客，也是石头的学生，哪怕一块小小的丑石，也在给我讲授一门叫作"永恒与消失"的功课。我来之前它是石头，我去之后它仍是石头——小小的石头，把一茬茬人群都看成越去越远终归看不见的虚无的幻影。功名利禄哪去了？富贵荣华哪去了？升官发财哪去了？多吃多占哪去了？问时间，时间无言，时间是奔跑着的删除键！若是石头会说话，它说出的很可能是这一句不大令人悦耳的箴言：灰茫茫一片大地真干净，只留下遍地石头大如斗。

那一段时间，我认识了许多种石头，并略知其生平。我也才得知当年那块被我一脚踢飞的暗蓝色石头的身世，并猜想它大致的遭逢际遇：

它来自泥盆纪早期的大规模造山运动，来自大约四亿年前的一次岩浆喷发，宇宙之火熔铸了它博大、深奥、坚固的灵魂。漫长的时日里，它一直安卧在寂静大地上，映照和辨认那不断降临的无边星云和人间烟火。后来，它落荒在夕阳古道上，因颠簸了秦始皇巡游的车辇，导致始皇帝臀部瘀血肿痛，被凶狠太监厉声叱骂，就几脚踢出了秦朝，不幸又滚落在汉朝，被司马迁写进了史记的一个血腥细节。后来它辗转来到唐朝，在春天的芳草路上，它不小心硌疼了李白醉醺醺的脚，于是在那首诗里，它押了一个不合平仄的险韵。

再后来，它从诗里走丢了，掉落在历史的荒野，它曾被砌进监狱的围墙，曾被砌进衙门的台阶，曾被砌进庙宇的禅房，曾被砌进书生的陋室，后来还曾被砌进猪圈，砌进井沿，砌进灶台；近百年前，它遗落在祖父耕作的水稻田边，祖父把它当作磨刀石，深秋的夜里，新磨的镰刀晃动着一弯新月，收割着熟透的星光；最近发生的故事，也已有些时日了，它曾被砌进生产队晾晒稻麦和开批斗会斗争地主的场院里，还曾躺在孩子们奔跑的上学路上，向他们变换着角度反射正午的阳光，逗娃娃们高兴，而当时，我也许就奔跑在那条路上，石头反射的蓝光，使童年的书包和记忆烙上了微妙的斑驳……

当我猜到了它的经历，立即吓了我一跳，我对当年那冒失的一脚，是多么愧疚？

我急着想找到被我踢过一脚的那个地方，想找到那条小路，找到那条溪流，找到那块石头，我要从水里捞起它，我要向那块终于重逢的石头，立正、鞠躬、致敬、道歉，表示真的对不起它——其实更是对不起我自己——我那轻薄狂妄的一脚，踢的是什么呢？竟然踢的是万古和永恒！我踢掉的是石头吗？石头还是石头，只是翻了一下身换了一个地方。我那轻狂的一脚，其实是在踢我自己呀！我踢掉了我身边的万古消息，我亵慢了我心中的永恒念想。我错了。现在我要把它找回来，我要把它当作时光的舍利子，在书房里供起来，或者作为一块镇书石，镇住那些总是被轻薄的风一再吹乱而得不到细心阅读的生命之书、命运之书、智慧之书和心灵之书，我要让自己停留在书的空白处，在无字的地方读出深意来；我要把它作为一块镇魂石，镇住我躁动不安的坏脾气，镇住我那不知天高地厚自以为是的野心，镇住小人之心，唤回赤子之心。

噫吁嚱，神乎奇哉，那仅仅是一块懵懂无知的石头吗？不，不。那是来自天地深处的一声长叹，那是天长地久的一句叮咛。我一定要找回它——

可是，当我赶到那里，那里已变成购物广场、证券大厦、游戏基地和娱乐中心，楼高千尺，霓虹万丈，笙歌动地，气焰啸天，历史被水泥一举封死，记忆被金钱无情深埋——金钱拜物教已成为疯狂的现代宗教，消费主义和及时行乐也成为抵抗死亡和价值虚无的唯一盾牌。当年被我踢飞的那块暗蓝色石头，已被埋葬于数百米深的黯黑地层，估计数万年后才能出土，那时，人类可能早已灭绝了……

晶莹的良心

　　一说"秤"字，心里就立即有一种重量感和庄重感。秤，总与公正、公道、公平、公理、公心相联系，秤，几乎就是这一切的象征。那一粒粒刻凿在秤杆上标志重量的刻度，即秤星，多是铜的或银的，亮晶晶的，它准确地表示了重量的位置，也表示了良心的位置。即使秤杆旧了，朽了，那铜或银的秤星，仍如当初一般明亮；这就如同一个人老了，死了，但他的德行仍然活着，如幽暗天宇里闪烁的星星。

　　最令我感动的是那铁的秤砣，它几乎就是一块废铁，在这里却有了大用场，默默地主持着公道。货物的重量随地心引力向下沉，秤杆高高地翘起来，直指苍穹。天和地倾斜着。在倾斜的天地之间，站着掌秤的人。变幻的人能主持天地的公道吗？人把公道的愿望铸进铁中。这不说话的铁的秤砣，庄重地出面了。在倾斜的天地之间，它仔细掂量着，寻找着那个微妙而重要的位置。它以有限的重量平衡着天地的无限重量和人心的莫测重量。终于，它找到了那个微妙的位置，它测出了货物的重量和此刻时间的重量。它静止着，安宁地垂悬在天与地之间。秤杆仍微微上扬，指向市场上方的天空（秤的另一端，货物喘息着向地面下沉），这是否暗示：无论秤盘里（或秤钩上）承受着怎样物质和生存的重压，而良心总是指向天空、指向辽阔。

再看那秤盘吧，无论盛过怎样贵重的货物，最终，它总是守着空空的自己。我少年时见过的大都是铜的秤盘，当它们空着的时候，就是一面铜锣，随便敲击，就发出清朗的响声。那声音悠扬而抒情，化解了市场的算计和压抑，直飘向青天白云。我想，任何物质都有抒情和诗的属性，都不愿意自己仅仅是物质。就如这秤盘，它本来就是铜，它的归宿绝不是市场，它是飘荡于尘世和天空之间的青铜的声音。

由金属、珍贵木材组合的秤，委屈地服役在这个丰富又匮乏的尘世上，以它的敏感和近于神经质的清醒，维持着一种古老的德行。

当市声渐息，在夜晚，劳碌一天的秤杆、秤盘、秤砣安静地坐在一起，守着一粒粒秤星，如守着晶莹的良心……

峰顶之上

星光密集，宇宙的花篮夜夜垂悬，仿佛伸手可触，面对时光的邀约，我有着无法治愈的饥渴。

再走一会，我就到达峰顶，繁星如纷飞的蜜蜂，簇拥和围困着我，仿佛要把我领走，仿佛要从我的生命里，采集珍贵的花粉，酿造一点来自人世的甜，以慰藉宇宙辽阔而孤寂的心。

而银河仍在涨潮，它的无边河床里，沉落着无数仰望的眼睛。

我仰躺在绝顶之上，听任天河的波浪拍打我的心胸。

我久久地不说一句话，就像此前，宇宙久久地从来不说一句话。

我偎依着星空长久出神，我和永恒面对面。

我泪流满面，这真挚的眼泪，却与尘世无关，与人间悲喜无关。

我泪流满面，只因我和永恒面对面。

在我的头顶之上，某种无限性，仍在宇宙中永无止境地延展和奔腾。

先知说：在星空下不会出现狂妄的人！

银河涤荡了沉积在我体内的自以为是的尘埃和野心。

宇宙无限的星云清空了虚幻的自我存在感。

流星飞驰，而我很快就会被时间的激流带走。

今夜，我在人世失踪，在峰顶之上，我与永恒面对面。

一种辽阔的谦卑和苍茫，正在我体内静静发育，延展至无穷……

登 顶

　　天不亮我就骑车离开城市，一个小时后，就到了南山脚下，此时，村寨里鸡鸣声响成一片，有几只公鸡跳到草垛上，扬起脖子扯着嗓子对着天空大抒其情——看着它们虔敬的样子，作为一个喜欢写诗的所谓诗人，我竟然有了几分惭愧：它们是比人世间的所谓诗人更纯粹的真诗人，古往今来，它们一直坚持着对太阳的初恋和对天空的痴情，不管人世如何变换着烟雾、泡沫、脸谱、时尚和语言，不管人造的电子钟如何扭曲着人们的时间表，它们，始终坚持自己内心的刻度，用自己古老的语言，与黑夜交谈向太阳倾诉。就在它们一次次质疑黑夜太黑了，要从浓重的乌云里抢救出迷途的旭日，而我们这些所谓诗人，却常常躺在名利的被窝里与黑夜同床共枕，打着押韵的鼾声，说着岁月静好的昏话——真是惭愧啊！在黎明的词典里，何曾收录过诗人激动心魂的诗句？倒是在黑夜的档案里，留下了他们瘫痪残废的记录。我恭敬地站在路边，听着它们的一首首诗朗诵，从它们的固执的身影和纯正的声音，我感到了这个变得越来越可疑甚至变得越来越可怕的人世，总算还有一种不变的东西保存了下来，这就是：对光明的追寻、对体现均衡美学和正义的宇宙法则的不变的坚守，以及表达这种情感和信仰的，那种单纯的、动人的、万古长新的诗的语言。而这一切，不是由人类的随波逐流的所谓诗人鲜明地表达出来，却是由貌似没有任何文化和现代意识的大自然的抒情诗人——由雄鸡们表达了出来，就更有了一种客观性和永恒性，因为我想：当有一天人类的时钟彻底停摆了，也即是说人类作为一种生物寿终正寝了，那时，响彻大地和天空的，绝不会是别的什么电子时钟和机器人的胡言乱语，而依然是雄鸡的诗朗诵——可见雄鸡身上携带着永恒的时间秩序和生命节奏，而人身上镶嵌的，只是自己折腾自己也折磨万物的临时的、扭曲的、错误的、自私的闹钟，大自然随时都可以将其删除。

我把自行车寄放在山下一位农民大伯家里，然后步行上山，一路上我时而打着口哨，时而哼着小曲，有时遇到一户人家，突然从屋檐下奔出一条狗汪汪着扑来，我就模仿着它的嗓子，弯伏着身子也向它汪汪着作出扑咬它的姿势，那狗竟胆怯地退却了，尽管仍然汪汪着，但底气明显减弱了，它一定在想：这条狗不好对付，可能是一条疯狗，他竟然可以站着，也可以弯腰伏着，还披着假模假样的衣裳，叫声显然不地道，绝对不是一条正确的、正宗的狗，很可能是一条假狗或疯狗，更让它纳闷的，是这条狗的眼睛的部位竟架起了两块明晃晃的闪着不怀好意光斑的玻璃（眼镜），可得当心！

狗和我没有怎样纠缠，它可能害怕了，转身哼唧了几声，朝屋墙后面走过去了。我们互相留给对方一个永难解开的谜，我继续爬山。

越往高处走，草木越多，露水越多，云雾越多。云像在滚动，在蒸腾，像有一个巨灵在暗中喷吐。云漫过的地方，草木洁净而湿润，露珠挂在上面，像一串串透明宝石。真不忍心碰落了它们，纯洁的事物，好的东西，都脆弱易碎，经不起哪怕是轻微的伤害。尽管小心地行走，还是不停地有露珠落地而碎，衣裤都被打湿了。我就想：从草木间走过，我们碰碎了多少露珠；从岁月里走过，我们留下了多少遗憾？

阳光照过来，却没有多少热度，不像是六月的太阳，柔和得像是三月的初阳，厚厚的湿润的云雾抚慰了它，它也以温柔的被净化了的"佛光"抚慰土地上的事物。此时我看不见太阳，我想它正慈眉善眼地从高处注视着我，注视着一切。

云雾已开始减少，视野仍然朦胧。草木们幸福地站在清凉里，各自的手里都握着足够的礼物，艾草、狗尾巴草、马鞭草、车前草在微风里轻颤着，又很快静止了，我似乎能看见它们欢喜又有些着急的神情：满手满身的珍珠钻石，不知该送给谁？

忽然，脚底下"咔嚓"一声，接着就感觉有什么东西瘫软下来，是不祥的小型爆炸。我低下头，抬起脚，一看，一只鸟蛋被踩碎了，蛋青蛋黄粘在我的右鞋上。一颗心脏、一团色彩、一双翅膀、一串云端的鸣叫，都葬送在我粗暴的皮鞋底下。谁能再复活它呢？上帝的手何时才能把这破碎的汁液再一次聚拢，提炼成飞向天空、拍打我们想象的美好羽毛呢？我的心，我那一度被早晨的霞光、被审美的激情鼓荡得十分高涨、迷狂的心，猛然沉下来，心里浮起伤感、悲哀和自责。

雾终于散了，此时我才发现，我已到达山顶。可是我却兴奋不起来。一点也没有所谓的"一览众山小"的喜悦。不错，我是到达了峰顶，到达了这座不算太高的山之峰顶，到达了这个平凡早晨的峰顶。然而，在一块岩石上坐下来，我脱了鞋，察看我的鞋底，我不禁一阵心惊：貌似无辜、辛苦的鞋底上，沾着斑斑伤痛和血迹，沾着被踩碎的蛋清蛋黄，沾着被踩死的蚂蚁蚯蚓，沾着被踩断的蝴蝶，沾着被踩烂的蟋蟀、瓢虫和蜗牛——我看见两个模糊的蟋蟀头部，它们也许正相互偎依着倾诉，我的鞋，使它们的婚礼变成葬礼……我不敢细看也不敢细想下去了，我骂了几声自己，我真想就地埋了这双劣迹斑斑、血迹斑斑的鞋！

我应该赤着脚，跪在山顶，大声说一声对不起，我应该向生灵们忏悔，向土地忏悔，向道路忏悔，向早晨忏悔。

是的，我到达了这个平凡早晨的峰顶。然而我却没有抵达的喜悦。抵达的时刻竟是忏悔的时刻。我想起这个世界的状况，想起生命和命运，想起过往的历史和正在经历的现在，以及注定要穿越的未知岁月，我想起世俗的事功和崇高的信仰，我想起庸常的追求和伟大的征服……不管我们对自己的所言所行所作所为怎样饰以华彩罩以光环，人，即使是对自己似乎很人性、很合理的行为，都不能过分自以为是，人，不过是人，不过是生物界的一个物种，不过是使用着这个世界，也毁损着这个世界，说到底，人不过是对这个世界存有更多欲望、怀有更多企图、握有更多手段而已，即使是貌似高大上的事业，也不过是为了满足人的更多的欲望和诉求，在自然的眼里，在神（或更高的存在）的眼里，也许一点也不崇高，倒是一种更深重的践踏和更厉害的索取。更不用说对财富、对权力、对名利、对占有、对享乐的追逐和争夺，本能和贪欲更是其直接的动机和动力。在通向财富之巅权力之巅享乐之巅的路上，人们啊，请查看你的脚底和路面，那被践踏和伤害的，岂止是几枚蛋、一些虫蚁？

我站在山顶，纵目远眺俯瞰，我想着，此刻，在世界的无数大路上小道上野径上，追逐着、狂奔着、攀缘着、争夺着的人们，我想提醒一句：慢一点，轻一点，仁慈一点，或者停一会儿，低下头，请看看自己的脚底……

生命中柔软的部分

回忆初恋

(题记：那是多么纯真的感情，回忆它，就像迷失于物质囚笼里的现代人回忆远古的神话……)

没想到会如此强烈地想念一个人。

没想到想念一个人竟是如此幸福又是如此痛苦。

多少次发誓再不想你了，可思念的波涛席卷而来，淹没了我仅存的一点克制的陆地，我的整个身心被海水充满，你是法力无穷的海盗，控制了我的每一寸海面和海底，盗窃着我所有的波浪、船队和汹涌的激情。一个浪又一个浪冲击着我，这时候，我知道了海的起源和生平。海是幸福的，每一秒钟都有无数潮头在推动他，都有无数石头、河流皈依他丰富他；海是痛苦的，每一秒钟都有千万吨盐在他心中堆积，都有千万支船队沉没在他的深渊。你不知道被波涛和风暴蹂躏的海底，早已是伤痕累累，你只知道远远欣赏：晴空下的大海，是那么辽阔，那么蓝……

我上山，你也跟着我的心上山。掬一捧泉水，我就掬起了你的眼神；采一朵野花，我就采到了你的微笑。登上山顶，我看云，看见的都是你向我挥动的白手绢、蓝纱巾；我望鸟，望见的都是远去的你，你飞得那么高那么快，你头也不回地飞着，将我的灵魂也驭向那不知名的远方。走下山来，回首四望，那满山石头都是我的化石，那缭绕的云雾都是我化解不开的惆怅。也许你根本不知道世上还有这座山，你根本不知道我会把你带到如此高的海拔，你根本不知道，那逐渐加深的山色，已储满我记忆的岩层。

下雪了。我行走在风中，雪在降临，你在降临，这么多的飞吻，这么多的手指，这么多温柔的眼波！全宇宙的天鹅，都在向我抛洒美丽的羽毛。哦，这是你给我的信。多少个世纪没有读到你的信了，仿佛从震旦纪开始，我就等你的消息，我的目光苍老了，你只回复我以孤寂和荒原；仿佛从银河刚刚起源的时刻，我就站在岸边等你的渡船，我的目光风化了，你只回复我以苍茫和静默。此刻，你在给我写信，这么多纷飞的情思，这么多洁白的信笺，这么多柔软的承诺。你把山写白了，水写白了，你把天写白了，地写白了，你把我塑造成一个干干净净的雪人了。你把亘古以来没有发出的信都寄给我了。想念你，我是多么幸福，每一阵风都是你的快件，每一片雪都是你的素笺，无边苍穹就是供你一人使用的邮局，白茫茫的大地就是你寄给我的一封封长信。想念你，我是多么痛苦，雪化了，山脉暴露出嶙峋的石头，衰草守着荒凉的墓碑，世界又变成空荡荡的废墟。

静夜，我望着星空出神，失眠的夜晚，我才发现每一颗星星都是失眠的恋人，宇宙的大梦里隐藏着多少痛苦而美丽的故事，银河的波涛里沉浮着多少孤独的帆影。呀，光年之外的星座，我一抬头就能看见它们，我低下头来，就能在水中打捞它们的眼神。你时时刻刻向我吹送纯真迷人的气息，你离我这样近，却又那么遥远，你仿佛在世界之外，在银河系的远方。于是，我在高高的星座上刻写你的名字，用泪水打磨那些闪光的记号，直到整个星空到处都是你温暖的地址。此刻你对着哪一盏小灯出神呢？你知不知道，在无边无际的宇宙长夜里，有一双忧伤的眼睛，正对着星空为你命名？呀，千年万年后，又有谁知道，那闪烁的夜空，那无尽的天上的篝火，都是我初恋的遗址。

想你，想你，想你。一颗颗爱的陨石砸落在我心上，我的心已布满环形山，堆积着无用的大理石、痛苦的金属、沉闷的花岗岩；远远地看，我的心已是一颗无家可归的月亮，追随着遥远的太阳，沉沦于苍凉的海底。

想你，想你。在雨中想你，想变成一滴泪打湿你的睫毛；在雾中想你，想变成一只迷途的鸟撞进你的怀里；在闪电中想你，想变成一束光被你夹进正在读的一本书里；在墓地想你，想变成一副棺材，深深地收藏你，想变成一块墓碑，长久地记载你叙述你……

想你的时候，才发现我的渺小，过于浩大的爱把我衬托得如此渺小。我发现我在嫉妒，那些与你有关的事物，它们缭绕着你也占有着你。我嫉妒你的头发，为什么是它，那黑色的云，覆盖着你的头顶，而不是我，在你生命的高地，以松涛、以风的手指，策动你青春的波浪？我嫉妒你胸前的纽扣，为什么是它，那金属的、冰冷的耳朵，倾听你不息的心潮？我嫉妒你正在服用的药，它们果真能治疗你的疾病？它们果真以其涩苦和辛辣，能征服侵入你骨髓的病毒？我嫉妒那为你号脉的无动于衷的大夫，他真能透过你的脉冲，诊断你血液里隐秘的潮汐？

想你，想你，想得绝望的时候，我发誓再不想你。于是我想：宇宙是什么时候创生的？大海是什么时候起源的？盐是什么时候形成的？我听见一个声音说：她诞生的那一刻宇宙就创生了，你为她流泪的那一刻大海就起源了，你绝望的那一刻盐就形成了。

想你，想你，我无法不想你。我周身的血脉，时刻为你涨潮和落潮，千万吨盐堆积在海底，千万个太阳沉没在心底。

我此生的命，莫非就是为你受苦？我这颗心，莫非就是为等待你的降临，而无限期地为你痛苦燃烧和跳动？

想你，想你，想得太苦了，我发誓不再想你！不再想你的时候，我竟然想——死……

想你，想你，我此生的命，就是为你受苦？我这颗心，注定为你燃烧，一点点燃成洁白的灰烬。

你是谁？你在哪里？你很近，你就在我的手相里，在我梦中的潮汐里。你很远，你仿佛在世界之外，你在另一个星系。

你是谁？你让我痴迷又让我受难，你给我希望又令我绝望，你许给我幻美的天国又置我于真实的地狱。你是谁？你好像是温柔的信仰又仿佛是冷酷的法律，让我一千次复活又让我九百九十九次死去。你是谁？如雪一样净化我又如火一样焚烧我，像风一样追不上你又像雾一样摆不脱你。我活着，只为了追寻你的幻影；我死去，就为了接受你黑夜的永恒覆盖……

那引领我们上升的，总在朦胧的远方向我微笑的，那年轻的神，莫非就是你？

古老的动作

1

人在匆忙的一生中，会作出多少动作？

行走、奔跑、坐卧、弯腰、垂首、仰望、俯视、倾听、攀爬、跌倒、抚摸、抱头痛哭或掩面饮泣、闭目沉思、盘膝入定、险径上一个危险的趔趄、风雪中的颤抖、病痛中的痉挛、默契时的颔首、因惊讶引起的面部表情的颤动、久别重逢的友人或情人，久久相握或紧紧相拥……

世世代代的人们，都用相似的身体，做着相似的动作。

每一个动作都伴随着一种心情，或者说，每一种心情都带出一个动作。

沧海桑田星移斗转，人的身体却少有变化，人们做的动作，也都是重复着前人、古人的动作。

在现代的天空下，人们做着古老的动作。动作与古人相同或相似，心情是否也相同或相似？

2

我想，一种动作的后面，古人和今人的心情，有的相同，有的截然不同。

比如挥手，这个告别的动作，古今是相同的，心境却完全不同。李白与友人告别："挥手自兹去，萧萧班马鸣"，心情沉重而忧伤，古代交通不便，自然环境也是天地沧桑神秘莫测，友人一别，便山重水阻云烟万重，甚至是"生死两茫茫"，所以古人告别的场面，一定是静穆而苍凉，有一点像宗教仪式，虽是生离，却笼罩着死别的凄怆烟雾。

今人告别，却很是轻松，甚至显得潦草，点点头握握手就了事，即使去国千里，也是如此。大家心里都明白，要不了多时，他（她）就乘飞机坐火车返回来了。

现代人生活得太方便，天涯变为咫尺，地理空间缩小，心理空间也缩小了。

我们无法体会古人那种丰富复杂的离情别愁。

"执手相看泪眼，竟无语凝噎"，天高地阔，前路苍茫，于今一别，离别之恨和相思之情，便笼罩烟波浩渺的内心。

告别，挥手，或执手，相同的动作，而动作背后的心情和感受，古今不同，相去何止天壤。

所以，我有时候就想：对友情和爱情，现代人比起古人，要淡薄得多，也肤浅得多。

3

许多动作，在古人那里，是含着虔诚、敬畏、仰慕的心情，甚至表达着崇高的、带着宗教感的情怀。

比如仰望，仰望一座山，仰望一座塔，仰望一朵云，仰望一棵大树，仰望一片天空，仰望一颗星辰，在仰望里，古人表达着对崇高庄严事物发自肺腑的敬畏、敬仰的感情，仰望的时刻，是表达这种感情的时刻，也是被仰望的事物进入内心，丰富、净化和提升生命境界的时刻。

俯仰之间，人被天地万物的浩瀚气象所震撼，思接千载视通万里，襟怀为之开阔，心胸为之浩然。孟子说，吾善养吾浩然之气，古代圣哲，总是喜欢仰望崇高的事物，对高山久久凝目，望苍天深深浩叹，天，何其大哉。多少圣哲，在对天的长久仰望里，冥想宇宙究竟和生命奥秘，天的浩大之气、清正之气、肃穆之气，源源灌注进他们的内心，一种与天地之气相通相融的浩然之气，便磅礴于胸。

古人多居于旷野之中或大泽之畔，随时都和崇高的事物相遇，古树、古河、高山、高天，崇仰的感情多于征服的野心。古人面对天地万物，总有一种崇高而谦卑的宗教感情。

我想象中的古代圣贤，智者或诗人，经常做的一个动作是仰望，他们的视野里，充满了只有通过仰望才能看见、才能感受的崇高神圣事物。

古人面对的天地不是一个实用的、等待加工和开发的材料的世界，而是一个神性的、诗意的世界。这样的世界，只能仰望，或凝视。

深情的一瞥，或长久的注目，他们的心就融入了天地苍茫的永恒意境里了。

仰望，这个古老的动作，如今我们也做，动作或许与古人相同，仰望的幅度甚至更大，但心情已全然不同。

比如，仰望一座高楼，不是尊敬它，它也不怎么值得尊敬，我们仰望它，很可能是想占有它，搬上去住一个好的楼层。

比如，仰望一座金融大楼或证券大厦，我们想的是与它的利益联系，想的是存款的数字和股市起落的行情。

比如，仰望一座山，我们或许也对它的气象和高度产生片刻的激动，但很快我们就开始盘算旅游线路，并向同伴打听门票价格。一座山不过是一个旅游景点，一个商业门面。高山流水、高山仰止的崇高感和诗意没有了，金钱的铁鞋践踏着每一块古老石头。

即便是仰望月亮，也不会有古人望月时那种皎洁的心情，那种地老天荒般的心情，古人望月，望见了光明之神，爱之神，望见了灵魂的水晶，今人望见的只是一块悬空的石头，一座等待开发的矿山。

仰望，一个古老的动作，人对崇高事物、不朽事物表达景仰、敬畏情感的动作。

今天，我们仍然做着这个动作，头仰起来——我们或许看见了一些实用的东西，在实用之外，我们看不见别的，只看见了虚无。

古人的目光，常常在高处逗留，仰望的时候，他们看见了神秘和神圣，看见了遥远和崇高，看见了天地万物的诗意幻象。

此刻，我也仰望着，在被古人无数次凝望过的大地和天空，我想找回他们那虔诚的目光。

没有什么值得仰望和感动的事物了，今天的人似乎强大到不屑于仰望和感动，这正是人类心灵的大荒凉。

4

一些动作从古传到今，它传达的情绪和带给人的感受也基本没有变化。

比如，乞丐伸手讨要的动作，古今相似，它带出的那种悲凉、辛酸和尊严的沦落，也是古今相似。伸出的手仿佛不打算收回，文明羞辱了它们，它们以这种方式羞辱文明，让文明尴尬。

比如，以手拭泪的动作，几千年来没有变化，泪的苦涩，它释放出的海的气息没有变化，我为人类依然保持着流泪的本能而庆幸，当丧失了悲剧精神和人性深度的文化不再能净化人性的时候，泪水也许让我们在某个时候返回到内心的古海，看到泡沫后面的深渊。当泪水打湿手心手背，我们的手被洗得干净了，除了泪水，好像已找不到一条干净的河流，把我们不干净的手洗得干净一些。

比如，以手扪心的动作，今天的人们做这个动作没有古人那么诚恳和痛切，当我们偶尔做这个动作的时候，才忽然意识到一个久违了的东西：心。古人没有脑的概念，只崇拜心，良心、善心、真心、本心、童心、赤子之心；今人似乎只有脑的概念，只有功利盘算和实用理性，心被废置，心不再是一个精神实体，而成了一个纯生理器官，心，失去了在人性中的中心位置，实用的，过于实用的生存，使我们很少动情动心，很少有深刻的心灵战栗。当我们偶尔为一个悲哀的或美好的情景感动或感伤，我们情不自禁地把手贴紧胸口，这古老的动作让我们与自己荒废的心相遇。

我对人性的改善仍报有信心。

只要我们时常扪心自问，我们就不会忘记自己有一颗良心。

如果发现它不在了，那就赶快去找。

5

深秋田野里，母亲弯腰拾穗的动作，令我想起世世代代在秋风里走远的母亲，是她们把那些险些丢失的种子和歌谣，一点点收藏起来流传至今。

灯光下我轻轻翻动书页如翻动时间，在语言的深水里，我打捞祖先的心跳。

我对那些喜欢在静夜里仰视星空的少女有一种特别的敬意，从她们身上我看见了古代女神的影子，一个经常与无限星空交换目光的人，她（他）的内心肯定比较高远明净，而且保持着古典的情怀和幻想的诗意。

一个人在半夜里走着路，他忽然停下来，他看见了头顶的北斗，此刻正和他垂直成一条线，时光要流逝多少亿年才和他构成这垂直的一刻？他停下来，站着，仰望着，他固执地要站成北斗的第八颗星，他接受着宇宙之光对他的洗礼和浇铸——

这样的动作，这样的时刻，人，既立足于实在的大地，又融入了无限的时空。脚下的虫鸣身边的流水，令他感到生命的美好和喜悦，而浩瀚的宇宙又把他带入无穷无尽的神秘之中。没有生的烦恼和死的恐惧，此时的他，正在眺望无限，与无限合一……

握　手

手伸出去，表示对另一双手的好感。

心与心的峡谷间，手，搭起一座栈道，生命的温度走过去。

取掉手套，彼此触摸到体温、血肉和骨头。

把戒指，把多余的饰物取下，它们会硌痛对方的手，生硬的相握，使真诚大打折扣。

如果正好触到你手上的伤痕，请相信，它使这一瞬间的相握有了难以言传的深度。

风走过去，会使岩石苍老，水面生出旋涡。

手与手相遇，会不会使手相发生些微的变化，也多少影响日后的手势？

如果你对我这双辛苦的、卑微的，然而干净的手，不存善意而怀着鄙视，那么，请不要伸出你尊贵的手，我的手渺小然而有尊严，泥土信任它，劳动给了它丰富的触觉，它情愿伸进低处清澈的流水，而不攀缘漂浮在高处的雾霾和悬念。它拒绝傲慢的手对它的侮辱。

收回你那尊贵的手。我的手平静地握在我的手里。

我的手喜欢干净，喜欢真诚，喜欢朴素的事物，此刻我与一株三叶草相握，露水和草木的清芳打湿了我的记忆。

十指连心，终生，直到最后的时刻，我的手，都渴望握到你的心……

生命中柔软的部分

生命中柔软的部分，是内心深处那种善良、那种厚道，那种浸漫着温柔之雾的体贴和同情。

在生活中，我时常被一些人、一些情境感动。那感动我的，不是人性中坚硬的部分，甚至也不是刚强的部分，恰恰是人性中温柔的部分，接近于水、女性的那部分。

坚执、刚强、果决，这些都是不错的品质，但我可以佩服这些，却很难为之感动。在理智上我知道这些品质对于生存和事功的必要，但它们并不是心灵渴望的最好的东西。

心灵渴望的是体贴、温柔、宽厚、谅解，是同情与爱。

多年前我读过一篇法国作家写的短篇小说，写的是一位离异的少妇乘飞机旅行，走下飞机以后，机场上风很大，又在下雨，同时下飞机的一位中年男子从这位少妇身边经过，看见她的围巾被风卷起，就停下来帮助她系好围巾。这个细微的动作竟深深感动了这位少妇，以至于她爱上了这位男子，并最终结为眷属。

在那位少妇的心中，那无意中流露的关切和同情，一定是源于一个人的内心，透露出这个人本性中的善和温柔。而这个人既与她没有任何直接的利害关系，也根本没有想通过这一友好的举动换取什么。那么，他对一个陌生人的关切就更具有人性的温暖了。

　　这个世界有着太多坚硬、粗暴、冷漠、残酷的东西。铁、水泥、玻璃……构成了一个机械僵硬的世界。而我们的文化中、生活中、心性中，也似乎越来越多地充斥着铁、水泥、玻璃。自然界的荒漠化在加剧，心灵的荒漠化也似乎在加剧。无论物质世界或精神世界，都渴望温柔的滋养。

　　在历史上，曾经出现过剧烈的冲突、敌意和争斗，在仇恨的废墟上，也站立起一些"英雄"，但无数的平民却为此付出了昂贵的代价。纵观历史，恶的杠杆或许对历史的进程起过推动作用，但从对人性的伤害而言，仇恨和敌意从来都是负面和消极的。现代人越来越明白：人类和众多生命，都是地球这只独木舟上的乘客，谁都应该活下去，谁活着都不容易，理当同舟共济，和谐共存。敌意、仇恨、暴力如同泥石流会毁坏生存的植被和人性的水土。人的心灵永远都渴望善良的情感和柔软的事物，甚至大自然也希望人变得温柔宽厚一些，太强硬的人给大自然带来了太多的伤害，大自然喜欢温柔的人，并乐于向他们献上绿水青山，而对那些总是怀着征服的冲动，端起"英雄"架势的人，大自然也从来不会逆来顺受，最终会用自己的方式让那些"征服者"明白：其实，无论待人待物，还是温柔一点好。

　　很多老人告诉我：他们常常回忆那些给过他们温暖和同情的人和事，也常常忏悔自己当年做过的对不起别人的事。有一个老人告诚我：人活着，千万不要动害人的念头，更不可做损人利己的事，人要温柔宽厚，不可使强用狠，强硬的人或许会占点便宜，温柔的人却是美好的。

一座高大的山让人震撼和敬畏，为它的海拔，它的气势。但山再高总有它的限度，在天空下面，再高的山也只是稍稍高出地面而已。如果这座山有清泉，有碧溪，有柔韧的藤蔓，有妩媚的野花，有了这些柔软的事物，这座山就不只是让人仰望，而且更让人热爱了。比起它的高、它的石头的刚硬，这些温柔的东西更贴近人的心灵，更能让人感到这个世界的安全和柔情。因为有这么多能给心灵带来抚慰的事物，这座山就成为心灵的一部分了。

商业原则似乎成了生活的普遍原则，但再多的钱也无法购买到心灵的圣洁。何况，物质的洪流总在冲刷内心的河床，累累乱石中挣扎着伤痕累累的心。技术可以将飞船送往宇宙，技术可以复制生灵修改基因，但是技术无法修补受伤害的心灵。

让柔软的事物、善良的情感多一些更多一些，让森林和清泉永远驻守在我们的心中。我们一直在怂恿欲望增殖着生活中的敌意和粗暴，人性屡屡被它伤害，爱一再推迟了归来的日期，是时候了，我们何不让贪婪休息，让嫉妒放假，让仇恨退休？我们何不来一次心灵的打扫？把那些盛满脏水的坛坛罐罐搬走吧，让田野的绿色进来，让天上的白云进来，让记忆里那些彩色的蘑菇进来——让它们在内心里组成一片温暖、柔软的原野。

遗　忘

遗忘是生命为自己减负的方式之一。

海通过遗忘海难、海啸等不幸事件，而保持了自己的湛蓝。

琴弦不停地接待音符，又不停地遗忘音符，遗忘，使它对每一个降临的音符都有第一次相逢的惊喜。

词典遗忘了所有查词典的人，这使它永远是一部可信赖的词典。

河床遗忘了大部分顺流而下的泡沫，只把一些有分量的石头留了下来，让泡沫的深处有了坚硬的思想。

幸亏遗忘搭救，要不，那么多噩梦再次找上门来，我岂不被吓死一千次？

我见过太多的假笑、刀子和伤口，幸亏遗忘俯在我身边低语：没关系，会过去的。否则，我岂不被假笑和刀子碎尸万段，又被埋进伤口？

幸亏遗忘，我们才不被那些痛苦的记忆五花大绑。在疼痛的伤口里，生长出飞翔的翅膀。

然而，十指连心，我的心怎能遗忘流血的手指？

因之，我常常把布满伤痕的手揣在胸前。

心的祭台上，它们是燃烧的红烛。

毕竟，不能也不可能全都遗忘。

废墟保存了过去岁月留下的许多蛛丝马迹，所以值得考古学家挖掘。

友　谊

在你命运多蹇的时候，他仍然爱着你。

并非爱你的坎坷，是珍惜你生命中那些可贵的情感，那些潜在的精神品质。

或者是你坦荡的性格，或者是你高尚的情怀。甚至是你的缺陷，从美学的眼光看，却是美丽的缺陷。

透过一层层外在的干枯菜叶，他仍然珍惜你保存在菜心里的那些露水和清芬。

你不是舞台上活跃的角色，只是一个拉幕布的人。

他尊重你那双默默的手，也体贴你手上的茧和伤痕。

在海上，他与你分享辽阔。

在悬崖，他与你分担惊险。

在雨中，他为你递来帐篷。

在寒夜，他牵挂你的寒凉。

暮年，日落的时候，或许你没有足够的晚霞装饰自己的黄昏。

他走过来，这就足够了，他与你一同目送落日……

日 记

每天都为自己送行。

通过它，你会看见岁月的一部分背影，以及那些一闪而逝的表情。

在每天的沙地上打凿，总想找到水的行踪。

渐渐地，自己把自己打成深井。

谁能拾起自己的脚印？把脚印积攒起来，或许是一条很长很汹涌的河流？

天天搜集，无非是几片云，一阵雨，数盏灯，或者是菜叶上的一粒青虫，人世间的一声狗吠或一点感动，也许仅仅是茶叶沉入杯底的宁静，或者偶然在一本陈旧的书里翻出几声雷鸣，最大的事件，也许是尖锐的玻璃碰上往年的伤口，引起一阵新的疼痛；或者是失去植被的山上，咆哮的泥石流，让你感到生存的惊恐？

天天备忘。天天采集。

当你老了，面对夕阳衔山，就从记忆里找出些颜色，尽可能布置一个稍稍缤纷一些的黄昏。

在一个宁谧的时刻，记忆渐渐淡去，而天上的繁星升起来，银河也开始奔腾，这时候，无边的宇宙，才出示他们那浩瀚细密的日记……

郁　闷

　　我们无法规定我们自己在哪一天郁闷，在哪一天不郁闷。法律也无法制止郁闷。郁闷是我们的常客，打开生命之门的那一天，郁闷就频频造访我们。你关了门，想把郁闷拒之门外，你恰恰挽留了郁闷，你生命的房子里，那端坐正中或四处窜动的家伙，正是郁闷。

　　郁闷是身体里的乌云，被郁闷笼罩的时候，你整个儿变成了大气层状态，或者说你就是大气层中的一部分云层。你弥漫、漂流、悬置于虚空之中。这时候你处于道德之外、文化之外、历史之外，你只是宇宙之中漂浮的一团阴郁的云层。你退回到史前状态，退回到文字和记忆产生之前的洪荒年代。你似乎体会到大气层的心情，体会到宇宙的心情，它们的心情是什么呢？正是无边无际的郁闷。

　　为了逃出郁闷，你开始思想。这时候你明白了什么是思想，思想是对郁闷的突围和反抗，并形成一条通道，让灵魂在这通道里自由出入，到身体的外面和远处，去换换气，做做操，或者高高地飞翔。有多大多浓厚的郁闷，就会产生多大多剧烈的突围和反抗，最终形成的通道也和郁闷的规模成正比。大郁闷产生大通道，深广的郁闷产生高远的通道——这就是思想。由此可见，思想家、哲学家不是别人，正是世界上最郁闷的人。

在郁闷中，在对郁闷的突围和反抗中，产生了对思想的思想。这就是可恶的郁闷之可爱之处，它让我们不同于猪，被饲养的猪除了死时的片刻痛苦，它一生都很幸福，他决不会有个什么郁闷，相反，它也许会嘲笑那些郁闷症患者，并断定他是最愚蠢的物种。遗憾的是，伟大的商业正在制造一种猪——除了消费、消食、消化、消耗、消遣，几乎无事可做，偶尔也做梦，梦见的也就是些花花绿绿的饲料和镀金的食槽，在这个消费的世界里，饱嗝，就是最壮丽的雷鸣。

我无法成为一头幸福的猪，所以郁闷就是我的家常便饭，吃饱了，就分泌一些无用的思想，对付那些无常的郁闷，如此循环不已，无有穷尽，直到生命终了。

我有点明白大气层的工作方式了，在深广的苦闷里，划过一道道闪电，漏下了许多星光，闪电，正是大气层的思想，星光，正是宇宙的思想。在郁闷中反抗和突围，我似乎明白了我置身其中的大气层和无边的宇宙，它们与我一样也十分郁闷，所以它们与我一样，也在不停地思想，于是我们才看见了闪电和星光。

怜蛾不点灯

"为鼠常留饭，怜蛾不点灯"，苏东坡这两句诗，记录了他日常生活的一个细节：因为可怜小鼠，不忍其受饥饿之苦，经常留给它一点饭，出门时，就放在窗台或檐下；到了夜晚，又同情那扑灯的蛾儿，不愿看着它们因追逐光亮而死，索性就不点灯。

当年，我把这两句诗念给上小学的孩子，孩子说，苏爷爷比你善良，也比我还善良，你有时还打老鼠，我见了老鼠不去打，但也不给它留饭吃，还要赶走它。但是，蛾子呢，那么多蛾子，同情不过来啊。不开灯如何做作业呢？得想办法让它们懂点自我保护的常识。孩子又问，不点灯，苏爷爷干什么呢？早早睡觉吗？我说，不，苏爷爷是文豪诗人，不点灯的时候，他就到原野去散步，去感受大自然的意境和月夜的美感，去吟诗，去构思文章，那首"明月几时有，把酒问青天"的绝妙好词，就是他在月夜一边漫游一边吟出来的。

当时这样说，只是为了把话说圆，对孩子有个交代。至于一千多年前的那些夜晚，我们可敬可爱的诗人，因为怜惜蛾子索性不点灯，是偶尔这样呢，还是经常这样？熄了灯，是否都要去原野漫游吟诗咏文？要是打雷下暴雨，外面有狼出没，没法出门，又不忍点了灯引蛾子自焚，难道他就诗书抛一旁，闷头睡大觉？古人惜时如金，又有着无尽才思，我想他是绝不会辜负每寸光阴的。我估计他熄了灯后，要么就默诵体会那些烂熟于心的先贤诗文；要么就俯仰宇宙之大，静悟天人之道；或意守丹田，吐纳乾坤养静气；或神通苍冥，思接广宇，飘然与造化同游。当然，夜深了，人也犯困，明天还要去衙门上班，他还是要睡觉休息的。

这些已经无法考证。其实也无须考证。有了这两句诗，我们就知道一点古代文人的日常生活细节，也借此知道他们的内心情感，以及他们对自然生灵的态度。在古时，儒、佛、道，作为人生哲学和精神信仰，是很普及的，无论士人阶层，或是民间大众，处世则儒，修心则佛，归隐则道，所谓"以儒治世，以佛治心，以道治身"，总之，无论进退顺逆，无论庙堂江湖，古人心里都有操守，有孜孜以求的"道"和生命意境。

这两句诗，让我看见了作为古代文人典型代表的东坡先生，他不仅才华横溢，学问满腹，而且更重要的是，他有一副柔软的好心肠。在心性修养上，东坡先生儒佛道兼修，事君以忠，爱民以仁，待物（包括生灵万物）以慈。忠、仁、慈，氤氲了他的人格情操，浸润了他的内在心性，那是与天地精神往来的宇宙心，也是慈悲为怀的菩萨心。佛的最高境界是"无缘大慈，同体大悲"，即使和你没有任何血缘、地缘、因果关系的生灵或事物，它们也值得你去同情，至少你不要去欺负糟蹋，至少要做到尊重，这就是"无缘大慈"；有了大慈之心，才会把万物视为一体，万物，包括你自己，都被命运置于一个统一的、共同的命运体里，你与万物没有分别，同源、同体、同生、同死、同命、同运。意识到这一层，就得了大觉悟，就有了大悲之心，这就是"同体大悲"。现代最伟大的科学家和哲人爱因斯坦生前曾呼吁人类"把爱心扩大到整个大自然和所有生命"，圣者之心，古今相通。一千多年前的苏东坡先生，他做到了。

尽管，我们未必都能做到，也不一定非要做到为鼠留饭，怜蛾熄灯，我们难以完全免俗，我们不得不为自己和同类的生存，而有意或无意地时不时伤害、剥夺着生灵和万物，我们为了增加自己的所谓福祉，而减少着别的生灵的生存机会，同时加剧着它们的痛苦和牺牲。自然的法则有着即使再强大和美好的精神也不能完全超越的冷峻理性，即自然的法则有其无情和冷酷之处，但同时，人作为自然的最高成就，作为生物链顶端的万物之灵，人能报答自然的，是人有一颗源于自然又能反观自然的"人心"，此"人心"一旦获得大的觉悟，就成了"天地心"，即涵纳天地、感通万物的宇宙心。想一想，是自然协同万物，以千辛万苦，以万物的供养和生灵的牺牲，成全和造就了人，也成全和造就了人的"心"，这颗心，就不该把对生灵和自然的伤害视为理所当然，而是怀了感激、不忍、慈悲、呵护，去观照自然万物和一切生灵，这颗心，就成了本来无意识的宇宙的自我意识，也是"天地不仁"的天地生发出的感人的仁慈和情意。宇宙间因有了这样的心在，有了这样柔软的心肠在，无情的宇宙因此而有了感情，有了心的温度。

怜蛾不点灯。我在心里吟着这柔软的诗句，我思接千载，尽管铁血逻辑似乎贯穿着厚厚的历史，但最感人，最能让人心魂颤动、情思湿润的，还是那一缕柔肠，那怜悯的柔肠，慈悲的柔肠，它从时间的上游逶迤而来，穿过泪雨血河，穿过古原荒草，它带着心的温度和至深的同情与惦念，它怜惜和祈祷着万物……

凝　视

1

目光专注于某种物象和情境，心也缭绕其上，心与物合，意与象融，于是，俗念息而美感生，燥气消而定力增。

于旷野、密林、幽谷，独处、凝视、静思、净心，是古人的一门功课。

2

"吾善养吾浩然正气"，气如何养？

阅读、内省、静坐、冥想，心斋（指摒除杂念，使心境虚静纯一的一种修养方式）、深呼吸，等等，都是养气修心的途径。

凝视——也是途径之一。

3

阅读是采气。读大书、善书、智慧之书、诗意之书，采纳蕴藏于书中的大气、浩气、灵气、清气。

内省是炼气。将心性里不洁、不正、不纯的气息剔除，这是在体内运行的"减法"，剩下的，才是该保留的。

沉思是藏气。沉静中的凝思或无思，都能将心收归于心中，心回到心上，就见"本心"，即无遮蔽之心、无私欲之心，也即"宇宙心"，这是与天地同根同源的"无限心"，只有这样的心，才能藏得下"浩然气"。

4

凝视，是直接从大自然中吸纳浩气、清气。仰望那崇高之物，凝目于清正之象，与天地万物做深远的心灵交流，心与之相吐纳，气随之而激荡，物我交融，气象浑一，那浩渺之气纯正之气就灌注于魂魄胸襟。

5

"蒹葭苍苍，白露为霜。所谓伊人，在水一方"，这是公元前的古人在凝视霜天碧水中那隐约的幻影，凝视他的苦恋，他的追寻，他要在流逝的波涛里挽留住他所向往而又永不可及的——那种梦一般纯属于心灵的事物。遥隔千古，我仍然能看见保存在古诗里的那双眼睛，凝视着，那么虔敬和渴慕，生怕眼睛一眨，那美好的幻象顿时消散。于是那缕目光一直亮在一句诗里，凝视着时间，凝视着我们的目力不能到达的地方……

6

"采菊东篱下，悠然见南山……此中有真意，欲辨已忘言"，悬停于南山上的那双眼睛，被什么迷醉？不只是山色美景这些可见之物抓住了他，更有那不可见的"存在的意味""宇宙的幻象"俘获了他，这一刻，那双眼睛，那个人，逸出了生存的樊篱之外，他与全部的时间遭遇，作为时间的一个"片断"，他似乎目睹了时间的全貌，从开天辟地到此时此刻，南山一直在等待他，南山代表无穷时空与他相约。而以前，他一直背对着南山，沉沦于刹生刹灭的泡沫之中，任生存之刀把生命切割成碎片。而此时，完整的他面对的是完整的存在完整的宇宙，完整的宇宙与他对视着，他与"永恒长久地交换着眼神……

7

"相看两不厌，只有敬亭山"，这是大孤独，也是大自在。不能设想有一大群人，比如几十、几百、几千人一齐嚷嚷某座山，或一起践踏某座山，那会把山吓坏的，望山的众人未必都望见了山，很可能只是望见了一块石、一棵树、一片云、一只羊，望见了另一些人的后脑勺，望见了心中的一串杂念。而此时，李白坐在唐朝之外，坐在时间之外，他看见山是孤独的，生命是孤独的，宇宙是孤独的，宇宙就是一个幻境，就是一首孤独之诗，无法解读的诗。

8

"我见青山多妩媚，料青山见我应如是"。千载之后，我把这诗句读给青山，青山听了直点头，连说："知我者，稼轩也"。我对青山说：也送给稼轩两句诗吧。青山说：我只有抄袭他了，诗说的，也正是我想说的："我见稼轩多妩媚，料稼轩见我应如是"。

最好的语言，最好的诗，不仅传达着人的最深切的感受，也传达着天地的灵魂。在长久的凝望之后，你不仅看见雨后青山的妩媚，也看见了自己内心的妩媚；一个圣徒也许会看见神的妩媚。

9

　"执手相看泪眼，竟无语凝噎"。是怎样的深情，怎样的苦恋，怎样刻骨铭心的离恨别愁？仍然是"相看"，是彼此的凝视，那目光烙进心里，烙进骨髓。时间在这一刻变得珍贵如钻石，也变得无比深邃。离别的人站立的地方，就是这个世界的深渊。而那泪眼，是海的源头，是海的底部，沉积着最多的盐。

10

　古典的事物越来越少，古典的眼神也渐趋凋零。凝视，这种深情、虔诚的动作，似乎也不多见了。

　现代人的眼睛是散乱的，是飘浮的，目光是游移不定的。太多的声色犬马，太多的资讯泡沫，太多的虚拟图像，更使现代人的眼睛无处停留，无所专注，"五色令人目盲"，更令心迷茫。

11

　如今，你去凝视什么呢？

　凝视钢铁？凝视水泥？凝视玻璃？凝视电灯？凝视电脑？凝视

电杆？凝视电视？凝视手机？凝视屏幕？凝视塑料？凝视电话？凝视机床？凝视机枪？凝视导弹？凝视飞机？凝视汽车？凝视消防车？凝视防盗门？凝视模特？凝视广告？凝视垃圾堆？凝视避孕套？凝视假牙？凝视假笑？凝视股票？凝视钱？凝视超市？凝视货架？凝视银行？凝视火葬场的烟囱？凝视红绿灯？凝视泥石流？凝视车祸？凝视机器人？凝视泡沫？……

许多人的造物，它们给你信息，但没有诗意；它们让你消费，但不滋养心灵；它们影响你的情绪，但不提升你的情怀；它们可以让你兴奋，但不可能让你去信仰，它们与大自然的深邃本源切断了联系，它们与一种圣洁的心灵切断了精神上的关联，它们只有可使用的"物性"，而丧失了有着无穷意味的"神性"。

我们的目光，好像无处投放，无处凝视。眼花缭乱中，我们收回眼睛，向内心凝望，却望见了一片空虚。

12

神死了。诗死了。留下一片喧嚣的人的荒原，机械的荒原，资本的荒原，欲望的荒原，消费的荒原，信息的荒原，数字的荒原。

废墟上飘着空洞的眼睛。

我的眼睛渴望凝视，渴望找到那神圣之物，在废墟和泡沫之外，我渴望看到永恒的青山，看到充满心灵暗示的崇高的星空……

论　爱

　　爱是感动。爱是一种被照亮的感觉。

　　海用泪水冲洗天空，天空湛蓝，海湛蓝，湛蓝的灵魂溶解在湛蓝的灵魂里。

　　爱就是把自己交出去，被对方接受并且在心中珍藏的过程。

　　爱就是飞得很高的感觉。

　　爱就是持续不断的日出。

　　爱就是在温柔的锁链里对自由的体验。

　　爱是净化。向纯洁的爱屈服，在谦卑中我们变得高贵。

　　爱使七尺男儿变成孩子，他渴望回到母亲的怀抱，他渴望在泪水和乳汁里，度过一个又一个哺乳期。

　　爱把女人塑造成神，她变成泉水了，她用蓄藏于心地的暖流，温暖和滋润她的所爱，使男人的生命变得辽阔和浩瀚，在母性的暖雨里，僵硬的石头也生长出柔软的苔藓。

　　在爱中，我们总想多做点什么——去栽植一片树林，让内心的绿色化作永远的风景；去极地冒险，在冰天雪地里用思念取暖，用破冰船敲开大海封冻的激情，用极光拍一帧照片，寄给远方一句简单的题词：爱就是极地的天光。

在爱中；我们的心变得异常善良，不忍心碰碎一颗露珠，那是野草珍爱的项链；想收养世上所有受伤的鸟儿，想释放所有无辜落网的鱼儿，想复活所有死去的美丽……爱把我们变成天使，变成慈善家，变成绿色和平组织的编外成员。一个真挚地爱着的人，会不知不觉成为博爱者：他把爱心投向全体生命，投向整个自然界，当爱心升向无穷境界的时候，我们就会看见至高者的形象，看见神的形象，看见天堂的瑰丽幻象。

在爱中，我们灵感迭出，爱如燧石，敲击出我们生命岩层中创造的才情。我们无意中说出许多美丽如诗的话语，也许一个深爱着的人说的梦话，也多半是诗意的。在爱中，我们叹息的声音也传达着深挚的、诗的信息。在爱中，我们哭泣或忧伤的神情都是动人的。

纯真的爱使男人变成诗人，使女人变成圣母。

在爱的时候，是我们最不想死的时候，也是我们最不怕死的时候，只要所爱者能在我们的坟头放一束鲜花，洒一掬怀念的泪。

爱就是燃烧。谁燃烧得最彻底，谁就会留下最美丽的火焰和最纯粹的灰烬。

论　美

　　隧道尽头那一线天光是美的。我为之感动并急切地走向它。

　　少女很美，那戴着鲜花的少女更美。大自然的美和生命的美，交织成一个动人的瞬间。

　　我们崇拜的美神死了。那开着野花的坟墓也是美的吗？

　　是的，那是美的峰顶，那是悲剧之美的峰顶。

　　一支没有被传唱的歌曲，一颗没有被啜饮的露珠，一弯没有被浑浊的目光打量的新月，消失了。纯洁，纯洁地走了，以至于我们想起她的时候，我们的心也会变得异常纯洁，生怕有一丝不洁的念头玷污了她。

　　在我们的笼子之外，鸟飞翔着。鸟消失了。

　　我们怀念、祭奠、忧伤。

　　我们流着透明的泪水，心也被洗得透明。

　　只有透明的心能供奉透明的事物。

　　而透明中的透明，乃是宇宙间的大美。

也是人性的至美。

星空很美，那无量的光，无数的我们无法抵达的世界，那无穷的生离死别，在我们的远方默默进行着。

静夜的星空，如无数熟透了的葡萄，闪着天上的露水，在我们手的远方、梦的远方悬挂着。

置身于黑夜深处，我才发现了这样多的灯，这样多的篝火，这样多的星星，这样多的眼睛。

是的。黑夜，包括死亡，都是最伟大的美学家，他们会教导我们该怎样发现美、珍惜美。

美是人类的感性宗教。

美是无情宇宙里的温情和幻象。

因为有美，所以有悲剧。因为有悲剧，所以有美。

流星用一生的光，打了一个多么悲壮凄美的手势，在告别的瞬间——

我们被照亮了……

第四辑

有信仰的人

歌　者

　　我们的血脉里奔涌着古老的江河，却未必都能找到入海口，在很多时候，生命被激情席卷，内心里一片涨潮的汪洋，生命却不得不困在自己身体的内陆，盲目的波浪冲撞着，汹涌着，苦闷着，也渴望着。

　　这时，歌者出现了，你用战栗的音符，将生命的洪流，引向精神的远海远洋；你用旋律的闪电，为内心的夜空打开天窗，搭起天梯，让生命扶摇而上，窥见高处和彼岸的幻象。

　　我们的胸腔，不只供养自己的那一颗心脏，我们既根植大地又魂系宇宙，既承受自己的悲喜也呼吸大时空的忧乐，因此，十万山河与亿万星光，一己命运与千古兴亡，全都收藏在那微小而细密的心房；我们小小的心房，因为如此拥挤和沉重，经常感到某种迷茫和惶恐。

　　这时，歌者出现了，你轻轻几句呢喃，似乎在劝说，周围暴躁的空气在你的劝慰里变得清凉下来，夜幕远处的星子也陆续应声擦亮；接着你沉默，沉默，人间似乎一时消失，天地退回到史前的鸿蒙，每一个人仿佛在尘世已不复存在，默默返回到女娲面前，等待着接受她第一次抚摸和塑造。

终于，一阵颤音惊醒了时间。倒流的时光回转过来，女娲变成了年迈的祖母，颤巍巍渴望着孩子们的呵护；我们发现，大地的摇篮已被我们摇晃得过久和过于剧烈，已出现很多破绽和漏洞；星子们的眼神有些迷离忧伤，含着深长的期待。

我们觉得自己重新活了过来，沉睡在身体雾霾里那个纯真的生命复活了，我们周身的热血，重新开始清澈地奔流，它不仅仅为着自己在窄逼的池塘做自私的循环，它接通了一个更深远的血缘。

你那深情的歌声，将我们的血脉，与无穷的远方做着持续连接，我们的血脉渐渐延伸到自己的身体之外，延伸到人群深处，延伸到时间深处，延伸到大地和苍穹深处……

真正的歌者，因此只能是这样的人：他是为我们混乱而激荡的生命激情赋予旋律感的人，我们混沌的潜意识因此被我们以灵性的语言打捞和认领，我们的生命因此有了美感和仪式感；他用心灵的语言接通更多的心灵，甚至他将我们带入他也未必到过的更远的心灵的天空——这倒不是他有多么伟大，而是他接通和使用了一种伟大的语言：心灵的语言。那是不仅能感动人，也能感动万物的语言。

那么，在海量的过剩声浪里，究竟谁是真正的歌者呢？

我心里有个判断，真正的歌者是这样的：他是心灵中的心灵，他到过最深的心灵和最远的心灵，所以能说出不为人知也不为神知的许多情感的秘密；他是语言中的诗句，他是来自海底的涌浪和盐，他能告诉我们沉船的遗像、鱼的往事和海的苦涩生平，以及沉沦于深渊里的月光是如何结晶了李商隐那含泪的珍珠；他是极地的雪，也是正午的暖阳，他把我们冰封在某个纯洁的时刻，又及时将我们融化，变成下一次心灵的落雪，去覆盖孩子们奔跑和初恋的原野。他不是以甜腻的声音哗众取宠，不是以轻薄的手指为饱食终日的耳朵们搔痒取乐，相反，他一次次从纸醉金迷的华筵悄然出走，独自走向夜晚的荒野，为寂寞的群山、不眠的星斗和迷途的山羊，含着眼泪深情歌唱，一曲又一曲，直到泪水暖热母亲的衣襟和流浪汉的黎明。

如今，在众声喧哗、流星满天的娱乐广场，无休无止的声浪和泡沫，一次次将我们挟裹，也一次次将我们掏空。我们的耳朵和心灵，都被那纷飞的声音的废弹壳击成重伤。我们体会到置身人海的彻骨的孤单，而无关心灵的轰轰声浪，却在扩大着我们心灵的沙漠。我们深感寂寞。

这时，我看见了那个孤独的歌者，他背过身去，一声不发，陷入长久沉默，从他沉默的背影，我却听见了一种震耳欲聋、感人至深的寂静。

而在他的身后和远方，我看见了——

古老的废墟，正午的大海，深陷于追忆和沉思中的千年老树，头顶无声奔流的天河和无边星云，寂坐于苍茫黑夜里的白发万丈的雪山……

他们，都是深情的歌者，无声无语，却唱出了我们心中的一切。

隐　者

也许，他已经转身出走，与现代保持相反的方向，朝时光之河的上游踽踽独行。

也许，他就在我们中间，体会着置身人群的孤独，而在内心里，坚定地过着与我们貌合神离的另一种生活。

也许，他就是我们生命中冰清玉洁的那部分，游离于我们不慎陷落的深渊之外，以保全我们自身最珍贵的那部分不致丢失和湮没；而我们，只是他留在尘世的比较耐脏、耐磨损、耐伤害的部分替身，历尽劫波和浊流，最终，我们还会回到他那里去赎回真身。

他其实就是那泓地底潜隐的泉。他并没有蒸发或离开大地，有时似蛰龙深潜，有时如灵光乍现，他只是到大地更深的地方保存和提炼着自己，以最接近本源的纯粹和澄明，映照天空，保持对沿途相遇事物的深度体认，并打捞事物投下的倒影，从中提取残剩的诗。

他常常背过霓虹灯转身而去，但不是一概反对光亮。他是隐于灯芯根部的点灯人，体会那未被照亮的幽暗部分，也得以看清了那些被光亮放大的影子们的虚幻，自己则安于某种晦涩的本质。

他惯于沉默，但不是一概反对语言。是因为流行的语言已构成对思想和心灵的伤害，说得越多、写得越多、表达得越多，意味着与真理背道而驰得越多。于是他逃离流行词典，逃出烂俗语法和陈词滥调的枪林弹雨——他知道，真理也是因为不堪忍受陈词滥调的狂轰滥炸和重重围困而出逃的。在远离语言泡沫、远离众声喧哗的孤寂之地，也许，他会和孤寂的真理邂逅。

他总是与生活保持距离，但不是反对生活，不是全然拒绝与生活握手言和。只是拒绝生活中的垃圾部分和非诗意部分。而现代生活，几乎多由垃圾和非诗意构成，除了垃圾和非诗意，现代其实已经没有了真正有意味的生活。于是，他悄然转过身去，在生活的背面和深处，在被浮光掠影的生活们省略了的偏僻生活里，或被生活们一哄而过其实并未真正经历的那些安静的生活里，在古人们尚未过完而被时间强行中断的那些古典生活里，他默默生活，静静沉浸，并从头理解，究竟什么才是值得一过的生活？

那被一首首古诗反复擦拭，依然保持着青铜光芒的山间初月，正好从他瓦屋前那泓古潭里的第三棵野百合影子的旁边升起；雨后初晴，突然出现在窗外的妖媚青山，他看见了——辛弃疾和王维的青山，正向他迎面走来；他种竹、种菊、种菜、种豆、种药，早晨起来，就看见诗经里的那丛芍药，议论着治疗现代抑郁症和偏头疼的处方；在深山更深处的鸡鸣声里（而不是现代养鸡场的点杀声里），他听见陶渊明那声天真鸡鸣的回声；尚未被旅游公司租赁的那挂瀑布，仍然在对面悬崖上耐心镌刻那首从公元前就一直在镌刻，至今也不愿公开发表的费解的诗句……

　　每当这时候，他体会到了一种保持着原初贞操的纯真世界，才会有的那种含着羞涩的、真正的美好。他的内心里，从而有了近似于收藏了什么秘密一样的狂喜，有了对生活意味的心领神会。

　　这位隐者，这位貌似放弃生活的人，他却有着远比我们丰富得多也深刻得多的内心生活。我们津津乐道的所谓生活，只是他废弃掉的那部分极其肤浅的生活。

圣　者

1

　　一个彻悟了宇宙和生命之真谛、虔诚地接受真理和美德的熔铸与提炼的人，也许早已用光速横渡了此生此世，乃至穿越了来生来世。从凡俗的角度看，他已经提前过完了生活，留下来，不过是重复那已经走过的程序，就像今夜出现的闪电，不过是再一次穿越那早已无数次穿越的黑夜。

　　但是，他没有辞别此世绝尘而去，他留了下来，留在尘世，留在人群中，留在了生存的夜半。一个以光为魂的人，有必要留下来，他感到，在似乎被越来越炽烈的物质的太阳照得一览无余的尘世的白昼，其实，更深的内在的暗夜却被表面的强光遮蔽了，于是出现了白昼笼罩下的漆黑夜半。他留了下来，不是要壮大那表面的物质之光，而是要静静地向那被强光忽略了的更幽暗的水域和丛林，向那些失败者、受苦者、迷途者、失魂落魄者、求索者聚集的低洼暗昧之地，出示一些慰藉之灯和心灵之火。

肉身于他，虽非多余，已不是本体，只是他灵魂的寓所，恰如庙宇只是神灵的寓所，若神灵不存，则即使再豪华的庙也是空庙、黑庙或废庙，因为那信仰之神才是庙宇的本体。而灵魂才是他生命的本体。一颗清澈透明的灵魂，是用真理之光、情感之光、星河之光和宇宙之光凝聚、结晶的光之库房。除了散发同情的温暖、真理的觉解和启示的光芒，这样的灵魂，已经没有了自私的念头和纷杂浑浊的意识。连潜意识、无意识的幽邃深海，也已被光芒照亮，因此，真正的圣者其实已经没有了所谓的潜意识，他的潜意识只是作为意识的蕴藏和储备，其实都是觉解、爱意与善念的富矿。

对于一颗以光速穿越尘世、也早已超越了自我肉身的高贵心灵来说，他仍然在尘世留了下来，这意味着什么呢？难道尘世还有他所企求的功名利禄？难道肉身还有他痴迷的醉生梦死？——这就等于说，伟大的银河还会念念在兹于搞一个皇家亮化工程以博取恩宠？壮丽的太阳还会惦念着赶赴一场纸醉金迷的酒肉宴席？这显然是笑话。

当然，大量的尘世事务已由商业和市场代理，但是，那些孤寂的事务，仍需要圣者去为之默默服役，比如，于浊浪滚滚的垃圾河里打捞溺水之诗，于瓦砾累累的语言废墟中抢救深埋的古玉，于狼奔虎突的现代丛林中为善良麋鹿找到一片仁慈草地……

圣者，其实是历史铁血惯性的反作用力，是大自然冷酷理性的反作用力。他置身于历史和自然中，但又不完全服膺历史和自然的冷峻力量，他以怀揣的那个叫作良心的怀表所出示的时针，来试图校正历史所追随的粗暴时间表，以心灵的温情抚慰那没有心灵的自然依照其冷酷理性所制造的血泪和伤痛。

尤其是，在失去海拔与高度，除了成功之神和财富之神之外，已无所仰望、无所追慕的越来越下沉的现代荒原，我们是否更需要圣者呢？

一个没有圣者的完全俗世化、实用化、功利化的世界是没有深度、没有高度，也没有温度的物质主义的势利世界，也是失去心灵之源、精神之源、价值之源的浅薄世界。

我们是如此渴望圣者。

2

这时，我从万丈红尘里抬起头，揉了揉眼睛，终于，我看见了圣者：

那安静地在远方出现的明净雪峰，仿佛梦中的一个场景，但并不炫目，一种柔和的力量保存在高处，如同诗的出现，拯救了散文的平庸和商业应用文的老谋深算，在灰暗的山脉，你推出了洁白的峰峦，一束烛光，静静地推高了我们心灵的天空！你站在变幻的季节之外，站在胡涂乱抹的时尚和消费日志之外，一直坚持着内心的柔软和皎洁。在石头狂吠、钢铁腐烂的燥热之夜，你从时间深处吹来的寒意，使我骚动的灵魂渐渐降温，重归澄澈；当庙宇坍塌，世上的大理石再也雕不出我心中的女神，这时我看见了你，烛光仍在你手上，被续燃、拨亮。仰望因此变得与呼吸同样重要，使我有别于猪（虽然我尊重猪），与猪圈相邻的我的房子因此不是猪圈，因为这里有一个凝视苍穹和膜拜洁白的秘密窗口。我无法完全匍匐于苟且的当下，越过生存的栅栏，从你，我找到了被流行词典遗忘的纯真语言，我找到了被疯狂的岁月丢弃的神圣时间；你以明亮的手势，一次次将我从暗夜里认领回家。寒冷提炼了你，你又以适度的寒冷将我提炼。我真的害怕你消失。若你消失了，曾经出现在你周围的深远的蔚蓝、沉思的星斗、虹、青鸟，遥远地暗喻着终极之谜的启示之光，以及许多古典事物的身影都会消失。没有了你，即使用再多、再高大的石头代替你，也只标示一个漠然的海拔。随着你的烛光熄灭，我的内心也会逐渐转暗，灵魂拒绝泥沼却很有可能深陷于泥沼。

　　但是，实实在在，你真的还在那里，这怎能不是一个奇迹？你是怎样一点点搜集，那散落在空中的古典音乐，和我们在低处曾经为着热爱而滴落的不免有些忧伤的透明泪水？你一点点将它们搜集、积攒，保存在离天空最近也最接近心灵的地方。让我们看见：神话的时光，童年的时光，初恋的时光，挚爱的时光，以及心灵在最纯洁的时刻所体验到的生命和宇宙的纯洁与美好。就这样，你一言不发，只是缓缓地向着你所认领的天空，静静上升，上升，而我们默默地凝视着你，长久地与你交换眼神，交换内心的语言。就这样，你用适度的寒意，按照心灵所渴望抵达的纯洁的境界，你持续提炼着自己，同时提炼着我们的心灵，也提示着一个纯真的世界并未转身出走，更未彻底失踪。由此，你恢复了我们一度失去的对世界的信赖，也恢复了我们对于自己心灵的信赖，就这样，我们的心灵，在更高处的心灵的照拂和呼唤里，渐渐到达更广袤、更清澈的心灵。

圣者，他就是世界灵魂和宇宙奥义的显现，是尘世里高出尘世的那一种光芒，反过来又照亮尘世，使此岸的尘世有了某种彼岸性，有了神性和诗性。

3

然而，圣者，也未必都站在雪峰上，更未必是洁白峰顶上炫目的那部分。

圣者，很可能就在低处，就在命运打不过转身的荒寒窄逼的峡谷，就在被飓风摇拽的树和草的根部，他最知道苦根之苦，也更多地体会着草木返绿的战栗和欣悦；圣者，他并不是所谓的成功者，世俗的、物质世界里的成功者当中不大可能有真正的圣者。因为，成功的物质世界的后面，也许就掩埋着一个失败了的精神的废墟。圣者的头顶也会有成功和荣耀的光环，但圣者的心魂和志趣不会止于世俗的荣耀和光环，只有俗世的赌徒才耿耿于俗世的输赢，只有池塘的钓者才孜孜于池塘的鱼腥。圣者的心魂高出俗世的庸常海拔一千万倍以上，高于天空之高，直抵上苍的心胸；圣者的情怀深于名利的池塘一千万倍以上，深于沧海之深，饱含无言的悲悯。圣者是以慈悲的眼睛凝目万象万物、苍穹苍生的，他天高海深的心里，最知晓貌似欢乐的泡沫下面，和貌似很诗意的蔚蓝下面，隐藏着无所不在的海的真相：咸涩的盐、沉船的骸骨、青花瓷的碎片、美人鱼无尽的眼泪、鱼鳖们没有目的的血腥竞逐、海蚌在苦痛的伤口里提炼李商隐的珍珠……圣者说：虽然我活得很好，但这个世界不好，所以我的眉头总是皱着的；圣者说，以神圣法则和终极理想的尺度衡量，这个世界远不是成功的，而依然是在失败的泥沼里徘徊和挣扎着，在一个失败的世界上，没有谁可以独善其身，没有谁是真正的成功者，除非自私的人才会为一己之得而自诩为成功者，在这个世界完全成功之前，不会有哪一个人是真正的成功者。圣者羞于在一个失败的世界里做自私的成功者，圣者耻于在一个充满苦痛和危机的世界里做荣华富贵的享用者。在圣者的内心，他越成功，越是优于或高于这个失败的世界，他越觉得自己就是一个失败者，他不能离开这个失败的世界，他应该在众多的失败者中间。因为，在永远苦涩、动荡的生命之海里，他的心不会独个儿甜着，他的心经常是有些苦涩的。他希望大海变甜，这纯真的念想和祈求，因总不能得到兑现而使他屡屡遭遇失败感的打击。他因此只能是失败者，在大海变甜之前，他的心里始终灌满失败的海水。在良知、美德、同情、真理、正义、普遍的解放，还没有实现之前，在人类的崇高理想包括万物的生命梦想没有获得真正胜利之前，他不会认为自己是成功者，诚如佛教圣徒所言：地狱未空，誓不成佛；众生未度，永不离苦。他与真理一同受难，与大多数失败者一同感受失败，与众多受伤害的生灵一同分担着无常之苦和无助之悲。他是最低处的磁铁，感同身受地体验着生命普遍的艰辛和痛苦，并将无数痛点集于一身，他成了这个世界痛感最密集的深穴；同时，他以自己的爱心和善意，以自己所觉悟到的真理和真诚的行动，尽可能地分担命运的重压，尽可能多地栽植如古诗一样仁慈多情的草木，从而减少心灵的戈壁滩，增加大气层的含氧量，增加人和生灵命运中的含氧量。

4

以光速提前穿越了世界和此生，但圣者留了下来。圣者那由光明和温暖结晶的灵魂，一直在为这个尘世默默跳动和工作，一直试图把彼岸的星光带入此世此刻。圣者，就是为当下的命运和永恒的真理虔诚服役的人。圣者不会在霓虹闪耀的地方盛装出场，不会在众声喧哗的华筵闪亮登台，圣者在荒寒的寂地、在幽暗的深谷、在沉闷的丛林，默念着良心的叮咛，默默地用自己的心油，为他一直在等待着的那个与真理邂逅的时刻，为那个在所有时间中最有价值的时刻，默默守候，默默点灯。凡他出现的地方，都留下光的轨迹和温度，这轨迹和温度，也许并不能持久，但是，被闪电的轨迹和温度一再质疑、删改和照亮过的夜空，毕竟与没有闪电出现的黢黑夜空有了不同。

圣者的存在，使我们不再怀疑：那无边的银河与浩瀚的星空，不仅仅是一个物理学和天文学的巨大现场，它同时也是一个心灵、道德和美学的巨大作坊，它以无限的光芒和无尽的星辰的材料，布置着永恒的篝火，布置着精神宇宙的崇高拱门和壮丽壁画，同时也在为我们这小小的尘世，启示和提炼着与它的宏大规模和深邃内涵相互映照相互对称的崇高心灵——圣者的心灵。

也许，圣者就是你，是你生命中高贵、宽广、纯正、谦卑、仁慈、温暖、可爱、可敬的那一部分——被你不慎丢失了的那一部分。

母亲的信仰

母亲是有信仰的人。虽然这种信仰有些混沌，处于"潜宗教"状态。这种"潜"的精神元素，恰恰根植于人的深邃的潜意识里，维系着人与宇宙万物的联系和感通。

大凡宗教都有它对宇宙的一套解释，由此抽象出一个代表本源和终极的神灵，这神灵成为精神、道德、善、爱、智慧的源泉，成为每个信徒心灵的向导和榜样。

那么，母亲的神灵是什么？

是"天"。母亲虔诚地敬天、爱天。记忆中，我从没有听见母亲说过天的坏话，即使在愁苦惨淡的日子里，母亲也常常说，天是有眼睛的，天不会绝人之路。遇到喜事，逢到快乐的时刻，母亲像孩子般的由衷高兴，目光和表情里洋溢着纯真的喜悦，还喃喃地说，天，真好。彩虹出现了，母亲说，天笑了，天也有好心情。打雷了，母亲说，天生气了，天在动怒，天在告诫世上的恶人不要作恶了。一次我问母亲，天的眼睛在哪里？母亲说，星星都是天的眼睛，天的眼睛数不清。有这么多眼睛，天，把什么都能看清，蚂蚁虫虫都是天在养活着，要是天没眼睛，能照看这小不点儿的生灵吗？天造了一切，也包揽一切，一切似乎不可收拾的事情都由天收拾。"老天爷"，母亲一直是这样称呼天的，万事万物都是老天爷的小孙孙。皇帝、衙门老爷自然都算不了什么，也都是老天爷的小孙孙。母亲从来没有害怕过什么官呀长呀的，在"老天爷"面前，谁都是小小的一个虫儿，都没有什么了不起，除非你真是个好人，不然，母亲是不会敬你的。对天的信仰，使母亲天然地成为一个"齐物论"者，一个平等主义者，也天然地排除了常人易染的奴性，使她能以一种平常心面对天地万物，面对是非曲直。在孤苦无助的时候，母亲脱口而出的一句话是，天哪！她显然是在求助于天，或者是将愁苦的心情昭告于天，或者是把自己无法承担的命运重压转移给天，让天替她承担。我觉得，"天啊"这两个字，浓缩着母亲潜意识里对命运对生命对无限未知的全部的恐惧、疑惑和浩叹。

不能说母亲不祈祷，她有自己的祈祷方式，她有自己的仪式。劳动，就是祈祷。俯身插秧、锄苗、洗衣的时候，那正是母亲在祈祷。万物都是有神性的，母亲以虔诚爱惜的心情面对一泓水、一株草、一片庄稼、一朵野花以及一只鸟。一只蜜蜂、蝴蝶从她眼前飞过，都会引起她一阵惊喜和神秘感。母亲从来不伤害小生灵，她说，它们也是天生的，它们也有自己的天命和灵性。母亲劳动的时候，总是有着愉快的心情，除非太劳累，母亲很少厌恶劳动。母亲最喜欢在清晨下地干活，她在植物和露水里劳作着，微笑着，满眼的绿色，满手的露水，这是芳香和透明的时刻。我想，此时此刻，母亲的内心也是芳香和透明的，这正是信徒的灵魂受神性之光洗礼而达到的高度净化并满溢着神性喜悦的时刻，这是无神论者和物质主义者很难达到的人与万物合一与神合一的境界。母亲也喜欢洗衣服，特别喜欢在小河边洗衣服。河水流着，如千年万年前那样流着，母亲在洗衣，母亲把"此刻"放进水里漂洗，把生活放进水里漂洗。千年万年的水流过母亲的手心手背，永恒流过母亲的内心，这是没有时间的时刻，随着流水，母亲的心汇入了千年万载没有始终的混沌时间。我曾默默注视母亲洗衣的神态，她全神贯注，认真搓洗着手中的衣服，仿佛要洗尽生活中的烦恼和尘垢，哦，母亲膜拜着人性的清澈。洗衣的时候，母亲的眼睛从不左顾右盼，她凝视着眼前流过的水，手中掬起的水——哦，永远的河流，在手心里稍驻，然后又滴落，流逝，到不可知的远方。有一次，我问河边洗衣的母亲，妈妈，你怕死吗？母亲说，有一些怕，死了，就听不见河水的声音了。我说，那怎么办呢？母亲说，我想永远永远活下去，她做了个手势，两只手比画着两个相反的方向，那意思是说，岁月和生命从一个方向向另一个方向无限展开。哦，母亲也向往永恒和不朽！那一刻我真的很感动，我一直认为识字不多的母亲没有宗教感和无限感，生死观也很混沌，想不到母亲有如此深刻的时间意识和宗教体验，而且表达得如此富有诗意。她又抬起眼望着河的下游，说，人要像河一样，永远永远流下去，不断流，流回来，又是一条河。哦，母亲在河边洗衣，她是在祈祷，向流水祈祷，向时间祈祷，母亲的心里，也奔涌着一条无始无终的生命之河。

她生活在大自然中。她热爱、怜惜大自然中一切美好的事物，一切美好的事物又启示、丰富、培育了她的心灵。劳动就是祈祷，四时八节都是神性的季节，山川草木、日月星辰都与她一同走在迢迢无尽头的天路上，也走在迢迢无尽头的心路上。

母亲有着丰富的想象力。对月亮，对北斗星，对天河（即银河），对一切微观世界和宏观宇宙的现象，母亲都有自己的一套说法，有的很天真，有的很神秘，有的很迷信。无疑，许多说法都是非科学非理性的，但它们来自心灵，来自直觉，它们是诗意的，是灵性的，是充满神性的。这些说法，化解了母亲对宇宙的畏惧和困惑，使她以一种诗意的、想象的方式和宇宙万物建立了心灵联系，使她能够对在本质上她不能理解的世界有了自己的理解和"知识谱系"，她有了自己的宇宙学、伦理学和朴素的美学。

在我眼里，纯朴温柔善良的母亲，在道德上已达到至善境界。她的想象力。她对自然万物亲和、空灵的感应方式，她朦胧的诗意心境，使她看上去更像是一位真正的诗人，虽然她不曾写过一句诗，甚至没有读过诗。

母亲是有信仰的人。

我的保护神

"最近身体好吗？感觉如何？还写诗吗？我总是有一种紧张和恐惧感，如狼似虎的市场和权力，正在吞噬一切有形和无形，人终于进化成动物了，到处是争夺、撕咬的场面。每当夜深人静，心定下来，想想白天都做了些什么，都看见了些什么，不禁恍然，人就这样活着吗？五牛分尸，还不是那具不干不净的尸？忽然就想起诗了，是诗，不是尸。人不就是为着那点诗情诗意才活得有意思吗？失去了诗，人就变成尸了。千万不能没有诗啊。你好好写诗呀，市场正在灭我，我真怕市场也灭了你。诗可不能灭了，灭了诗，人就成了尸。我等着读你的诗，可要好好守着自己的心呀，守住了心，就守住了诗。好了，我挂了。办公室里闹嚷嚷的，下次再说吧"。

电话里的女声，在这个燥热的正午，如一汪泉水流进我的心里。有的时候我觉得，我的心正处于沙漠的追逼和围困中，要不了多久，我心的泉源会干涸，热风烘烤的植被会渐渐枯萎，我不无恐怖地感到：我的内心未必不会被沙漠吞噬。

而我的心终于没有被沙漠吞噬，终于抗拒住了四周肆虐的沙尘暴，在风沙的狂笑里，我的心，依然固守着水土，生长着时而葱茏时而萎靡但终归又葱茏并且渐渐丰茂的心灵的水草。

我不由得不深深感谢你，我远方的泉源，你那么恳切地滋润我，拯救我。

"给我们杂志投点稿子吧，稿费不高，就挣点书钱酒钱吧，哦，对了，不知道你是否喜欢喝酒，可不要太贪杯呀，身体还是要紧的，虽说诗不是从身体里长出来的，据说是从心里长出来的，但心可是在身体里养着的，最终呢，诗可能还是从揣着一颗好心的好身体里长出来的。给我们杂志写点稿子吧，就挣点书钱吧"。

细雨，从千里之外一丝丝洒落，我的心，渐渐被打湿。琐碎吗？或许是吧，但在生命的荒原上，在炽烈燃烧的宇宙里，你会觉得一场琐碎的细雨是不珍贵的吗？即使圣人也需要起码的衣物、面包和一把供思想落座的椅子，我是凡人，在物质的世界上我写关于精神的诗，我永远不会贪婪，但也不会淡泊成一片云，在诗降临的时候，我至少得有一扇敞开的窗口和一叠展开的白纸，以及一颗从容舒展的心。你隐隐发现了我在物质世界面前的窘迫，你怕我生存的捉襟见肘使得诗也捉襟见肘起来，皮包骨头的诗只能让历史伤心。你爱诗，守护诗，诗是超俗的，你用如此接近通俗的方式帮助诗的生长，帮助一个也爱着诗的人。比起此刻沉默不语的诗来，你就是一首诗，是以人的形体和情感到来的诗，在这个丧失诗意的灰暗的世界上，你是行走着的、散发着葱茏气息的诗，我听见了你的呼吸，隐隐的，我感到了你的体温——是初春，阳光照在草地上的那种。

"我给你算命了，不错的，前半生有些小的挫折，后半生很好。你觉得我可笑吗，深更半夜，我把你的名字写下来，拆字、测算，掐来算去，十根手指都派上用场了，十跟手指上都站满了你的命运。不嘲笑我的迷信吧？迷信或许是错的，但错的真诚，而真诚是可以感动鬼神的。此刻我打开窗子，我看见一颗星正好对着我，那么动人地对我说着什么，我似乎听见满天空的星星都在注释着一句话。我再一次举起我的手指，满手的语言都飞起来，飞向头顶的星际。这时候我再抬起头来，看着无穷无尽的天宇，在无穷无尽的命运里，我们是谁？这时候，我对我的占卜又起了怀疑。但是，我请你相信，这个被星光和露水关照的夜晚，在我的手指上旋绕的名字，它不会暗淡和凋零……"

这又是如何地让我感动呢？我的占星士，我的女巫，我仿佛回到公元前的某个夜晚，在神秘的祭台，在笼罩着创世之初苍凉、高远、肃穆的气息里，你把我带到天地相接、人神会合的高巅之上，你掬起天河的净水洗濯我的不洁，你撩起星光的圣火焚烧我的原罪，然后，你举起兰草的手指，在天河的众多码头上叩问我灵魂的方向，这时，夜空里响起细密的声音，是露水和泪水滴落的声音……

记谢冕教授

诗的额头

　　谢老师的前额很高，而且开阔，是那种旭日型的。但不是我们时常见到的那种"官体"，所谓官体总给人一种不可靠、油滑或盛气凌人的印象。谢老师的前额是激情型的、智慧型的。高而且陡峭，闪光的部分仍在向顶上稀疏的头发深处延伸，令人想起苍茫森林里闪着幽光的小路，想起云层里出没的闪电，在无边夜色里开辟天路，却无意间把整个旷野都照亮了。

　　在北大中文系"周末批评家沙龙"里，在研讨会上，在私人交谈中，我时常凝视谢老师的前额，这是大自然多么美丽的剖面，这是何等动人的记忆的斜坡。匍匐受难的中国诗神，就是沿着它的灵光一步步攀缘，而看见了悲壮的日出么？

不吃狗肉

谢老师是福州人，福州人爱吃狗肉。谢老师以前也吃狗肉，但那次见谢老师，他说："我再也不吃狗肉了。"为什么？我和几位同学几乎是异口同声地问。谢老师带着忏悔的语调说："狗太可爱，太通人性，又太可怜。我忘不了狗被杀前那绝望、祈求、孤独无援的眼神。我以前不相信动物会流泪，但我那次确实看见狗在大滴大滴地掉泪。那泪水的含义谁能破译呢？但可以肯定的是它在祈求生、祈求得到同情。"

谢老师又说：宇宙间的一切生命都有存在的权利。万物都在丰富着这个宇宙，人应该懂得尊重和同情自然界的一切生命。人的高级绝不体现在征服、支配和伤害其他生命，而是体现在能否以慈悲的心与它们和谐共生于这个孕育希望也充满苦难的孤独星球上。他深情地回忆起他在"文革"下放期间的一段往事，那时他的工作是放牛，那是一头高大的黄牛，有一天，他想到河对岸去看看，但是河水深，天又冷，正犹豫间，一个令他万分感动的不可思议的场面发生了：牛已将前腿伸进冰冷的河水，后腿跪在砂石上，做好了让他骑上去的姿势。他说起这件往事是那样满含深情，他说他时常怀念那头牛。

谢老师家养了三只鹦鹉，大的已有两三岁了，都是公的，目前仍是单身汉。谢老师说，早该为它们找媳妇了，它们也应该有健全的生活。我每一次到谢老师家，鹦鹉们便亲热地与我攀谈起来。谢师母说，鸟儿可会分辨人了，有的人到家里来，怎么对它们殷勤，鸟就是不说话。谢老师在一旁说，鸟儿可能是与你谈诗，它们也爱诗。我心里想，这不愧是谢老师养的鸟儿，也有一种诗人气和书卷气。

前些天，我在拜将坛鸟市看到好多鹦鹉，养鸟的老人说，漂亮、花色鲜艳、好动的是雄鸟，花色朴素、性情文静的是雌鸟。我想起北京的谢老师家里那三只单身汉，想起谢老师正急着为它们找媳妇，可惜天高路远，难结良缘。我给谢老师去信说："天下有情者多，机缘少，所以遗憾多。"

大师的小房子

六月的一天，与两位博士去谢老师家。谢老师正在侍弄阳台上的花草，师母忙着擦拭、整理房间。谢老师刚从台湾参加学术会议回到北大，半个月不在家，书房里堆满了从全国各地和海外寄来的信函、书刊，谢老师还没有来得及按惯例将它们逐一汰选。随便堆放在地板上，本来就不大的房子显得有些窄逼和纷乱。旻乐博士禁不住问："师母，你们的房子究竟有多大？"师母停住了手中的活儿，平静而认真地回答：总共是五十六平方米吧。

我们都静默了，许久没有说话。有什么好说的呢？谢老师夫妇平静、安详地住在五十六平方米的房子里，他们喜爱的君子兰、吊兰、仙人掌鲜活地生长在这五十六平方米的空间里，还有那喜欢与客人"谈诗"的三只鹦鹉、三个快乐的单身汉也栖息在这五十六平方米的空间里，一部部激情洋溢、灵思闪烁的诗学专著诞生在这五十六平方米的空间里。物理空间再大也是可以丈量和测定的，谁又能丈量和测定一个人的精神宇宙？谢老师是享誉中外的诗学大师，谁又能相信他在我们这颗星球上仅享用五十六平方米的住房面积？除了卧室，他所有的房间，包括不大的客厅都放满了中外古今的书籍，荷马、但丁、莎士比亚、托尔斯泰、刘勰、李白、杜甫、曹雪芹、泰戈尔、康德、黑格尔……纵横八万里的精神，上下五千年的智慧，都云集在这小小空间里。我忽发奇想：这是一艘含氧量很高的精神飞船，它远远地挣脱了世俗世界的惯性引力，在宇宙巨大的磁场里，在诗神和美神统领的精神天空里，它高高地飞翔，并留下一道道明亮的光的轨迹。

沉思在斗室里的智者仍是智者，潇洒在豪宅里的庸人仍是庸人。五十六平方米和学贯中西的大师，怎么说也有点不成比例。但是，大师就诞生并安居在这小房子里。这让我们情不自禁地对这小房子和小房子里的大师，由衷地生出敬意。

好人发哥

　　陈发玉五十余岁，是安徽一所大学的教师。教学之余，写诗，写评论，练气功。与他一道在北大中文系访学的朋友们知道了他的这些情况，就叫他诗人，有时候就叫他评论家，也有人叫他气功师。他说，别这样叫我，免得让我脸红，北大出了一位以身殉诗的诗人海子，我怎敢冒充诗人，我顶多只算个长短句的爱好者。叫我评论家更是在讽刺我，究竟是谢老师（谢冕教授）是评论家，还是我是评论家，这点都不懂，你们就敢在北大谈学问？也不要叫我气功师，我喜欢安静，练功，对于我只是入静的方式，是一种放松和休息，其实我并没有气感，只有一点静感，何况气功师们的名声不大好，像我这种没有气感的人也算气功师？只能是伪气功师，如同写伪诗的所谓诗人，只能是伪诗人，比不写诗还糟糕，不写诗，诗在诗那里存在着，伪诗人一写诗，就糟蹋了诗。还是叫我陈发玉吧。好，就叫他陈发玉。陈发玉五十多岁了，是我们的兄长，直呼其名总觉得不忍心，于是我们就叫他"发哥"。

发哥五十多了，博览群书，算是有学问的人了。照常理，他也快享抱孙子的福了。但发哥看上去很年轻，不像五十三岁，倒像三十五岁，面色红润，神态安详，眼神清澈。只有内心善良、清洁的人，才有这样的面相。他十多年前就与谢冕先生有书信往来，五十多了，终于做了谢冕先生门下的弟子，他说，我感到幸福。他这样说的时候，语气和神情是那样纯洁和天真。纯洁和天真是最有感染力的。只有纯洁天真的人才会有真正的幸福感。一个快要抱孙子的人，视拜名师、求学问为人生大事，并且从中感受到由衷的幸福，在这个拜金、拜权、拜洋楼、拜小车的消费时代，在这个物质主义大合唱的时代，一个人仍能心平气和地坚持自己的精神历程，这是不容易的。发哥却说：没有什么不容易，性情使然；违拗性情，才是真正不容易；顺乎性情，人就感到幸福。瞧，我违拗时代而顺乎性情，仍是基于追求幸福的本能，说不上什么悲壮和崇高，也谈不上高尚，只是自然而然。人往高处走，水往低处流，不一定，这话对我无效。如果我觉得幽谷里很安静，正好种植一片树林，修筑一座茅庐，徜徉于林泉仙境，与草木生灵为友，与天地精神往来，我为什么非要挤着到高处去呢？而如果我是水，我为什么非要流向低处呢？在低处汇一片沼泽积成一个苦海，未必就好；索性就留在这高处，漾一片高山湖泊，接纳寂寞的星斗在怀中，让浩浩天风鼓荡心中的碧浪，不也得其所哉？发哥的这番"智者之言"，也说出了我们的心境。

有一天我到谢老师家去访谈，谢老师问我陈发玉在做什么？我说：他是我们的发哥，他是菩萨，每天都为北大行善。谢老师有些诧异：陈菩萨行什么善？我便说了发哥的善行。谢老师连连点头称赞：真是菩萨，你们是在积德啊。

北大是古代园林，素称"燕园"，树多，又有一片闻名于世的未名湖。饱受生态灾难和干旱之苦的鸟儿们，纷纷投入这片少有的风水宝地。燕子、喜鹊、百灵……真是"林子大了什么鸟儿都有"，鸟声应和书声，鸟影掠过花影，把个古色古香的北大校园装点得诗意盎然。可是一到冬天，北风挟裹寒流，席卷整个北方，未名湖畔也是一派凄寒，树林萧索，黄叶乱飞，鸟儿们没有了食物来源，那叫声是凄凉悲苦的，听不出有半点诗意，常常看见一群鸟围着啄塑料食品袋或旧报纸，其实那塑料食品袋里只装着恋人们说完了就扔掉的情话，并没有一丝食物，那旧报纸也只是些过时的"新闻"，有一次我拾起被鸟儿们啄过的一张报纸，看见经济版上站着一位肉乎乎的企业家，他正在讲他的市场策略，遗憾的是，他的鼻子、眼睛，还有半截领带已被鸟儿们吃了，满身的窟窿，可怜的企业家，可怜的市场，可怜的营销策略……可怜的鸟儿。到了十一月，未名湖结冰，学子们在冰上散步起舞，这冬日的天堂，宣告着鸟儿们地狱日子的来临，它们不仅没有食物，而且从今也断了水源，它们的叫声更凄苦了，它们日夜都在啼饥号寒。我想，从现在起到明年春天，这段日子是鸟儿们在生死线上挣扎的苦难日子。

于是我和发哥展开了拯救鸟儿的行动，命名为"未名湖行动"。每次食堂就餐完毕，就搜集面包屑、肉包子皮、剩馒头，盛进塑料袋，次日清晨在未名湖畔晨练时，就撒在林中的小路旁，我们特别将蔡元培先生塑像对面的草地作为投放点，让这位高风亮节的先贤一抬头，就能看见一群群鸟儿，在萧索的冬天虽然掉落了许多羽毛，但仍有一些新的羽毛在生长，是的，冬天，山寒水瘦，但仍有一些东西，没有寒下去，也没有瘦下去。

发哥在餐厅里搜集残剩食物的时候，许多人以怪异的目光看着他，以为他是个乞丐，或是贪占便宜的小市民，把北大食堂里养育智慧的食物拿回家去养家禽，那目光是不屑的、轻贱的。发哥安详地搜集那些残剩的食物，并不注意这些目光。在鸟儿眼睛里，发哥是个吉祥物；在未名湖眸子里，发哥是个好人。这就足够了。

真正纯洁的爱是不求回报的爱。爱在爱中满足了。爱本身成为目的。为某种目的去"爱"，爱就降格为手段，"爱"成为投资，以图赚取更多的利润。被商业逻辑改写了的"爱"，成为一些现代人的生活准则，包括择偶和交友，商业的神经或明或暗地支配着人们的思维和行为：包括做爱和做梦。纯洁的爱和高尚的激情是这样稀少，如祁连山越来越高的雪线和越来越薄的积雪。到处是交易。权力彻夜狂欢，金钱终日高歌。诸神退位。精卫鸟投海死去。曾经感动我们的女神，早已变成冰冷的铜像。童话里那座白房子，渐渐变成遗址。生存，越来越成为盛产虚无和垃圾的过程。生活，难道成了一场失去心灵温情和终极价值的冷漠而残酷的丛林竞争？

我又梦见发哥了。他提着一袋食物向未名湖走去，向蔡元培走去，向鸟儿们走去。

这个梦做得和真的一样。发哥，不用梦来修饰和提炼，你动人得就像一个好梦。

而我永远记得：你在离开北大的前一天黄昏，你一如既往地提了一袋食物，投放在那片树林里，你说：鸟儿，这最后一次晚餐，请用吧。以后，我会来看你们的。

发哥的神情有些伤感。

什么是好人？好人就是发哥这样的人，他由衷地爱那些纯洁的事物，良善的事物，爱这些陌生的鸟儿，哪怕它们吃饱了，在天上一边飞行，一边把鸟屎空投下来，正好砸在他的头上。

他用手轻轻弹去头发上的鸟屎，抬起头来，望着那些远去的身影，顺口念出一句诗来：

天空不留一丝痕迹，鸟曾经飞过。

这就是我的发哥。好人发哥。

第五辑

窗　外

灯亮起来

灯亮起来，表示对黑夜的抗议。

灯，尤其是古典的灯，都是温和的，并不厉声呵斥夜，只是谨慎地照亮周围的事物，这说明灯并不是夜的对立物，而是对夜的说明和补充，对宇宙之夜的混沌思路作了小部分的校正。

灯，是人类与宇宙长夜和生存之夜的谈判。文明史就是持续的、不间断的谈判史。

在微弱、诚恳、谦卑的灯光下，人和无边的夜促膝交谈，有时也高声争辩和发问，更多的时候，语气是平和的、谦卑的、含蓄的、试探的，他们深知黑夜的秘密不可穷尽，黑夜后面是更深的黑夜，无边的宇宙就是一个永恒的黑夜。黑夜未必不好，黑夜让我们发现了灯，产生了对灯的感情，对点灯人的尊敬。

直到人类的最后一个夜晚，许多星陨落了，当冰川纪再一次降临，在夜的深处，那令天地为之动容的，是那盏坚持到最后才渐渐熄灭的孤独的灯……

闪　电

闪电是宇宙的灵感。

闪电是宇宙苦闷的象征，就像文学是人生苦闷的象征。

大地的引力无法拉直弯曲的闪电。

闪电无法修改。

闪电是露天生长的天才。它给天空提供的总是惊世骇俗的思路，它让陈旧的大地读到创世的语言，它让那些鼠目寸光的眼睛看到：有一种心胸和目光，可以穿越尘埃到达无限。

闪电是孤独的天才，没有一片云能收留它。

闪电是狂草大师，是写意画家，是意象派诗人，它恣意挥霍自己无尽的才华，它并不炫耀也不保留自己的作品。它向我们呈现的是：精神把物质提炼成纯粹艺术的过程。

闪电也是谦卑的，在池塘，在小小水洼里，它把怀抱的光芒投进那些孤寂的灵魂。

闪电也是专注的，它会耐心地刻画一座废墟，让我们看见大理石柱子上隐秘的手纹。

闪电绝不媚俗，毫无奴性，没有哪一个帝王能收买它的光芒，它不会爬上宫墙题写阿谀的题词，它不会把自己打磨成项链挂在权力的脖子上。

在漆黑的夜晚，它一次次从天上降下来，抚摸荒野的孤坟。

在漆黑的云层，我一次次看见闪电那洁白的骨头。

闪电是天地间透明纯真的精神。

闪电好像在启示：一种真正的诗人的灵魂、艺术家的灵魂……

逝者的远行

　　我们以为明白了死亡，死亡，不就是死亡吗？不就是虚无和不存在，不就是永远的休息吗？当死亡未被你目击或遭遇的时候，你对死亡的想象是抽象的，是写意的，你甚至一厢情愿地美化和修饰着死亡。而当死亡活生生发生在我们身边，我们仍然震惊、伤痛和恐惧。原来，死亡是一种暴力和暴政。是一种最原始、最野蛮的暴力和暴政。它是对生命的一次性彻底剥夺和否定。

　　死神夺走死者的生命，却留下了死的现场，留下被它反复摧残的死者的肉身，让浸泡在伤痛和泪雨里的亲友们，去处理去焚烧去埋葬。死神的狠毒之处就在这里：它制造死亡，却留下一摊子沉重的阴霾，逼迫我们收拾死亡的残局。这么说来，我们也不得已参与了死神主导的一揽子事务，死神一直在我们的上空监管着我们的一举一动。

　　有没有这么一种死法：最后的时刻到了，被死神选准的人，立即悄然出走，飞升而去，化为紫气，化为云岚，化为水波，化为虹影，化为檀香，化为九天梵音，化为云端妙响？而不再留下这惨淡现场，这破败肉身，这苍凉结局？

古老的道教一直天真地这么想着：羽化而登仙。生命若能这样结尾，该是多么的好啊。然而，所有的人、所有的生命，都不曾羽化而登仙。都得留下一具自己带不走的遗体，留下一片惨淡的阴霾。

由此我想，死神是一个需要进化的低劣的神灵，死神是一个原始野蛮的残暴神灵。这样一个根本就不理解生命的残暴神灵，却最终由他来处理所有的生命，我只能说，造物者，你过于残忍，你对生命太不负责，你造了精致的生命，让他们有了丰富复杂的心灵，最终却让一个从未进化过的野蛮死神来粗暴地处理这些内心异常丰富和精致的生命。造物者，你太残忍，你对生命太不负责。

再深邃的哲学家，这时也不能说服我们，平息我们心中的悲伤，除非他的哲学能让死者复活；再仁慈的神学家，这时也不能打动我们，无力化解我们对死的恐惧，除非他的神学能让死者的灵魂出现在我们面前，向我们亲口告诉他在另一个世界的平安和喜乐。

在死亡面前，哲学无言，神学沉默。因为，死亡先于哲学而存在，也先于神学而存在。是死亡启示了哲学和神学，而不是哲学和神学启示了死亡。哲学和神学，只是徘徊在死的穹隆下的猜测者、聆听者和研修者。

即使再浅薄的人，他的死亡也是深不可测的，要理解和解释一个无知者的死亡，却必须动用我们大量的知识和智慧，但是我们仍然不能理解和解释，他的死亡的内涵和意味。

那些深刻的人，他的死亡的涵义深于死亡本身，也深于他生前的哲学和全部思想，死亡强行终结了他的生命，而他匆忙出走的心灵，却令我们必须把对永恒之谜的想象，都交付给他，以此才能填补他的不存在造成的巨大空白。

一切都是过程，都是幻象，一切皆流逝，流逝的一切，都化作记忆，记忆也将随着记忆者的流逝而流逝。

正是流逝汇成了时间的沧海，汇成了苍茫的人世。

我们也加入了这流逝的过程，平淡而平常，但细想来，却又觉得惊险而悲壮。

我们只是偶然出现在我们注定要消失的地方。

我们偶然出现了，让我们珍重。

而注定的消失，正为了出现。

由此，死亡的残暴属性，仍会在生的足音里被郑重改写：所谓的死亡，并不是绝对的终结，我想，那只是一次临时休止，那只是一个仪式，一座渡桥，从这里，逝者带着他一生的征尘和心灵，转身、出走、远行，然后将出现在时间的那边，出现在我们不能抵达，也不能理解的时间的那边。

寺庙，深呼吸的地方

在村庄里、街市上穿行，呼吸着人的气息货物的气息，常常有一种淤塞的、被围困的感觉。世俗气息太饱和了，反而呼吸困难。这时忽然看到一座寺庙，古色古香的建筑，静谧的院落，还有那几人合抱的古柏、古银杏树，都把人从"此刻"拉走，让你返回到渺远的过去。时间链条在此刻中断了，你似乎进入无时间状态，进入时间之外的某一个瞬间，其实是进入时间深处，进入心的深处。那些相貌高古慈祥、静坐冥思的僧人，也让你浮躁的心顿时清凉许多，寺外是红尘滚滚人欲滔滔，而他们沉浸于寂静空明的天地化境之中，在无量的深井里打捞宇宙万象的倒影，领悟镜花水月的空灵之境。望着他们那安详的面容，如同望着汹涌大海里肃然站立的冰山，你那颗随波逐流的心也变得宁静和洁白——至少在这个时刻。波浪不能带走一切，海底的蚌，正在幽暗中搜集月光提炼珍珠。

我有时觉得宗教是人的一种特殊呼吸方式。无信仰的世俗生活是一种浅呼吸，是和与自己有具体利益关系的人与事物建立能量或空间的"共享机制"，是大气层以下的局部空间的浅呼吸小呼吸。而宗教生活是一种"深呼吸"，是逸出利益空间之上、与整个天地宇宙、与全部人类精神史发生联系的深呼吸大呼吸，它扩大我们的心灵空间和精神的"肺活量"，它把局限于物化世界利欲空间的小人格提升至与天地人神共在的大人格境界。一个人乃至一个种族，若只有浅呼吸小呼吸，而没有深呼吸大呼吸，要造就精神恢宏博大、气度浩瀚从容的人格境界和人生情调，是深可怀疑的。

我对那些没有信仰生活、缺乏内心操守的所谓大人物，历来缺少信任和敬意。即使他们时常摆出大的架势和姿态，但终掩饰不住他们那灵魂的小。那"大"实在是装出来的。他不与天地精神相往来，他没有通过信仰生活让自己有限的小我与普遍的人类精神和无限的宇宙精神关联、融合起来，他怎么能"大"得起来？他没有"与天地参、与天地化、与天地合"的深呼吸大呼吸，他哪里有什么浩然之气？

我情愿把寺庙视为一个做深呼吸的地方。

有时候我又想，这个小小地球不正是坐落于宇宙深山里的一座古庙吗？那么每一个生命都是这座庙里的僧侣和香客了？无论在家出家，我们都在同一座古庙里，我们都是修行者，研习着生的功课和死的经典，在永恒的时间长河里做着竞渡的努力。那么，暂且把过多、也过于虚妄的欲念放下，让我们对着无穷浩渺的宇宙，做深呼吸和大呼吸……

记忆的暗河

忙碌或庸碌一天，到夜晚也难得静下来，又得想想明天该做些什么。总算静下来了，不想明天的事，也不想以往的事，就在寂静中关闭了心宅，把一切都放下吧。佛曰：放下是福。

然而，寂静是一块肥田，从中生长出星星点点继而是稠稠密密的东西。走进去一看，竟是一些记忆的碎影和残片。

活过的时间都被时间带走了。能留下来的只是一些记忆。人好像就为了储存和积攒一点记忆才接受生活或忍受生活。虽然有的记忆是人不愿记忆的，如同有的生活是人不愿接受的。但只要你接受了或忍受了一种生活，你就有了对那种生活的记忆。在生活的过程中，人也许有过极复杂痛苦的体验，而当那段生活过去之后，人获得的记忆却比那复杂、痛苦的生命体验要简单得多。由此我觉得记忆是不大可靠的东西，人性深处似乎有一只筛子，它不自觉地按照某种命令来筛选记忆和经验的颗粒，过于沉重或沉痛的颗粒都被它筛掉了，保留下来的只是一些不那么沉重或沉痛甚至是比较明亮、轻松的颗粒。我发现记忆是按照"快乐原则"来工作的。人性中好像有一种"保险设置",它负责警戒和拒绝那些有可能伤害和摧毁人生的"恶性细节"的侵入,从而使心灵保持基本的平衡,以承受岁月和生存的压力。

那么,被"筛子"筛掉的那些情节都到哪里去了?莫非能被筛出人生之外?

这让我想起一条河的流动过程。河床上的水在流淌中制造漩涡和浪花,让我们看到水的激荡之美和妩媚之美。而在河水的深处,却沉淀着痛苦的石头、不见天日的泥沙;在河床的下面和更下面,长年累月渗透的水会形成一条潜流,一条暗河。在我们能看见和欣赏的河流的深处,还隐藏着另一条河流。即使河床上面的河水改道了或干枯了,那条暗中的河流,仍在地层深处流动或潜隐。

其实被我们的"意识之筛"(即"保险设置")保留下来的那部分记忆,常常与大部分人的记忆是相似的或大致雷同的。因为人性中"趋利避害""舍苦求乐"的本能造就了所有的人都大致相同的"意识之筛"。而筛掉的那些东西,却是个个不同,有着千差万别的重量、颜色、质地和气味。"快乐是相似的,疼痛各有各的痛点"。节日是相似的,祭日各不一样。花开是相似的开法,花落各有各的落法。

我们再回过头想想古往今来的那些文学杰作,它们感动和启示我们的,并不是因为它们表现了人类大致相同的欢乐,而在于表现了人类各种各样的痛苦和幻灭,以及大师们在表现人类痛苦的同时所寄予的对生命的深挚关切、理解和同情。

我似乎明白了为什么有如此众多的写作者,却少有伟大的、深刻的、动人的作品，我们大都停留在流行的平面，复写那些浮表的波光泡影和水沫，即使偶尔有一点痛苦的表现，也装饰了或隐或显的时髦花边。我们大都浮游在生存的河面上，掬一捧水花浅浪取悦河岸上的看客，我们很少深入河床之下，去发现和倾听更深处的暗河，撩起那深邃的、黑暗的水波。

我似乎知道了《红楼梦》为什么深刻，为什么令千古读者拭泪，它触到了人的根本困境，在困境中它发现了"情"乃浮世人生唯一的寄托和慰藉，乃时间之海里漂流的人们唯一可以摆渡荒海抵达彼岸的方舟，而"情"又会随着命运和岁月的推移被摧毁，更会随着肉身的殒灭而殒灭，在最后的"白茫茫一片真干净"之中，它发现了时间之门，它发现被"情"经历了、被泪雨洗过了的时间，都变成"情天恨海"，变成了人生曾经存在过的记忆和证据，于是，虚无的时间被幻化了的"情"充满和照亮。

或许我们已经丧失了曹雪芹那种古典的深情和纯真，他在参破人生"本来无一物"的真相之后，并没有完全陷入虚无和对人生的否定，他在对情的悲悼中仍寄予了对情的钟情，当一切筏子都不能摆渡人生走出虚无和荒海，"情"，乃是人的仅有的、最好的生命方舟。

我们在表面的河流里溅起了太多相似和相同的轻浅的水花和泡沫。是否该深入河床的下面，那里有着更深邃的、被遗忘的暗河……

窗　外

一个朋友告诉我，他在三十岁以后，几乎每天早晨起床的时候，都是他最痛苦迷茫的时候。我对他的话感到不解。

他说，这些年，每天早晨醒来，看看窗外，好像看不到什么有趣的东西，也听不见诱惑的信号、希望的召唤从窗外传来。

我说，那你总不能老是躺在床上，躺在梦里，你总得起来，你总得走出去。

他说，我当然要走下床，走出自己的屋子，走进人群和生活中。但是，这并非是应着一个召唤的声音，走向我内心里向往的生活。更多的甚至是主要的，我不过是不得不走出去，不得不去过那种我内心里十分拒绝的生活。我不过是为了生存而被迫接受某种生活，而不是为了内心的需要去选择和创造某种生活。

这也是大部分人不得不面对的生活境遇呀。也许我们无法选择生活，但我们可以选择生活的态度，比如，对你所不得不置身其中的生活处境采取适度的审视态度，并尽可能在力所能及的范围内渗入自己的愿望，这样，或多或少总会对生存有所改变。

朋友说，这只是理想主义者的一厢情愿和浪漫梦想。一滴清水能改变整个大海的咸涩吗？一颗流星能修改夜晚的黑暗本质吗？

我说，我常常被流星感动，它那微弱的亮光使我在老谋深算一成不变的夜色里看见了一种天真、固执和纯洁，看到了一种变化的可能，预感到大面积光明的降临。

朋友仍然说这是理想主义者的肤浅乐观，他说，即使真的有大面积光明的降临，但是光明之后，仍是大面积黑夜。

他说，总之，我听不到窗外的召唤，我每天面对的都是没有期待也没有感动的生活。从我的窗子望过去，好像看不见什么风景。

小时候，窗子外有小伙伴的呼唤，有纯真的小鸟的歌唱，有地上和天上的无数未知和神秘的事物。

我说：难道现在，就因为是现在，窗外就没有伙伴的呼唤？就没有小鸟的歌唱？难道现在你已经了解了地上和天上的无数未知和神秘？你因此就可以不对窗外的无穷世界抱有期待了？

朋友啊，窗外也许真的变了，但变来变去，窗外仍然是等待我们去经历的岁月和生活。你对窗外无动于衷，全然不像你小时候那般对窗外充满向往和好奇。不是窗外真有什么太糟糕的变化，而是你自己变了，你没有了那颗童心。因为只有在童心那里，世界才是解读不尽的童话和传奇。

朋友若有所思，沉默了一阵，对我的话没有进行驳斥，但也没有表示认同。从他沉思的脸上，我能读出他的困惑：难道真要把童心永远保存着，才能听见窗外的召唤吗？

朋友又开始缓缓地说话了。

年轻的时候，窗子外有粉红色的眷恋，林子里或河滩上有一个约会的地址，远处的群山中，那被白云缭绕着也洗亮了的某个峰顶，正等待着我的登临。

我说：那么现在，窗子外就没有了粉红色？林子里或河滩上就没有了可以回忆或再次约会的地址？远处和更远处的群山，所有的峰顶莫非都被你一一登临？

朋友无言。

我说，看来，是你的生命里缺少了爱的激情，缺少了对生活的那种初恋般的感动。以这般冷漠的心和冷漠的眼睛，从窗外能看见什么呢？

魔鬼把门关住了，天使就从窗口飞进来。你用灰色的心情把窗子封锁了，天使怎么来拜访你呢？

这当然只是个比喻。要紧的是赶快找到两样被你丢失了的东西：童心和爱。

也许是沉睡在内心里，也许丢失在窗外，唤醒它们、找回它们吧。

朋友打开窗子，灰暗的云仍在天上囤积、翻卷，在云的缝隙，裂开一个缺口，透出深湛的蓝色。

窗外，一只鸟飞过，没有逗留的意思，只是匆忙打了一声招呼。

朋友和我一道走出窗外。

香坊的妇人

几间砖房，房前一片生长着杂草的场院。一天我从这里经过，看见场院里晾晒着一丛丛香，有黄色的、绿色的、红色的。我推开虚掩的侧门走进去，一阵幽香扑鼻而来，果然，这里正是香坊。

满眼是香，成堆、成捆、成箱，却看不见制香的人。走进作坊，才看见五六位妇人正忙着各自的事：有的在往竹签上抹香，有的在往纸箱里装已晾干的香，有的在池子边搅和，把各种原料按比例放在一起，掺进适量的水，像和面一样搅和着香料。

我向一位妇人请教怎么做香，她放下手中的活，领我参观了库房：一堆堆锯末，有柳木的、松木的、橡木的，松木锯末最多；还有一箱箱中药，主要是当归；还有各种颜色的颜料，还有成捆的竹签。

我以前不明白庙里的香火为什么那么好闻，现在知道了那都是树的香味，药的香味，草木的香味。

妇人中年纪最大的有七十多岁，最小的是一位二十几岁的少妇，她们都忙着各自的事，并不留意我这个闻香而来的"香客"。

我坐在一堆香中间，嗅着香气，看着她们劳动。

哦，草木香气和药的香气，渗进劳动的每一个细节，这大约是世上最美好的劳动了。

我把我的感觉说给她们听。她们说：其实，你仔细嗅一嗅，就会觉得香后面有一种淡淡的苦味，苦做了香的底料，香才久、凝重；那太甜腻的香，不好闻，风一吹就没了。世上最耐闻的香，是那种苦香。

我看她们的手，都是粗糙而黝黑长年累月浸泡于锯末、药物、香料中间，这些手，该是最知道苦香滋味的手了。

而那些采药的、拉锯的手呢？透过这成堆成捆的香、透过这些值得尊敬的手，我看见劳动的深处，布满了无数辛苦的手。

一会儿来了两拨人，四川的三个人，要买五百斤香，甘肃的两个人，要买四百斤香。他们说：庙里要香，信男善女要敬佛。

我就想：四川的神，甘肃的佛，都会嗅到她们的香了。

那出世的香，曾入世入得这么深，每一点微粒都从她们的和更多的手上经过；那缥缥缈缈的香，曾经是实实在在的木头，实实在在的药材。

这劳动仍然是世上最美好的劳动，她们为沉重的生存制造欣慰的香气，为无常的岁月制造恒久不变的古老香气。

临别时，我买了一小捆粉红色的香。我想点燃一根，我想为劳动、为她们献一炷香。

其实是多此一举。她们劳动的过程，就是为劳动、为生命献香，也是为自己献香啊。

为自己燃一炷香

1

没有把自己当神、当佛拜的意思。

燃一根香，插进小瓶子里，放在墙角或某个不显眼的地方，屋里就幽香暗生了。

我只觉得气息很好闻，有一种缥缈出世的感觉。

2

渐渐就有了庙的感觉。想起一次次进庙拜佛，佛是泥塑金身的那种，僧是半为修行、半为谋生的百姓，听其讲道，要么太虚，虚得可疑；要么太实，实得可怜，把生命觉悟的大道讲成发财升官的小道甚至歪道。

但还是一次次进庙。似乎不是为拜佛和寻僧，而仅仅是闻一闻庙里那种香火的味道。

那种在尘世里又高出尘世的感觉。

3

幽香盈室，轻烟缭绕。我的小屋真变成了庙。

烟雾轻笼中，书架上的书更安静了，圣贤智者们寂坐于时间深处，把无穷的语言化为沉默。

桌子上展开的纸，长时间不落一字。

寂静延伸着空白。我的心一片空阔。

4

此时，开门见山，皆是灵山，那远近错列的翠峰青峦，哪一座不是经亿万年苦苦修炼而入定的高僧大佛？

那条大河，用上古的涛声与沿途的事物说话，听久了，我会觉得河是代表许多生命发出的一声叹息。

透过轻烟看门外掠过的鸟的影子，都像是在自己心海里飞翔的精卫。

5

在香火、轻烟里，在"庙"里，似乎渐渐有了"出家人"的感觉。

我把门前的几株槐树、杉树都看作"菩提树"。

在菩提树下坐着或站着，我要求自己的每一念都是善的，都是清洁的，都与我想要接近的真理有关。

其实"出家人"，只是离了小家，真正的出家人是为了找到众生的家门、真理的家门、慈悲的家门、智慧的家门、宁静的家门。

6

入而后出，出而又入——然后以出世的精神做入世的事业，以智慧、慈悲的光芒照亮世间的事物。以正念、善念所做的一切事，大事小事琐碎事，都是佛事；一个善良的人在旷野里，用牛粪马粪驴粪点燃的火光，都是佛光，为迷途的夜行人照亮了回家的路径。

7

香燃着，我却伏案睡着了。

那个上午，一觉醒来，我自己点燃的那根香还在燃着，它的旁边，一根新燃的香吐着檀香味的轻雾。

是谁，在我睡着了的时候，为我燃香？他是把我当作"睡佛"来拜了？

一个人睡着了不做噩梦，醒来时不动恶念——思无邪，行有德，他就接近于佛了么？

这也许仅仅是对一个好人的最基本的要求。要在各个方面都好，在情感、品格、行为、言语，甚至在潜意识深处，都进入至善的境界，才是佛境啊。

是谁，在我睡着了的时候，为我悄悄燃香？

8

感谢那位为我燃香的人。

他是在为我的灵魂添香祈祷。

这也许是他的幽默：让我一觉醒来，恍然不知自己是仙是凡是人是佛？

这也许是他对我的启示：其实佛界与凡界只在一念之间，此岸与彼岸只有一梦之隔。佛是觉悟了的众生，众生是未觉悟的佛。

这也许是他对我的叮咛：灵魂里时时有清香萦绕，你就是凡尘中的仙，众生里的佛，淤泥里的莲花，秽土中的幽草。

9

幽香盈室。但我不能自囚于"禅房"。禅房是我整理人生经验的地方，但人生的大经验当在广袤的天地间获得。

我不能满足于自我燃香，自己把自己供养起来，那顶多只是一个安静的"小我"，担当世间的苦难，锻造晶莹的灵魂，忘我，才是佛。

10

那个为我悄悄燃香的人，其实是在为我上课：佛啊，醒来吧，去修行、去关怀、去倾听、去证悟、去汇入无数的香客：孤独的香客、迷途的香客、受苦的香客、贫穷的香客、流浪的香客、叩问的香客……

11

轻烟飘出门，融进大野，融进苍茫。

一缕出世的烟，融入世界的雾中。

一根香燃完了。我的心，在寂静里行走得很远，很远。

我慢慢把心收回来，心携带着更多的光回到心上，心海里一片月光。

　　我随着轻烟走出门，走向生活，走向众生，走向沧海，走向更辽阔的生命……

塔　赋

　　古时候，地广人稀，天高鸟静，人居住在大野幽谷之中，以五谷真气养身，与天地精神往来。那时候，高层建筑不多，塔，理所当然算是高层建筑，如果修到七层九层，便是超高层建筑了。塔，不是随便修的，或因某位圣贤，或因某种信仰，或因某个传说，或因某处风水。修塔，或为祭奠，或为景仰，或为祈祷。

　　于是，塔就成为一种标志，昭示着一个地方一群人的生存内涵和精神海拔。

　　于是，塔就成为梦的寄存处，红尘滚滚，岁月匆匆，塔，立在那里，仿佛凝固下来的一段时间，在追忆无量的过去，冥思无穷的未知。

　　于是，塔就会引来墨人骚客，登临览胜，俯仰浩叹，思接千载，视通万里，"念天地之悠悠，独怆然而泣下"；就会有层出不穷的名诗、名文、名联；就会由塔而生出许多神话传说轶闻。渐渐地，这座塔就不只是一座人工修造的土木或砖石建筑，而是一座寄寓着神灵，蓄藏着久远沧桑的记忆之塔，神性之塔；渐渐地，它就越来越不只是一个立于空间的物体，而是时间的符号，时间的陶片，时间的使者，从久远出发，走向久远，而"现在"——世世代代人们都拥有的那个"现在"，只是它要穿越的片断：于是，塔，就更像一位装订史书的老者，它抽动着长长的时间的线，把流逝的星光月光，把飘零的风声雨声，把刹生刹灭的灯影人影，装订成一册册、一卷卷、一摞摞正史野史心史。

塔，渐渐成为一种魂魄，使它所在的这个地方有了幽深的蕴含，无论这地方荒凉或不荒凉，偏僻或不偏僻，因为有塔，因为有魂魄，这个地方就不一般。

塔，渐渐成为一种风骨和灵气。望塔敬塔的眼睛与那不望塔不敬塔的眼睛，它们的视线视野眼神肯定是不一样的；登过塔与没登过塔的脚，它们的脚力以及对高度的感觉肯定是不一样的；修补过塔并且把自己的手纹和体温同砖石一起砌进塔身的手和那些未曾触摸过塔（未曾触摸过利益之外的任何象征物）的手，它们的手感手相以及手势（向生活、向世界、向命运、向一只鸟、向一片云、向一颗星、向一个远行的背影所打的手势）肯定是不一样的。

塔，渐渐成为骨骼，使这个地方的风俗、人情、礼仪等等因了内在的支撑而获得了形体和姿势。

塔，渐渐成为方向。迷乱的梦中，四处皆是深渊和漩涡，村庄和市镇沦为沼泽，星斗和石头化作泡沫，无舟可渡，无岸可依，忽然塔出现了，沿着塔那无声而从容、无言而高古的暗示，你找到了迷失已久的岸；塔，有时候是逃亡的方向，深夜，鬼火丛丛，骷髅围着塔影狂舞着，魔怪抽出砖石敲击着，你从塔的一侧逃过去，逃到离塔较远的地方，看塔下的喧嚣怎样沉寂为泥土和青苔，看塔怎样恢复它高古的神韵；有时候，塔是回归的方向；倦鸟、游子、迷路的老翁和孩子，看见塔，就看见了熟悉的手语。你是铁或铁器吗？你四处漂泊和撞击，四处流失着你的金属屑，塔，以它亘古的磁力，将你重新聚合起来，成为一件完整的铁或铁器……

塔，无脚而走过千古，无眼而阅尽风云，无言而说破沧桑之谜，无心而成为天地之心。

从塔顶望向高处，望向夜的深处，无论你望天狼星、北斗星、织女星……你都会和世世代代的目光相遇，你的视线重叠着许多古老的视线，而你的命运正重叠着他们的命运，或许，仅仅偏离了几毫米……依着塔站一会，斜阳把你的影子和塔的影子溶在一起：塔是微温的，空气是微温的，在微温的唐朝小立片刻，闭起眼，你已是唐朝的人了，靠着塔，将疲惫的身体贴紧塔身，你感到塔是结结实实的，唐朝是结结实实的，时间是结结实实的；睁开眼睛，你发现你的眼神变了，塔上塔下的一切，都变得神秘、悠远而意味深长……

从塔顶飞过的鸟都像是神鸟，它们从天与地之间穿过，从古代与此刻之间掠过，在母亲耕种的田垄鸣叫着，有时候，它会降落到我们的肩头和手心，此刻，你捧在手里的，难道仅仅是一只鸟儿？

难道不是"存在"的全部奥秘和馈赠吗？

从塔下走过来的人儿都像是活生生的神。看见塔，他们就想起从塔下走过的世世代代的身影，那早已熄灭了的香火又在心中燃烧起来；抚摸塔，他们就触到那久远年代的手温和手纹，触到了时间也摧毁不了的真诚的魂魄；登上塔，他们就与古人站在同一个高度和位置，重温那苍茫、旷远的感觉，并遥想：千百年后，又是谁来登临……

塔，孤寂地立在天与地之间。迷乱的星云，好像因了它而有了秩序；旋转的日月，似乎因了它而有了轴心。

云飘过去，风吹过去，水流过去，鸟飞过去，人走过去，时间漫过去……

而塔立着。塔的故事还在流传着。

塔，还在被修复着。

修复塔，就是修复我们日渐破损和倾斜的生存与记忆。

塔，不是用土木建筑的，不是用铁石堆积的。

塔的建筑材料：是梦的碎片，是心的熔岩，是精神的元素，是殉道者的身影和穿透生死的目光和一些迷茫与虔诚，以及大量从虚无中有力地划过的闪电和手势。

是的，塔——

一部梦的造型。

钟乳石

　　水滴千年，钟乳石才能长高一厘米。孩子，你知道吗？

　　在谁也不知道的深山更深处，在古老的溶洞，在幽暗的白昼，在孤寂、潮湿的夜晚，在星子们无言话别的黎明，有一双泪眼，诉说着，依旧诉说着，诉说着来自地层深处的渴望。

　　别打碎了它，孩子，这不是石头，这是一双看不见的眼睛，用亘古的泪水，塑造的一尊浑身是伤的神。

　　为浇灌这小小的神，那双看不见的眼睛，至少已经流了一万三千年泪水了。

　　小心捧起它，孩子，最好放回原处，让它在泪光里继续生长。

　　孩子，你问这熬过万古寂寞才长成的石头究竟有什么用呢？是的，有什么用呢？我真的无法回答你的疑问。

　　孩子，你也许不大可能懂得，世间有某些东西，必须熬过等待的长夜，甚至这长夜长到没有尽头，在没有尽头的长夜里，让内心的激情化作信仰，不为什么，只为那信仰活着，最后，它把自己活成了信仰。

当然，我仍然没有说清什么。

你依旧在问：究竟有什么用呢？

我只能这样说：它至少让我们懂得了，纯真的挚爱，能创造奇迹，连眼泪都变成一种珍贵的营养，浇灌出人世间稀有的形象。

你依旧在问：究竟有什么用呢？

我感到我已无法回答这个问题。

但是，孩子，当你这样发问的时候，内心是否已经被它深深触动？

对了，那触动我们的是什么呢？是那深邃的眼睛，虽然我们看不见那眼睛，但那眼睛分明在很深的地方注视着，在漫长的时间长夜里，它注视着它所挚爱的，它注视着它的注视，它用目光和泪水浇灌它的神。直到此刻，我们终于看见了，看见一种信仰可以改变石头，可以让流逝的时间停下来，长成一尊神的雕像。

孩子，你似乎懂得一点什么了。我看见你目光里开始有了沉思和宁静。

你又问，当所有的溶洞都被打开，所有的钟乳石都被搬进广场去展览、去出售、去暴晒，当所有的眼睛都只注视当下的财富、眼前的桂冠、快速的成功，只注视市场占有率，股票升值率，微信公众号点击率，而不再有天长地久的挚爱和忧伤，并且永远不再为心灵和信仰去凝视或流泪；什么千年万年的泪？三秒钟哭泣都会影响生存效率，三秒钟的泪水都是浪费和奢侈。那么，钟乳石，这种珍贵的石头还会生长吗？

孩子，这可真是一个问题。很可能再不会生长这样的石头了。

所以，孩子，千万别失手，一失手，千万年的泪水，浇铸的这颗小小的素心，这尊可敬的神，就会碎裂。

小心捧起它，孩子，最好放回原处，让它在泪光里继续生长。

……

第六辑

我的精神仪式

迎迓日出

星子们蹑着步渐次退去。

奔腾了一夜的天河，终于落潮，被反复冲洗的天空，仍保持着史前的肃穆和辽阔。

寂静笼罩着。一秒，一秒，一秒……

一秒钟的宇宙里，藏着多少星辰、金属、大理石、火焰、海水……

把这一秒钟交给我，我能倾听什么？挖掘什么？

在这神圣的一秒里，我仅仅听到我的一次心跳。

对这短短一秒的挖掘，只能是神的作业。神也未必胜任这作业。更深邃的力，左右着神的思路。

寂静笼罩着。一秒，一秒，一秒……

宇宙啊，我们挥霍了你多少时间，浪费了多少有着无限意味的时刻却浑然不觉？

此刻，我站在秦岭峰顶，脚下是白垩纪的岩石，身边是微露曙色的野薄荷花，头顶是盘古托起，又经女娲的手一寸寸修补过的天空。

站在时间的汪洋里，我眺望时间。

我眺望一个伟大的时刻。

看哪，那边，血潮汹涌，花潮汹涌。

夜的胎衣，一点点褪去，云一点点褪去。

宇宙的产房里，一个赤子正在临盆。

他来了，他正在大规模降临，从光年之外，从时间那边，他怀抱着光的诗篇和火焰的礼物，向我们降临。

这就是昨天那个死去的落日吗？

是的。这就是刚刚诞生的旭日。

据说"落日睡一夜就变成了旭日"，我不相信，除非你指给我看：石头睡一夜就变成了宝石。

那死去活来的灵魂，那在迷狂的火海里不断提炼的灵魂，那在黑暗的长夜里固执地以光的语言说话的灵魂——

太阳啊，你不只是物质的星球，你更是宇宙的赤子，炽热的火的婴儿，我们精神的导师，你是如此完美地示范了这样一种可能：伟大的激情，可以引领物质在对自身的超越和扬弃中，逐渐把自己提炼成一种纯粹的精神形式。

此时，鸟声四起，赞歌四起。

一只高飞的云雀，把我的思绪带到高高的天上。

我的太阳神情专注、目不转睛地望着我。

围追我的夜色终于完全溃败、退却。

此刻，我解下实用美学的领带，脱下社会学的外套、经济学的衬衣、伦理学的裤头，我去掉一切多余的饰物。

我赤身裸体面对我的太阳。

太阳赤身裸体面对宇宙，面对我。

闭起眼睛，我倾听太阳的耳语，我接受他的教诲，接受他对我肉体和灵魂的检阅。

这天上的灵魂，行走在永恒天路上的灵魂，正在检修和浇铸，我被尘世一再污染和伤害的灵魂，我那积压了太多黑暗的灵魂。

据说上帝死了。但是，我的太阳还活着，这就是说，我灵魂的榜样和源头，仍然活着。

被神圣抛弃了的人，比一只虫还可怜，因为他甚至不具备一只虫儿的简单和纯粹。

我们怎能不找到内心的神圣之源，而能快乐生活呢？

在秦岭的某个峰顶，在时间的一个峰顶，我正在被太阳重新浇铸。

我被一双来自天上的温暖的手轻轻抱上天空，又缓缓放回地面。

在这个透明的时刻，我正在被提炼，我的身体和心灵，渐渐透明……

在水边……

你总是在低处供养着一切。

而高处的事物，只有低下头来，才能在你的镜子里辨认并发现自己。

所以月亮出现的时候，立即把自己交给水，千江有水千江月，母性的水，把一个月亮生育成无数个月亮。

并非你不知道高处。你恰恰来自高处，在天上，在云端，在大气层的边缘，在最靠近虚无的地方，正是你的祖籍。

你来自虚无，然后认真地灌溉虚无，催生万物。你无中生有的天赋，令我想起神，然而神也许只是暗中模仿和抄袭了你。许多生动的事物，都是你的原创。

你的任何一滴都比我深刻。你知道世界的来龙去脉。

我只是站在水边，与水底的倒影匆匆打个照面，然后随流水远逝。

你熟悉每一粒沙子的来历，那是你亲手用史前巨石慢慢揉搓出来的。

你知道每一缕根芽的心情，你在泥土深处为它传道授业解惑。

你懂得我脸上泪水的含义，许多年前，你在海里组装了我复杂的灵魂。

因为与你保持着血缘关系，脆弱的花才学会了微笑。那高高地供奉在神面前的郁金香，她心里明白，在看不见的根部，藏着更重要的神，液体的神，母性的神。

即使凌厉的闪电，也是在暗中借你的力量打磨了那永不生锈的剑，黑夜被它大篇幅地删改了，这或许正是你的思路？

是一滴水就映照四周的空虚，直至蒸发，你小小的心仍跳动在大气层之上。

是一杯水就接待那个人的脸和脸上的全部表情，他（她）喝下了你，而你深入了（她）他，你熟悉他内部的江湖，却绝不出卖他的秘密。

是一条河就收藏两岸尘土、落叶和倒影，淙淙着，潺潺着，滔滔着，你无休止的诉说，使岸上的语言更像是插嘴，你向短促的生活提示了更悠远的背景，你让日常的水井有了更深的源头。

是一个海就容纳陆地的全部污秽，用深渊的胃去消化，用波涛的激情、盐的耐心、风的意志去淘洗，去提炼。你日夜奔腾操劳，只为了一个单纯的思想：提炼更多的蓝色，保存这浩瀚的经典，让陆地荒凉的眼睛，时时能读到古老伟大的诗卷……

此时，我伏身在你的岸边，掬起一捧水，掬起这液体的时间和浩瀚的史卷，我知道，我手里捧着的，是漫过大禹脚背的水，是漫过女娲手心的水，是漫过孔子思绪的水，是漫过李白酒杯的水，是漫过父辈倒影的水……

　　我静静地掬起这捧水，我不忍喝下去，我怕我的内脏不干净，我看着它在指缝里一点点漏尽，又生怕它漏尽……

凝视一朵野花

在这荒远的山野，在这呈 45° 倾斜的斜坡，一朵花，静静地开了。

我发现你时，你正在绽开。像一位幽居的诗人，向唯一的读者，慢慢打开珍藏的手稿。

我看见的，竟是如此精美的情思。

如果我不看见你，我怎么能想象，一棵朴素的草身上，存放着如此动人的灵魂。

可惜你不说话。如果你能向我说出你内心的秘密，我就不必在毫无美感的大学里研究什么美学，你已经向我透露了最古老的美学原理。

虹的构造、美德的构造、爱的构造、心的构造，都能在你这里找到原型。

甚至一个星系的构造，都遵循了你单纯而深奥的美学。

那么天真、纯洁、诚恳，思无邪，你是一首完美的纯诗。

一缕淡淡的香漫进我的身体。

可惜我不能与你交换相似的体香。此时，我忽然觉得自己十分污秽。

令我略觉欣慰的是，在你的纯真面前，我发现了我的浑浊，并为此深感惭愧。

这说明我正在把一朵花的灵魂，悄悄移植进我的体内，以改变我的身心结构里灵与肉的比例，改变美学与社会学的比例，改变神圣与庸俗的比例，从而使我的品质稍稍高出尘世，不辜负上苍派遣我来人世走一趟的苦心和构思。

就这样，一朵不知名的野花，正在从内部修改我。使我能以比较优秀、至少不太丑陋的生命历程，展开和完成自己。

我就这样静静地、目不转睛地凝视着这朵野花，然后，我转过身来，慢慢离你而去。

我不愿看见你凋零的时刻。

我将永远记住你向我微笑的神情。

那一刻，整个宇宙也变成了一朵绽开的花，那无限展开的时间和空间，都是精美的情思，神的情思。

别了，一万年后，也许你还会在这里，或在别处开放，那时，是否会有一个人凝视你？当他凝视你的时候，是否会想起：曾经有一个古人，那真挚的凝视？

我确信我的目光，那被你点燃也被你净化的目光，最终也被你收藏于内心，并多多少少感染了你。

遥想，一万年后的某个早晨，你又一次悄悄绽开了，你绽开的时候，也透露了收藏在你心里的我的一部分眼神。

一万年后的那个早晨，遇见并凝视这朵野花的那个人，他知道么？在一朵花上，有我——一个古人寄存的目光？

　　此刻，我和他的目光，在同一朵花上，相遇了……

在月光里静坐

走出门，才发现月光在外面已经等候多时了。

我们常常满足于内心的黑暗，对光明的邀请视而不见。

为此，造物者一定想了许多办法。

办法之一，就是不停地向我们发出光的信号。

你看看，天空上有多少星星呀，用了多少年多少年时间，才把这么多信号灯一盏盏点燃？

多数灯都挂得远了点，照在我们的家门口微弱得近似萤火，不足以唤醒我们。

于是，就在不远不近的地方，在略高于山梁、略高于屋顶、略高于文化的地方，挂起了这么优秀的月亮。

我这么想着，就觉得这不远不近的月亮，肯定出自一个既大胆又诚恳的构思。

我的影子比我自己还要迷恋月光，他总是走在我的前面。远远地看，你会发现是影子在为我领路，我像一个迷路的人跟在影子后面。

这说明，在我们身体的内部，还有一个虚幻的自我，他一直在寻找与他对称的虚幻，当他与一个更伟大的虚幻相遇，就返回了梦中的故乡。

哪里的月光不是月光呢？我不太相信教堂里的月光就比野地里的月光更多一些神性，很可能，经过教义的折叠和磨损，教堂里的月光反而没有多少神性了。

所以，我就走向荒野的月光。

我坐下来，月光哗啦一声，也与我坐在一起了。

我坐在月光上，月光坐在我身上，后面赶来的月光坐在前面到来的月光上。

月光不停地赶来，不停地，月光就坐在月光上。

月光就这样重重叠叠地坐着，一直坐到天上。

想一想啊，此刻，我多么奢侈：我坐在月光上，月光坐在我身上，后面的月光坐在前面的月光上，上面的月光坐在下面的月光上，我的身上、心上、头上，重重叠叠，全坐着月光。

月光在不停地雕塑我，月光在不停地延伸我，月光一直把我延伸到天上，延伸到月亮上。

这么说来，我也是月亮的一部分，我也在发着月光。

你还要到哪里寻找天堂呢？

我们对天堂的想象，不过是想象一片月光，穿越黑暗的密林，静静地照彻我们能够到达和不能到达的地方。

而此刻，我就坐在月光里，单纯、透明、辽阔、安详，我已经是月光的一部分。

每当我想念天堂的时候，我就走向月光……

俯身，掬一捧土

俯身，跪下，磕三个头，怀着感激的心，伸出双手，一捧潮润的土，就掬在手中了。

千年万载的时间和记忆，都在我手上。

嗅一嗅，再嗅一嗅，我嗅见一种苦香，从泥土深处、历史深处，不停向我传来。

凝视它，我感到亲切，又觉得惊恐：多少植物、动物、人物的颗粒，浓缩成这一捧土，我竟觉得我此时是捧着一座生命的公墓。

是的，我那一代代先人都曾挖掘、抚摸这泥土，最后又都返回泥土。此刻，我的手里捧着的，可有我祖先的呼吸和体温？

那一茬茬庄稼，那一丛丛野花，那一只只蜂蝶，那一队队虫子，那一群群鸟……它们都曾恰到好处地被泥土隆重推出又被泥土妥善收藏，它们生动地表达了泥土的欲望，泥土则尽可能按照它们的意志扶植了它们。当钟声响了，返回的时间到了，在泥土的眠床里，它们安睡下来，沿梦境的另一个方向，它们越来越深地退回到过去，退回到开始的时刻。

此时，我看见唐朝的水稻、汉朝的高粱在我手中隐隐起伏；我看见公元前的蝴蝶们就要越过时间的阡陌向我飞来，我听见从孔夫子头顶飞过的布谷鸟在我手中鸣叫。

我看见农夫的蓑衣背负着天空和雨水，倒退着向我靠近，划过他们头顶的闪电被他们及时栽植在水田里，我看见一缕微光在我指间闪烁，我一点也不怀疑：九百五十年前那个夏天，祖先们冒雨插秧的那个黄昏，此时正在我手中的泥土里闪回、重现。

那些在月夜里捉迷藏的孩子们，我看见了你们溅起的尘埃和笑声，你们在时间后面更深地隐藏起来，却不小心被我捉住了，我的手里，此时响彻五百年前调皮的喊声和欢快的足音。

那些在田埂上采野花的女儿们，慢些走、慢些采啊，你们怕花儿会提前凋零吗？我看见那个更小的女儿，只有五岁或三岁的小女子，她不小心被脚下的车前草绊倒了，她哭了，四周的植物们都慌乱了，她小小的脚印就被泥土悄悄藏起来了——这该是汉朝的某个早晨发生的事情，我手中的这捧土里，一定珍藏着两千年前的那个小脚印。

而你，曾经在泥土上张牙舞爪的官吏，曾经在原野上挥刀舞剑的武夫，那时，你们不屑于察看泥土的表情，你们喜欢仰视的眼睛已习惯了忽略低处，而正是低处的事物托举着你们，被托举着却踩蹦那托举者，被养育着却辜负那养育者，于是你们在泥土上制造伤口制造阴影。此时，我闻见我手中芳香的土腥里混合着别的味道，别的气息。我原谅了你们，在我之前，泥土早已原谅了你们。在这小小的一捧土里，有帝王的颗粒富翁的颗粒百姓的颗粒乞丐的颗粒牛马的颗粒鹰的颗粒乌鸦的颗粒燕子的颗粒麻雀儿的颗粒……我小小的手掌上聚集着世世代代土地的儿孙。泥土是如此善于用加法，却更善于用减法。泥土是如此幽默，多么悲凉而通达的幽默啊，泥土嘲讽了许多，最后归于简单的自嘲：一切曾经出现的，都在表达我的思想；而我没有思想，我造出一切，让它们替我思想。

这时候，我忽然发现我手中捧着的，是压缩了的宇宙。全部时间、空间的秘密都在其中。远古的海洋、恐龙的嚎叫、秦始皇的车辙、我祖父头顶的白发，以及太阳黑斑、银河系潮汐、数万年前的那场陨石雨，三十年前划过原野上空的那片鹭鸟的羽毛，等等，都在这小小的一捧土里。

我是如此虔敬地凝望着、倾听着我手中的神……

聆听风声

掠过山峦，掠过大野，掠过草丛，掠过人群，掠过乡村，掠过市镇——到达我时，风已携带了足够多的记忆。

但是，风的语言仍那么单纯，依旧是公元前的那一声叹息。

追着风的行踪，我也奔跑着，吼着，沉吟着，我体会着风，和风的心情。

从岩石上吹过，风无从进入它坚硬的内心，粗砺的笔匆匆划过，就多少修改了它的手纹，严密的时间从此出现了隐约缝隙。

从水面上经过，一些受惊的鱼突然改变了命运的方向，一些胆大的螃蟹继续在起皱的浅水里横行，一座临时搭起的桥摇晃起来，走了一半的那个老人退回岸上，他坐下来，静静地听着往返的风声。

从古庙里走过，摇动寂坐僧人的衣裳，他抬起眼睛，看见竹子在动，花在动，头顶的白云在动，于是，他正了正身子，在动的宇宙里，他将继续坐下去，坐成一个静止的中心。

这时，风遇见一个少女，风把她的头发撩了一下，又撩了一下，正好覆盖了她光滑的前额；风在她展开的书上逗留了一秒钟，把书页翻乱了，谁知道风同时把多少书页翻乱了？把多少青春、多少目光、多少心事翻乱了？

风经过草丛，就带出些草香；风经过花园，就带出些花香；风经过森林，就带出些树木的清香；风经过坟墓，就带出些阴湿的气息，正好被附近大面积的麦地过滤了，于是，风带出了很浓的麦香。

接着，风路过一个荒野，在一头受伤的野牛身上停留片刻，对伤口的轻柔抚摸，使这垂死的木讷生命，感受了仅有的一点体贴；然后，风路过屠宰场，那举起的刀犹豫了，于是死亡放慢了速度。

风穿过一个咸水湖，风的嘴里有些苦涩；风又穿过两个淡水湖，抵消之后，风就没味道了，恬淡，这才是风的味道。

风又摇曳了一百万朵花、一百万株草、一百万株树、一百万只蜜蜂、一百万只蝴蝶，和至少十万只鸟、十万束以上姑娘和母亲们的头发，以及十万本以上刚刚打开飘着墨香的小学生识字课本（这怕是如今仅有的被认真阅读的书了）……

风到达我的时候，我也经历了这一切。

风声，正在我心底沉积……

冥　想

有时候，我需要离开自己，比如，到很远很远的古代，到盛唐的夜晚，掬一捧月光回来，放进我那堆满塑料和电器的房间；或者走得更远些，到孔夫子之前的上古，到神秘的占星时代，就用那颗星星作记号，打磨它，让它说出时间的秘密和爱情的秘密；这时候，我忽然发现：我能叫出名字或叫不出名字的许多星星，都曾经是古人的记号，都被他们的目光反复浇铸，这物理学的天空就变成了心灵的天空：我的头顶，这无限的穹窿之上，交织着的都是祖先的眼神，我仰望，实际上是与祖先交换眼神。

离开自己，离开那个过于熟悉、过于空洞的自己，离开那个被现实五花大绑的囚徒般的自己，离开得越远，带回的东西越多，带回的都是现实的作坊里制作不出来的东西：幻象、神秘感、沧海桑田的悠久感、思接千载的情怀、视通万里的目光、悲悯、谦卑、想把时间从时间的黑洞里解救出来、让古人们重新复活等等情思。

当我带着这一切返回来，与自己重逢，我会感觉自己好像变了一个人，目光、心胸，甚至潜意识都变了，想象力、美感都变了。捧起一块石头，我能听见远古火山爆发的声浪；一片融化在掌心的雪，让我看见七百年前一位母亲的眼泪；而窗台上的这一小帧月光，正是古人向我辗转投递的家书；水潭里的那粒星星，仍眨着被占星士破译过的眼神。

但是，冥想并不是助长一个人的虚无和颓废，冥想帮助我们浮游于时间的长河，把一盏灯和一片星空关联起来，把你体内的盐和远古大海关联起来，把短暂此世与万古千秋关联起来。这时候，我们的体验，就不只是所谓的悲观与乐观，不，我们比这要宏阔深刻，我们有了对存在的通透悟解。你看一朵花凋零，由此你知道所有的花都曾经盛开；你看一只羊远去，由此你知道一切羊都曾经来到世上。你追悼一个人，同时也提前悼念了自己；你坐在一块岩石上，也许正好坐在古人坐过的位置，你能感到石头里收藏的体温，你抬头仰望一朵白云，古人也曾这样仰望，你的目光和他的目光在高处交叠，或许只偏移了几毫米……

冥想，使我们的心变成古潭，沉静、清澈、幽深，能为一切倒影造像，让它们在更深的地方，在更丰富的关联里，呈现自己并辨认自己。

冥想，使我们能以古人的目光看此刻，看现代，从它的快速、多变，看出它的浅薄和高频率的毁坏；使我们能以织女星的目光看今夜，银河滔滔漫过，星辰耿耿明灭，一转眼，今夜就变成古代，我们都成了古人。

冥想说：时间无所谓好坏，而黄金时代永远只是现在。为此，冥想就帮助我们，把更多的海水，更多的星光，更多的幻象，更多的彼岸，把更多的永恒，盛进我们生存的池子……

冥想的时刻，连我手中的小小酒杯，都深不可测……

登　高

你到山顶去做什么？

不做什么。

那你为什么非要登上山顶？

就想到山顶站一站。

你都看见了什么？

上山之前，我看报纸头条新闻，我看电视最新消息，我看网络热帖，我看手机视频，我看股市行情，我看着你，你看着他，他看着他们，他们看着我们，我们看着你们，我们互相看，看对方的脸，对方的衣服，对方的秘密，对方的点赞；然后互相烦，互相不看，然后又互相看，互相赞；然后互相烦，然后……看物价，看房价，看地价，看身价；你看我，我看他，他看你，看黑字大标题新闻，在报纸第五十八版，在微信今日头条，围观一场血案，起哄一幕荒诞；在电梯上，议论萨达姆的血型，奥巴马的肤色，金正恩的发型，猜测他敢不敢撂一颗核弹，当电梯升至 26 楼，金正恩也升至 26 楼，突然停电了，萨达姆立即死去，整座楼房惊叫起来……

在山脚下我看溪水如何与山惜别，我看沿途的农舍和庄稼，我看老牛反刍，我看小牛撒欢，我看两只山羊做抵角的游戏，我看一头猪在草地上拱土，它也看见了我，痴痴地研究我是否也要拱土，我与它对望着，以前我只知道吃猪的肉，此时我看见猪是如此憨厚有趣，纯真写满它那没有见过世面的脸，我心惭愧，对不起这么本分的朋友，别了，猪啊，这肯定是我们仅有的也是最后一次的见面，一别永恒啊，我对这半路上邂逅的猪，竟生出离别的伤感，永别了，亲爱的猪，我怕以后再也见不到你了。

这些，都是我在上山之前从来没有想到的。

在半山上我看见一片片松树林、柏树林，我从一片槐树林里穿过，一只蝴蝶与我同时进入林子，它在树上采花，我在树下看它如何采花，它看见我在看它，就飞走了，飞出了林子，我竟有些担心了：我会不会打断了蝴蝶正在进行的一项神秘工程，比如：让槐花和樱花联姻，提炼出一种更优秀的树木；让槐花与野薄荷花相遇相知，为公元 26 世纪某个城市培育一种温柔的市花。那么，我会不会干扰了蝴蝶的审美试验呢？我会不会损害了几百年后春天的风景和那时孩子们的美感呢？因了我的莽撞，一种由蝴蝶必须在一个神秘的时刻才能提炼出来的花，终于夭折了，大地会不会因此增加了一丝遗憾呢？虽然我是微不足道的过客，但正是无数微不足道的细节构成了大地的伦理学和美学，我的过失，兴许会损害几百年后春天的意境呢。我正自责着，又一只蝴蝶落在了那朵槐花上，正好在刚刚受惊飞走的那只蝴蝶的位置。我终于释然了：被我打断的美学试验，将继续下去，春天的美好思路将继续下去。

走出林子，我看见斜坡上野花开得正盛，花们正在开会呢，花们的发言都很真挚，花们各说各的话，用各自的语言说，就说出了五颜六色的心情。每一朵花都以自己的方式主持着春天。我要是有一分钟的时间或一天的时间，不做人，而是做别的，就让我做一朵野花吧，哪怕做一朵苦菜花、牛蒡花，或做那微小的苜蓿花，让我用花的眼睛看虫、看鸟、看天空、看月光，也看人，看他们向我伸来的手是脏的还是干净的，是温柔的还是凶狠的，我想，花比哲学家更会看人识人，因为花脆弱、透明，些微的伤害都会令它战栗，些微的污染都会让它面目全非，些微的怜惜都会让它泪珠晶莹。让我变成一朵花吧，让我以花的灵魂感应那降临的一切，这样，我对世界的感知和体验，也许超过了一切书本的总和。

　　在斜坡的东边，我看见一道瀑布，如我倒挂的一段记忆，仍滔滔有声。真的，一个人的内心里，多挂一些瀑布，生命就变得清凉激越深情了。

　　我还遇见一条蛇，我看见它正在深入草丛时露出的尾巴，彩色的，我想，这个世界的真相，我们是很难看清的，我们只看见了一点尾巴，一眨眼，这诡秘的线索，就去向不明了，春天最深邃的部分，我们肯定难以知晓。

　　接着，我看见两只斑鸠，一群麻雀，还有许多叫不出名字的小鸟，在我到达之前，它们早已在这里安家乐业，高高地，在我们从来没有到达的地方，一次次朗诵天空，鉴赏星星，翻阅白云。

　　是的，我说到白云。因为我已经看到白云，而且已经走进白云，汉朝的白云，公元前的白云，女娲补天那个早晨亲手剪裁的白云。

你在山顶上还看见了什么？

看见了天空。汉朝的天空，公元前的天空，女娲补天那个早晨刚刚擦拭过的天空。

哪里不能看见天空呢。

是的，哪里不能看见永恒呢。但是，通过登高，我主动接近了永恒。虽然，永恒，总是离我们那么远；再高一点，再高一点，永恒就在我向它靠近的途中，不断向我降临。

你在山顶久久凝望什么呢？

凝望永恒。我被永恒震惊得如醉如痴。

你带回些什么呢？

带回很多白云。

我怎么看不见？

在你看不见的地方，在我的心里，我的记忆里，在那些空旷地方，都是白云。

是的，都是白云……

为 蚂 蚁 让 路

我扛着行李远行，在路的转弯处，有一个水滩，蚂蚁们正在排队饮水。

我若只顾赶路，无视他们的存在，双脚踩下去，也许，一个王国就土崩瓦解了。

兴许是天意，就在这个瞬间，我的眼睛向下，我看见了他们。

与我保持相反的方向，他们排着整齐的队列，在他们的宇宙里，在史前的洪水刚刚退潮的间歇，他们，这朝圣的队伍，膜拜着新发现的生命源头。

我的双脚犹豫了一会儿，接着停下来，我礼貌地，而且怀着尊敬，我站在他们面前：与他们保持着大约五厘米的距离。

仅仅隔着五厘米，我因而不是它们的死神，我因而成为他们的欣赏者和祝福者，在永恒的长路上，我因此改写了时间残暴的属性，我成为宇宙中最温柔的一瞬，最无害的一个细节。

仅仅隔着五厘米，一个我暂时不能与之对话的种族，得以保全他们的母语，不因我的闯入和伤害，而中断他们的神话和信仰。

仅仅隔着五厘米，一个我根本无权也没有能力治理的王国，得以保持完整的国土、江河、伦理和政治制度，而且继续繁荣兴旺。

仅仅隔着五厘米，他们那孤寂的女王，避免了亡国的厄运，她的黑皮肤的臣民，仍然忠实于她，在庞大的王国里奔走、劳碌、寻觅，维护着这古老的共和。

想一想，这么多表情一致、服饰一致、信仰一致、技艺一致的黑色的、颗粒状的生命，也在这他们根本不理解的、庞大不测的宇宙里，为着一个简单的信仰，围绕一个孤寂的中心，忠心耿耿、风尘仆仆地远征着、辛苦着、历险着，想一想，这该是怎样惊心动魄的奇迹？

我礼貌地为他们让路，怀着敬意，我注视着他们在水滩边——在他们的大陆上新出现的大海边，排队饮水、洗脸，互相礼让并互致注目礼，然后带着湿润的心情，一边感恩、一边返回他们祖国的内陆。我目睹了整整一个王国的国家行为：在新生的大海边取水，并重订契约，确认对国家和女王的忠诚。

我真想请求他们中的某一位，为我领路，带我访问他们的国家，去拜见他们那德高望重、才貌双全，又难免有些孤独的女王。

然而我根本不具备这种能力和资格，这是一件比到遥远的外星会见另一种智慧更困难的事情。

我能做的，仅仅是礼貌地停下，为他们让路……

慢慢地走，欣赏啊

交　谈

　　我喜欢与哲人交谈。他的大脑异于常人，有着惊人的吞吐量。我猜想他的神经系统是由天地间最精微的元素构成，造物者造这颗头脑必是费了苦心和功夫，造一般的头脑只用几秒钟，造这颗头脑却用了几小时甚至更多。你看他在纷纷万象里抽象出一，又把一还原为纷纷万象。他皱着眉头，万物同他一起陷入了沉思：一缕神性的喜悦照亮脸庞，无穷的时间在此刻停步，流浪的长河有了欣慰的码头。他一声叹息，道出了宇宙的苦闷；他喃喃自语，被虐待的语言记起了归路，找到了丢失在废墟里的天真。他说出的警句，概括了几万卷书，而他却说：我说的是一句废话，在时间的大书面前，我只是个盲人。他沉默了，他因此表达的更多，海在沉睡的时候，依然深不可测。当哲人睡去，整个世界都歇息在他孤独的枕头，天空一时失去主人，大地一时失去语言，所有神性的事物都放假了，隐逸在幽暗中。我们怎能忍受没有思想的生存？我们怎能穿越没有驼铃的沙漠？徘徊在哲人窗外，我孤独又焦虑。我希望哲人好好地睡一觉，以便他在清晨诞生更宽广的思想；但我又希望哲人早早醒来，思想缺席的夜晚，变得荒寂而漫长。哲人，你醒来吧。

我喜欢与诗人交谈，举起酒杯，喝下的仍是李白的月光。滔滔的酒，滔滔的激情，收拾在纸上，只是短短的几行。千载时间，谁又能走出这短短几行。白天鹅飞来飞去，如果没有飞近诗人的眼睛，再美的天鹅也只是一闪而逝的影子，唯有诗人能把这洁白的瞬间留存下来，移交给下一个千年，移交给那些在荒凉天空搜寻的眼睛。玫瑰年年凋谢，开在诗人笔下的那一朵，再过多少年，仍然保留着那个清晨的露水和香气。诗人沿河行走，抚荒岸而垂首，掬黑水而长叹，于是他逆水溯源，在苍古深山，他听见了这条河最初的啼哭，他找到了清洁的语言，他转过身，跪下来，礼赞这神圣的源头，打捞这纯真的古典。时间也随着他转过身，跪下来，辨认这神圣的源头，打捞这纯真的古典。石头在岁月里风化，诗的城堡抗拒着时间的暴力，保存了那些巍峨的思想和纯真的爱情。气温在升高，雪线在升高，曾经照亮我们、呼唤我们的那座洁白的雪山，在持续高温的季节里消融着，我感到我的生命里也有什么在消融着，撤退着，流失着。那雪山渐渐只剩下隐隐的一点白了，一点白的孤峰。爱神在荒原上徘徊，似乎再没有可以眺望的远方，我想打一个有意味的手势，手悬在空中，却不知该指向什么，于是爱也悬在空中。这时候我发现了诗人。他在雪峰上站着。他守着雪，守着白，守着这美丽的寒冷。天空仍在酝酿雪，大气层仍有着强大的肺活量，他相信在人类的小小字典之外，宇宙永远在创生之中，宇宙永是一个浩瀚壮丽的神话，人类只是这神话里的一个惊险的细节。市场上空仍是屈原的滔滔银河。除非自己放弃，没有谁能阻止一颗伟大灵魂同更伟大的天空的对话。除非自己放弃，没有谁能清除你心中那纯真的初雪。比起狂躁而短暂的夏天，冬天是不朽的，雪是不朽的。冰川记录了水的童话和生命的往事。冰山让水站立起来，让我们看见时间那既险恶又悲壮的形象。雪峰偶然进入人类的视野，使过热的夏天忽然看到一瞥嘲讽而明澈的眼神。当雪峰消隐，夏天就少了一个启示者，平原和城市就少了一位古老而永远年轻的先知。我看见诗人了，他站在雪峰上，他守着雪，守着白，守着那寒冷的美。于是，我向爱神做了一半的手势，我悬在半空的手，我悬在半空的爱，都有了去向，它寒冷，然而有一种卓绝的美。雪峰上的诗，诗的雪峰，向茫茫天空，茫茫时间，打着永不收回的手势。

　　我喜欢与考古学家交谈。他很少说话。他说，我怕我的插嘴打搅了时间那严厉的叙述和严谨的语法。其实是时间在叙述一切，别的，都是微不足道的插嘴。一枚残缺的陶罐，仍隐隐有声，荡漾着远古的泉水，我看见母亲的手纹了，我看见沉淀在陶罐里的孩子们的眼神，我也是一个晚来的孩子，我们不都是她的孩子吗？我们都为着寻找这陶罐而来，为了这隐隐的水声而来，我把我的眼神也刻在上面，它就是我的陶罐了，千载以后的考古学家会考证到我吗？考古学家笑了，笑纹一圈圈展开去，变成了陶罐上的花纹。古剑，那锈蚀的剑刃，曾经是锋利的青锋，曾经握在谁威武的手中？握剑的手和被剑洞穿的胸膛，都化作脚下的泥土，树木和花草吸收了他们的血肉，在同一朵殷红的花里，轮回着他们的血，花朵，这小小的心脏，保存了他们的血，于是在每一个春天，就有了如潮的花海。那是谁的酒杯？青铜的，闪着隐晦的光，我举起杯，我把千古一饮而尽，我的嘴唇触到了谁的嘴唇？李白的嘴唇？阮籍的嘴唇？

苏东坡的嘴唇？我久久地举起杯子，向时间那边的饮者邀饮。没有回应。没有回应。杯仍是那杯，水仍是那水，酒仍是那酒，换了的，只是酒令。是的，我们能流传下去的只是那些意味深长的酒令。考古学家说话了，他就用这句话概括了我们文化的本质。于是我与他干杯。然后，我们小心地把杯子放回原处，把历史放回原处。"再见"，我说。"一万年后再见"，他说。是的，一万年后的考古学家，会在酒杯上考证到我们的手纹，和我们的微笑，以及我们的酒令。

为灵魂寻找居所

"孔夫子搬家，尽是书"，民间常用这句话形容某家藏书多、某人学问深，用圣人来比喻爱书者，可见人们对书和读书人的推崇。

"万般皆下品，唯有读书高"，这更极端的说法，我们常常理解为是鼓吹上智下愚，蔑视劳动者。我以为这是一种误读。我倒觉得这是在文化相对不普及、读书尚局限于士大夫阶层的古代，读书人渴望"圣贤书"尽快得到传播，渴望有更多的人加入读书行列而发出的一种急切的吁请；用今天的话说就是"呼唤读书"，只不过嗓门略高了一点。也颇类似现今的广告，为了争取较多的受众和效益，难免把好话说得过头一些。读书的价值怎么说也是不过分的，至少是无害的。倘若谁说："万般皆下品，唯有睡觉高"，谁也不会认同，因为它不是真理，也丝毫不包含对某种理想境界的追求和激情。

至于"书中自有黄金屋，书中自有颜如玉"之类，其用心也是劝人读书，境界却低多了，它把读书作为获得实利的敲门砖，不仅降低了书的精神品格，也丑化了读书人的形象，那样的读书人岂不是财迷、官迷、色迷？

真正的读书人才会真正理解读书的意趣，也才会真正享用书，接受书对人生的浸润和照耀。"腹有诗书气自华"，这句古诗说出了读书的深味和真趣。书，保存着往古来今最优秀的人物的智慧、才情和精神，读书，就是在有限的生命里与无限的历史和人类精神进行交流和对话，千万年的乳汁和阳光自书中涌出，灌注此刻的某一颗灵魂，诗书人胸，气度高华。我们的古人是把读书作为"悟道""修行"的方式，作为熏陶情操、提升性灵的一种精神修炼。不是为求势利而读书，恰恰是为了去势利心而读书，这样读书，才会读出真人、高士，读出大智慧，读出高格调。

书有层次，不入流的书不能算是书，印刷垃圾而已。即使入流的书，也有不同的品位，人生苦短，书海无边，我们只能尽量选那些上乘的好书作为自己的精神口粮。书有层次，读书也有不同的层次：较低层次的读书是为求实用，中等层次的读书是为满足好奇心，较高层次的读书则是为了求得精神的升华和生命的充实。当然这三种层次也常常是兼而有之的，比如，为了防治感冒而读一本医书，或读菜谱以改善饮食；想了解天文学的新进展而读一本有关恒星演化的天文书；更多的时候，为灵魂的需要而读书，为灵魂寻找伴侣，为精神寻找通道，在喧嚣纷繁无序的生存境遇里，为生命寻找到一种内在的秩序和清洁的空间，这样，似乎才能把那颗漂泊的灵魂安顿下来。可以说，最高境界的读书，就是"为灵魂寻找居所"。

我们和人交往，总是有选择的。势利的人以利益为选择的依据和归宿，他对人的选择其实是对利益的选择。真正的读书人对人的选择则是对心智和精神的选择，也就是对品位的选择。了解一个人的品位，一个最便捷也较可靠的方法是看他读什么书，看他的藏书，一般说来，爱读好书、善书的人；其心地和气质总是要脱俗一些，"书卷气"会洗刷掉世人易染的"市井气"。读书的人除了生活在"当下"的世界，他的内心还有另外一个更加深邃辽阔的精神世界，那是由古今中外的圣贤、哲人、艺术家构筑的无限丰富的"内宇宙"，他穿着现代的时装，呼吸着城市污染的空气，而他的神思却可以追溯远古，重返盛唐，看见陶渊明的悠然南山，听到李白在月光下的咏叹，触到李清照"梧桐更兼细雨"的黄昏秋意……他不仅占有当下这一小段时间，他通过读书，可以和更久远的、已经流逝了的时间建立联系，把人类数千年数万年的生命时空纳入个体的生命时空中，这样，他生命体验的密度就无限地增加了，他在一生里，度过了十次、百次、上千次人生。读书人常常给人以"出世"之感，他并非是辞别了此世，而是以此世的心胸接纳了"往世"的记忆和精神，并铸成特有的情怀和目光，审视现世，参与人生。而不读书的人只囿于"当下"的现实利益空间，心胸和眼界里尽是流行色，上下五千年、纵横八万里都与他无关，街上流行什么，就追逐什么，他的心也变成了一条街道，堆满了当下的杂货和尘埃，独不见从远处和高处投来的永恒的精神亮光。

读书能益智，能养心，读书还有一个功能：解毒。尤其是商业社会，利欲滔滔，烟尘滚滚，文化也变成了逐利、消遣的工具，大众传媒日益被商业控制，沦为促销机器，广告文化、消费文化以甜软的、妖艳的、煽情的调子，诱导欲望、刺激消费，这种文化以培养"购物狂""消费狂"为目的，它遵循的是利润原则和享乐原则，它不关心灵魂和精神领域的事情，这种文化最终会把人塑造成"消费机器"。因之，商业文化是带毒的文化，我们每日都在呼吸和吞吐这种文化，精神怎么不会被它毒化？我们居所的空气浑浊了，有空气净化剂来对付；房间干燥了，有空气加湿器来调节。那么灵魂呢？精神呢？它们带了病毒怎么办？它们干燥龟裂了怎么办？没有一样高科技能解决灵魂的问题。

唯有书。它是灵魂的解毒剂、滋补剂，精神的登天梯，它是寂寞人生最可靠的旅伴。

慢慢地走，欣赏啊

　　有一句口头禅，是议论人走路慢："慢悠悠的，生怕踩死了蚂蚁。"语气里含着轻微的讽刺，意思是你完全可以走快些，踩死蚂蚁是无所谓的事。

　　蚂蚁在人的眼里，是何其微贱。这句极为普及的口头禅，其实不只是说蚂蚁，也说的是人对其他生灵和事物的普遍态度：人为了路走得快，为了尽快达到目的，为了日子过得好，路上的许多细节都是可以忽略不计的。

　　我们走在路上，总有不同的声音教导我们怎样走路。实用的道理说：为了走路，为了到达目的地，为了得到好处，就不要怕踩死蚂蚁（当然包括其他生命）。非实用的精神真理说：既要走路，又尽量不要踩死了蚂蚁（包括其他生命），因为，如同我们为了生活赶路一样，别的生命也在为了生活赶路。

　　实用的道理鼓励我们为了到达目的地，只管加速赶路，哪怕踩死蚂蚁、踩扁青蛙、踩碎美德、踩断历史，都是可以不必在意的。

非实用的精神真理则教导我们要慢些，一边走，一边欣赏，一边护惜，也许能否准时到达目的地并不重要，更重要的是在行路的过程里，你获得了怎样的感受，留下了怎样的足迹。

走在路上的人，大部分都为了一个实际的目的，或为了利益最大化，或为了成本最小化，忙忙上路，匆匆往返，实用的逻辑就大行其道，因而无视、漠视和伤害也就极为普遍：踩死蚂蚁只是个比喻，古往今来，人们为了赶路，为了尽快抵达目的地，踩踏的何止是蚂蚁？众多生灵，众多河山，众多人群，众多事物，众多美德，都曾经被实用的脚步和盲目的历史轮子无视着、踩踏着、碾压着、伤害着。

只有极少数的行者，怀揣一颗慈悲的心，睁着一双欣赏的眼睛，慢慢地行，慢慢地看，小心地拨开沿途的荆棘，左边是爱，右边是美，仰头是敬畏，低头是怜悯，不随意采折一根草木，尽量不伤害一路伴行的生灵。他们也许最终并未到达某个目的地，或者没有准时到达目的地，而路上的每一步都用心走过了，用生命丈量了，用灵魂欣赏了，所以每一步都是他们的目的地。

其实静下来想想，我们此生此行究竟有什么目的地呢？一代代的人都走到哪里去了呢？

除了过程，目的真的很虚妄，很缥缈。

古人崇尚一个大的"目的"，即"道"。天地万象不过是显现大道的"道场"。所以古人并不一味求速度，而是强调人生过程中的修行、修为，强调道义、道德，强调"宁静致远"，强调"欲速则不达"，强调"天地有大美不言"，强调"江山留胜景，吾辈复登临"，强调"我看青山多妩媚，料青山见我应如是"，强调"物微意不浅"，强调在仁慈和欣赏的心态中与天地万物做深情的交流。你打开诗经楚辞唐诗宋词，打开那卷帙浩繁的千古文章，那都是古人在慢节奏的生命过程中感悟到的天地气象、人间风情和人生意境。如果古人也像现在的人们一样骑摩托、坐快车、乘飞机，匆匆忙忙竞逐于市场官场赌场欢场游乐场，那我们今天是决然读不到那么美好纯真的田园意境和山水情思，读不到那些情怀真挚、微妙动人的锦绣诗文。

遗憾的是，现代人好像就是为"快"而生的，快速生产，快速消费，互相拉动，慢一点都会影响产业链条的运作节奏。快，好像成了宿命，你不想快也得快，否则你就被淘汰出局，就被快速删除。几乎所有的人都成了被速度挟裹、控制和驱使的机器零件。"快"省略了过程取消了过程，"快"成了生命的目的。一切都被快速跨越被快速遗忘。除了快，现代人已经丧失了值得逗留、值得欣赏、值得回味的生命情节和精神意义。当快速地也是潦草地走完一生的一代人刚刚转过身去，就立即被下一代人快速遗忘了，因为这一代人又被卷进了更快的速度的漩涡。一代一代成为互相快速翻过互相快速遗忘的信息碎片和抖音页面，成为丧失精神纽带和意义链接的"互忘"关系。一代人成了另一代人的快捷按键，只行使一个简单的操作指令：删除。

生命都这样互相快速删除着遗忘着，至于路上的蚂蚁，路上的生灵，路上的历史，路上的美德，路上的风情，路上的细节，是不是都被无视了、省略了、踩踏了、碾压了？请问，你还能顾及吗？

我们无处不在地快速竞逐着，快速掠取着，快速攻陷着，因而，我们也无处不在地快速敷衍着，快速伤害着，快速毁损着。为了我们的所谓"目的地",一路上,我们制造了多少伤心地,疼痛地,遗憾地?

什么时候,我们能重新慢下来?

当人类慢下来了,这个被速度压缩得越来越窄小、越来越扁平的天地,才会重新变得舒展和广阔;我们被速度压缩得越来越窄逼、越来越生硬的心智,也才会重新变得柔软、深沉和温情。而那些被人类快速驱逐和伤害了的无数生灵们,才会重新返回来,找到它们的乐土,成为我们的芳邻。那时候,我们慢慢行走在路上,会终于发现:那重归清澈的河流,荡漾的正是我们碧波荡漾的内心;那遍野青翠的树木,一直向我们打着友爱的手势,我们在很多时光里却视而不见;那在清晨鸣叫着飞来的鸟群,正把一封封来自远古的情书,送达我们的手中;那雨后突然出现的彩虹,复活了古代的碧蓝天空,唤醒了我们初恋的记忆,我们惊奇地发现,一场磅礴的泪雨之后,被净化了的纯真心灵,会绽开怎样缤纷的情节;而夜晚敞开的无边星空,是比白昼更加广阔和博大的心胸,那是宇宙的心胸,那也是我们自己天高海阔的壮美心胸,此刻,浩瀚天河里汹涌奔腾着的,不仅是宇宙的汹涌巨流和强大脉息,也是我们对生命对真理对万物怀抱的滔滔无尽的心灵激情。

那时,我也许会漫游在一个山湾里,与某位踏歌行吟的诗人迎面相遇,他吟咏:"我看青山多妩媚,料青山见我应如是"。

我则轻轻应答:

我慢慢行路,那沿途相遇的一切,都被我珍藏,都成为我生命的一部分……

多识草木鸟兽之名

两千多年前，孔夫子曾说过："多识于鸟兽草木之名"。我想孔子这句话的本意有二：一是多识草木鸟兽，便于对人进行"诗教"，也即是审美教育，因为要识草木鸟兽，就要贴近自然、观察自然，进而受到大自然的启示、感染和熏陶，内心变得纯洁、丰富而富于美感；二是这多识草木鸟兽的过程，也就是进行生态教育的过程，在这一过程里，人不仅了解自然物种的某些特征和规律，也知道了人所置身的生存环境原来是由众多物种共同营造的，人进而对其他物种有了尊重、同情和护惜的心情。后面的这个理解，猛一看好像有些牵强附会，似乎硬要把孔子说成是"环保"的先知先觉者——其实正是这样，孔子等古代圣贤在"环保"方面确有超前自觉的一面，试读《论语·述而》："子钓而不纲，弋不射宿"（孔子钓鱼从不用网取鱼，从不射归宿的鸟），这反映了孔子的爱物护生美德，这种美德表现为遵守古代取物有节的资源保护的社会公约，同时也透露出孔子对生灵的同情：不用密织的渔网钓鱼，避免捕捞和伤害了小鱼；不射归宿的鸟，那鸟或许是母亲鸟，它要喂养巢中的孩子，它带着倦意和情意从黄昏飞过，这黄昏也变得格外有情意，人怎忍心戕害它呢？

重温孔夫子的这段教诲，感到很亲切；而当我把这段教诲向自己的孩子讲解时，又觉十分愧疚：我们的孩子是不是也该"多识草木鸟兽之名"？又该如何"多识草木鸟兽之名"？

当然孔夫子是两千多年前的孔夫子，他没有见过飞机火车飞船，也没有玩过电器电脑，他没有赶过我们的时髦，当然他的肺叶里也没有我们的雾霾废气，他的耳鼓里也不会有那么多嘈音。但是照过孔夫子的太阳仍然照着我们，在孔夫子头顶奔流的银河仍然在我们头顶奔流，太阳不会过时，银河不会断流，有些真理也永远不会过时和失传，那是关乎生命和宇宙之本源的终极真理。"多识草木鸟兽之名"，应该是永不会过时的审美教育方式和生态教育的方式。

现今的孩子，尤其是城市的孩子，还识得多少草木鸟兽呢？还认得多少风花雪月呢？

我的孩子一直盼着养一只狗，却又不喜欢太乖巧的狮子狗，想养一只忠诚又有几分野性的狗，这在如今当然已是不容易实现的奢侈理想。最后终于得到了一条狗，那狗不吃不喝却又在山吃海喝，不见形迹却又有踪影，它是"电子宠物"，是靠一小片电池喂养的"狗"。孩子却把对生灵的全部爱心和关切都献给这电子幻影了：每天准时"喂"它吃的喝的，准时让它散步，准时让它睡觉，半夜做梦梦见他的可爱"宠物"死了，哭得好伤心。孩子们远离了大自然，失去了多少与其他生命交流的机会，看着孩子把爱心和泪水都献给那个"电子幽灵"，我真有点儿可怜孩子们。

让孩子明白"井""泉""瀑布""溪流"是个什么样子，也是很困难的事，因为他没见过井和泉，没有见过瀑布和溪流，没有在那深深的或清清的水里凝视过自己的倒影，没有照过井的镜子，没有听过泉的耳语，这不只是知识上的缺憾，更是内心经验的遗憾：他的心里永远少了井一样幽深的记忆和泉一样鲜活的美感，也少了瀑布一样的壮丽情怀和溪流一样的清澈灵性。

同样，让城市的孩子明白"虹"是什么，"鸟群"是什么，"蝉声如雨"是什么，"蛙鼓"是什么，"天蓝得像水洗过一样"的那个"天"是什么，也是困难的；让他们理解"草色遥看近却无"的微妙春意，理解"可惜一溪风月，莫叫踏碎琼瑶"的天人合一的意境，也是困难的。因为他们没有见过这些事物，更没有亲临过这些情境。

我时常想，孩子们在享用现代城市物质文明之宠爱的同时，也失去了更多的、更为根本和珍贵的来自大自然的启示、感染和熏陶，而正是这些，才是作为自然之子的人的心灵和情感的永恒源泉。

每当这时候，我就仿佛听见孔夫子站在时间的那边，站在草木深处，语重心长地叮咛我们："多识于鸟兽草木之名"……

放　牛

我七岁时放过两个月牛，牛是一头黑牯牛，我叫它老黑。老黑老黑叫了两天，它就知道它是老黑，我一叫老黑，它就把头转向我，看我有什么吩咐。

一头高大的牛，信任和服从一个比它矮小得多的小孩子，我心里有一种好奇，也有点不安和惭愧，感到自己配不上牛对我的这份信任。其实，一个小孩子有什么主见呢？我能为牛做什么呢？我自己的衣食住行都全靠父母的安排，我对一头牛做不了什么，我不过就是会牵着牛缰绳跟在牛后面，有时连牛缰绳也不牵，就是跟在牛后面走路，它走哪里我跟着走哪里。牛去过很多地方，爬过很多山，牛记性好，去过一次的地方，它都能记住路。牛去过的那些地方我都没去过，路都要靠它领我走呢。牛其实是我的领路人，我只是它的陪伴，陪着它出门上山，陪着它下山回家。

我就觉得，不是我在放牛，是牛在放我。牛对我做的，比我对牛做的要多很多。每次都是牛走在前面领路，走上坡路的时候，我就拉着牛尾巴爬坡，牛用力扯着我，就省了我的力气；我也一边放牛一边割柴，有时还采些药草，妈妈曾告诉我柴胡、前胡、艾、车前草能治什么病，还在河边的树林里教我辨认过这些药草长什么样子。山上这些药草很多，常常与野草和杂木长在一起。我有时就既割了柴也采了药，把柴和药扎成捆儿，回来的路上，自己扛一会儿，累了，就挂在牛身上让牛扛着，老黑也不拒绝这本该由我做的活儿，看得出来，他的眼里没有半点埋怨的意思。

有一次，我把两小捆柴和药草，挂在牛角上，老黑走了一阵却用力甩了下来，柴捆和药捆就顺坡滚下去，掉进了荆棘丛里，我们那里的土话叫刺架窝里。我猫着腰钻进刺架窝，好不容易才取出了柴捆和药捆，胳膊和腿都被荆棘挂破了，几个地方都流了血。我很气愤，看着老黑无动于衷的样子，我忍不住就用上山时父亲给的鞭子——记得是麻绳做的鞭子打它，但我人小手劲小，打了几下，发现牛并不躲避，还以为我是在为它赶身上的苍蝇，还把另一部分身体转过来让我继续为他赶苍蝇。小孩的怒气一发作，自己是制不了怒的，身边又没人劝阻，加上牛转过身子让我继续打它——其实是让我继续为它打苍蝇，继续为它搔痒儿，我以为是牛在嘲笑我的无力和无能，我就更来气了，这时，我看见牛的身上到处都是伤痕，在右胯部上有一个很大的伤口正在结痂，那可能是拉犁耕地时牛轭和缰绳磨破的伤，看到它的伤口，我灵机一动"怒中生智"，哼，打别的地方打不疼你，你还以为是在为你搔痒儿，是在帮你赶苍蝇，你不听话，不好好干活，看我现在如何收拾你。我举起鞭子，对准那伤疤狠狠打了几鞭子，牛这下被打疼了，趔趄着身子躲避我，还用不解的、疑惑的眼神望着我，这时候，我才注意到牛的眼睛，牛的眼睛是双眼皮的，很秀气，可是这秀气的双眼皮眼睛里，此时却满含着泪水，啊，牛也会哭，牛也会流泪，牛也会委屈。我是不该打牛吗？我是冤枉了牛吗？我看见正在结痂的旧伤口被我打破了，渗出了血水。后来我知道了一个词叫"雪上加霜"，我当时用鞭子打牛的旧伤，那是在伤上加伤，疼上加疼。

老黑眼里流着泪水，伤口流着血水，但是它没有记恨我。既然把东西挂在牛角上它不干，我就还是把柴捆和药捆挎在它的背上，这下它是温顺地配合我，上坡时我抓着它的尾巴，它还是像以前那样用力拉我，泪湿的眼睛里没有对我的怨气，但还是有一丝疑惑和不解，好像在问：我没做错什么呀，我的小主人，你为什么打我呢？

晚上回到家，我给父亲讲了我和老黑在山上的事情，我问为什么东西挂在牛背上牛愿意扛着，东西挂在牛角上牛却要把东西甩下来？父亲说，娃娃你不懂，你冤枉了牛，牛角上挂东西会挡住牛的眼睛和视线，看不清路牛就会摔倒，山路陡，摔下悬崖那会摔死的，再说牛角也不是承受重量的地方，你把东西放在牛背上牛不就很乐意吗？牛背上可以骑个小孩，假如你骑在牛脖子上，牛就无法走路了，那不是压东西的地方。娃娃，看来你是把牛冤枉了，不该打牛，牛命苦啊，干的是苦活累活，吃的是一把草。胯上那伤口，是不久前犁旱田时磨下的伤。说着，父亲在家里找到半瓶子红汞水，提着煤油灯到牛圈里给老黑的伤口上抹了一些，说可以防止化脓。我走过去看老黑，它孤独地站在潮湿的牛圈里，它眼睛里的泪水还没有干，那是伤口疼，也是心里委屈吧。

第二年秋天，我上小学二年级了，开学不久的一天晚上，生产队召集社员分牛肉，问父亲，才知道老黑已经死了，晚上分的就是老黑的肉。我们家自然也分到了一份，老黑死了，大家却有了肉吃，我心里有一种说不出的难受和伤心。

也许，老黑是带着浑身的疲倦和伤痕去世的，它的伤痕里，有我留下的痛。而它的伤痕和痛，也作为美味，被我们吃掉了。

于今想来，面对同一头牛的牛肉，人们吃的还是不一样的，别人吃的是肉，我吃的是内疚和记忆。

事情已经过去了半个世纪，我也一天天变老，老黑领着我走过的山还在，河还在，原野还在，照过老黑的太阳还在，还将永恒地滚动在世界的头顶，照耀万物。但是老黑早已不在了，虽然，还会有无数的牛陪伴人类走过世界的牧场，但是，世上再不会有一头名叫老黑的牛，正好碰见一个人的童年，并陪伴了那个人的童年。虽然，它只是陪伴了他一程，但是没有这一程，他的生命里将会留下一段空白，留下一段记忆的空白和情感的空白。世上再没有了那头牛，世上再没有了那段童年，曾经，他和那头牛互相陪伴，他们不是兄弟，但是，他们又胜似兄弟。

那头牛没有半点对不起我，而我却是实实在在对不起它。我曾经用鞭子打过它，在它的伤上添伤，痛上添痛。

是的，我放过牛，但最终不是我放牛，而是牛放我，我的一生都被一根牛缰绳隐隐约约牵着，那头牛是来给我上课的，至今我还没有下课，我还在上课，我还在接受一头牛对我的教育。那头牛改变了我看世界看生命的眼光，改变了我对生命和命运的理解，深化了我的感情，唤醒了我的慈悲心。从那以后，我无论看见牛，看见羊，看见马，看见驴，看见鸡，看见鸭，看见鸟，看见兔子，看见蚂蚁，看见毛毛虫，看见猪，看见鹿，哪怕看见麒麟，我看见的一切生灵，我都不仅仅看见了它们，我同时还看见了更多，看见了与它们相关的一切，我想起了万物的艰辛和生命的苦难，我深深地同情着这个世界的悲苦，并想着应该用心用情去做点什么，或不应该做什么……

雪 的 记 忆

1

　　小时候，到了冬天，就知道天快要下雪了。果然就下雪了。
"小雪"的时候，有时下小雪，有时也下大雪；日历翻到"大雪"
节令，大雪，真的就飞扬起来了。我们惊异我们的先人是怎样精确
知晓了天时和天意？我们想象他们有着通天的智慧。常常是在我们
熟睡了一夜，醒来，一听，鸡在叫鸣，旧报纸糊的窗子亮得有些异
常，记起往年这时候也是这样，啊，肯定的，有好事，是天大的好
事，雪白的好事，在门外等着呢。胡乱穿上衣服，也顾不得扣纽
子，鞋子左右不分急匆匆蹬在脚上，一边系裤带一边往外跑，推开
门，啊，哈哈，老院子、老邻居、老村庄、老磨坊、老田野、老墓
地、老石桥、老山河，突然都不见了，白雪，趁我们熟睡的时候，
把我们熟悉的村庄原野山河悄悄给搬走了，小心地藏起来了，白
雪，已经在大地上为我们建成了洁白的天堂。

如果此时，有几个神仙模样的身影在白雪的穹窿下隐约闪现，或迎面走来，这不是天堂还会是什么呢？

2

果然，我看到神仙了，他一身蓝衣正被雪花染白，上苍正在给他换穿天堂的衣裳。他出现在白茫茫原野的东边，在那片白里透绿的菜地上，他俯下身子正在做着什么，在无边无际的茫茫白雪里，他的身影真的就是一个神迹，一个仙影。我看见那神仙俯下身子，竟也是人俯下身的样子，那么谦卑、质朴和诚恳。他从天上来，带着神性和神秘，又有着土地的形貌和温情的动作。啊，我多么幸运，大雪天一早出门，我就遇到了天堂里第一位可亲的神仙。

走近了，我终于看见他了，他就是我早起的父亲，正在为过冬的芹菜和大葱壅土保温。

这么多年过去了，我还记得那个白雪的清晨，记得雪野里的那片菜地，记得那次"仙遇"，我还固执着基于那次"仙遇"而形成的我对"神"与"仙"的理解：那些在纯真的土地上、在大自然的怀抱里，虔诚劳作、付出的人，为真理和信仰苦苦追寻和思想的人，历经沧桑而仍然保持心灵纯洁的人，就是我们在短暂的此生所能遇见的真神真仙，他们在大地上因爱成神，在白雪的叮咛里得道成仙。

3

与小伙伴踩着雪疯跑，听脚下的雪发出吱吱的声音，不知是鞋遇到雪高兴呢，还是雪碰到鞋惊慌呢，那吱吱的声音是清脆的，又有一点突兀的忧伤。当时并未觉得这声音有什么特别，也不怎么留意，照旧跑啊，跳啊，喊啊，嘴里胡乱哼着一些歌曲，跑到河边的沙滩上，那里是一片广阔绵长的雪原，于是我们开始打雪仗。雪弹纷飞着，冲杀声凌厉着，却没有对阵的敌方，那飞射穿梭的"弹药"，不具备任何杀伤力，不制造任何伤痕，我们弹无虚发，命中的都是快乐的正前方——最后，每一个参战者缴获的，都是一份纯洁的雪的馈赠。

多年之后，我仍然怀念那一个个冬天，怀念那一场场大雪，怀念那一次次纯洁的"战争"，那是世上最温柔、美好的战争。它不制造任何伤害和疼痛，而有关它的记忆，却常常用以抚慰后来的岁月带给我们的生命之伤。

4

在纷扬的大雪天里，在空旷莹洁的雪的原野上，我们成了造物者的替身，成了创世者的化身。女娲用黄泥造人，我们则用白雪"造人"。看啊，在白雪的旷野，一群纯真的孩子，在用他们对人的理解，用白雪的语言和想象，塑造着他们梦中的理想人类。此时，我们这些孩子，却都有了自己的孩子，有了比我们还可爱、还天真、还顽皮的孩子。甚至大人在我们手下，也变成了和我们一样的孩子：父亲成了我们的兄弟，妈妈成了我们的姐妹，早已远去的外婆也返回来了，重新来到我们面前，重新成了我们慈祥的外婆。我们想要他们是什么样子，就把他们塑造成什么样子。我们需要谁的爱和友谊，就把他（她）请来，让他们以纯洁的、憨厚的雪的形象出现在我们中间。他们一个个都孕育于我们心中，诞生和成形于我们手中。我们按照内心的原型，按照白雪的暗示，用纯洁透明的语言，重新塑造着人的形象，重新安排着人的世界。死去多年的那些我们无缘相遇的好人都活了过来，尚未出生的那些未来的人也提前来到我们身边。地上的人、天上的神和传说中的仙，都来到我们中间。在清澈无垠的苍穹下，在恍如世界第一天的白雪的清晨，我们与他们、与那么多可爱的形象邂逅相聚。我们是在地上，又分明是在天上，度过了一个很像是神的节日的人的节日，童年的节日，心灵的节日。

太阳慢慢升到头顶，雪开始融化，那些从我们心中和手中诞生的孩子，那些纯真的人的形象，渐渐瘦了，化了，终于全都不见了。和我们一起塑雪人也塑得最好看的我那多情的小堂姐，竟悄悄地流下眼泪。我们觉得对不起他们，是我们邀请他们来到我们中间，却又不得不目送他们渐渐走失。我们无法挽留住他们。这时候，我们简单的心里，隐隐泛起离别的忧伤……

勿忘我

走在朝圣的路上，当你看见路旁的野花，就情不自禁地放慢了脚步。

（生活中的许多细节，妨碍我们走向崇高，但却使我们对生活感恩——已故诗人骆一禾诗句）。

你俯身，或坐下来，久久凝视春天的容颜。

是谁说的：上苍创造了美好的花朵，却忘记为她安放一颗同样美好的灵魂。

错了。你此时面对的，难道不正是一颗美好的灵魂？

你无法想象花朵的后面，和深处，不是一颗纯真的灵魂，而是一缕邪念或一个噩梦。

只有表里俱清澈，肝胆皆冰雪的事物，才有如此动人的形象。

只有从灵魂深处绽开的生命之美和精神之美，才能照耀灵魂。

你真想用露水的语言，与花朵签订一个美的合同：让花朵借用你的方言与你交谈，让你拥有一颗花的灵魂。

一株植物，用整整一生的心血，来创造和绽开一朵花。

植物所追求的，乃是灵魂的完美，以及完美灵魂所释放的精神的芬芳。

植物的唯美主义理想和高尚的生命境界，令人类羞愧和汗颜。

宇宙定然有着神性的冲动和方案，河汉、星空、飞鸟和草木，无不显现着神性的光辉。

路旁这小小花儿，她的小小的心上，定然藏着她所认领的神的暗示。

哦，紫苜宿、灯盏花、水仙、野百合、野菊花、勿忘我……

其实，她们的名字可以概括为一个名字：勿忘我。

匆匆地，默默地，她们开了，谢了。花瓣，随风飘散，零落成泥。

现在，你与她相遇，你停在她面前，默默地，你与她交换灵魂。

你听见她说：勿忘我。

你回答她说：勿忘我。

是的，浩浩荡荡的时间，会淹没和席卷一切，使曾经发生过的一切，形同乌有。

即使这灵魂与花朵的动人相遇，即使你的灵魂里绽开了花朵，即使花朵里安放了你的灵魂，多么美好的事件！然而时间的暴力，也会使之消失，无形，无影。

勿忘我，勿忘我，勿忘我……

你固执地相信，你与花朵交换灵魂的那个时刻，整个宇宙都慢了下来，停了下来。

整个宇宙都凝眸于这纯真的一瞬。

宇宙，在时间之外，度过了最纯真的瞬间。

宇宙因此有了另一种元素，另一种呼吸，另一种深度，另一种记忆。

这一刻，爱，阻止了遗忘；美，战胜了死亡。

你听见健忘的时间，也学会了一个新词：勿忘我……

第八辑

奇 迹

一粒葵花子的秘密奋斗

在一辆长途闷罐运输车上，一粒葵花子拥挤在成吨的葵花子里，拥挤在拥挤的梦里，它抑郁憔悴，苦闷不乐。可是，它只是沧海一粟，苦闷的沧海不知道一粟的苦闷。

此番远行，它们要穿越少量绿洲和大片沙漠，抵达炎热的内陆。

然后抵达市场，抵达烈火焚烧的炒锅，和电流奔涌的烤箱。

最终抵达消费的牙齿。

然后化为碎壳和垃圾，灰飞烟灭。

它驯服了吗？它心甘情愿就范于时光和命运的暴力了吗？

植物有着我们不能想象的隐秘幻想和庄严梦境。植物把千万年的幻想封存在种粒里，那是密封的遗嘱，只能在一个庄严时刻，虔诚地开启，然后我们才能读懂植物缤纷的心事；那是土地的神谕，只能在阳光的注释下，我们才能理解和欣赏，土地的浩瀚潜意识和它高贵、热烈甚至华美的情怀。

可是，这一望无际的一列列闷罐运输车，却让海量种粒离开土地，更远更远地离开土地，更远更远地离开神性，更近更近地逼近商业的烤箱和欲望的烈火，接着，更近更近地逼近垃圾并最终变成俗世的垃圾。

我们只知道我们活得难，活得不容易，有时活得很苦闷，活得焦头烂额。

可是，我们可知道植物的难，植物的不容易，可知道种粒的苦闷，可知道它们岂止是焦头烂额？

一粒葵花子苦闷、绝望得不行了。它知道，不用打听，整整一个闷罐车里，挤压着的都是数不清的苦闷和绝望。

时光庄严的遗嘱，将被爆炒成干货；土地神圣的暗示，将被烹制成垃圾。

遗嘱将被作废，神谕将被篡改，时光托付的遗嘱执行者，土地之神的神子啊，该是何等焦虑苦闷？

这粒葵花子，苦闷的心都快要炸了。

它想逃出这苦闷的海，逃出苦闷的闷罐车，逃出这牢狱。

终于，情况有了点变化。在公路急转弯处，闷罐车狠狠地颠簸了几下，苦闷的沧海出现倒流，但是，并没有流出海之外，无数的苦闷只是互相交换了苦闷，立刻，挤压成更大更密集更深重的苦闷。

就在闷罐车颠簸的那一刻，这粒葵花子儿，身子一个趔趄，它顺势蹦出了闷罐车。

它掉在了戈壁滩一个土堆上……

若干年后。我流浪来到这里。

一望无际的荒原上，出现了一小片绿洲，一浪浪、一排排向日葵，正在向大地鞠躬，向落日致敬。

它，在土地怀里，开启了时光密封的遗嘱，宣示了土地的神谕，它向神圣的太阳捧出心灵的诗句。

它侥幸逃出了商业的闷罐车，逃离了消费的火焰和烤箱，逃离了俗世的牙齿们对神性的大规模粉碎和否定，它守护了植物的尊严、荣誉和神性。

它庆幸那九死一生的冒险出逃。

它怀揣着一个巨大梦想，它要绿化和改良无边的人类沙漠。

此时，它一边向落日致敬，一边向大地鞠躬，它在对大地宣誓……

跳鱼潭

小河蜿蜒，斗折蛇行，白石卧其底，幽草护其岸，水极清冽，时见云影，徘徊水中，像在打量自己的前身，对了，云，真的找到了它的流水前身。

缘河而行，听水声，会听出古琴、古筝、二胡、琵琶、箫、笛等乐器的声音。或独奏，或合奏；或欢喜，或忧伤；或低回，或清越。转一个弯换一种指法，绕一座山换一个曲调。不时出现的石头和水草，改变着它的情绪，加深了它的意境。就明白了为何中国乐器只能是这些柔和、古朴、清简的竹木乐器，而不是西洋乐器那钢的、铜的重金属的隆隆轰响。古老中国，高山流水洗其心、田园明月养其情，这高古意境、草木氛围、温柔性情，正适合竹木管弦徐徐倾诉，慢慢道来。

索性闭了眼睛，心，空空的，水就流了进来。空空的心，就做了流水的河床，从千年万古流来的水，又流回千年万古。

人不动，人不在，只有水流过心的河床。此时的心，无古无今，无物无我；此时的心，无限透明、广远、浩渺，没有涯岸。

睁了眼睛，心，从时间那边折回，一时回不了神，不知此身是谁，不知此夕何夕？

原来是在跳鱼潭，有巨石横亘，形成落差，河水于此跌落、走低，漩涡画出层层波澜。每年春天，有鱼儿从下游桃花水中，逆水上行，到上游平缓水湾产卵，完成母亲的天责。

游至此，高坎阻路，顽石狰狞，激流喷溅，怎么办？辞职？国王可以辞职不干，作家可以封笔不写，总裁可以申请破产，唯有这母亲无法辞职不干，这母血不能封存冻结，这生殖的事业不能破产，这河流的记忆不能中断。怎么办？且看鱼儿：

只见它们如一支支银箭嗖嗖射出，有的射上去了；有的即将射上去，却被俯冲而下的急浪打下来，就在水底喘口气，咬紧牙，又射，直到射上去，到达春天温暖的腹部。

也有的，被激流狠狠踢下，折断撞碎于水底岩上，母性的血，生命的芽，使本来乐呵呵的流水变得特别苦涩，无法不带着呜咽和哭腔。

在激流险滩里，在死的险恶布局里，爱的冲动、生殖的冲动，究竟是怎样苦苦坚持，是怎样一个又一个坚韧的跳，义无反顾的跳，才使河流的故事得以流传？

生命、生殖和爱，是在布满虚无墓穴的长夜里的一次次逆水而行，一次次温柔而英勇的战斗。虽然，生命，最终要败给死，但是，在死之前，生命，曾经战胜了死。越过死的巨石列阵，终于，在上游，跃动着新生的月光。

那一次次悲壮的跳，令山水动容。

我们人类一直不停地解剖鱼，我情愿把这个行为理解成：我们是在寻找和研究鱼的心灵。

但是很遗憾，我们每一次的解剖，都只发现了鱼的苦胆。

生命的秘密一经解开，便苦不堪言。

但是，我要说，鱼是有心灵的，万物是有心灵的，万物的心灵，来自宇宙。而宇宙，就是一颗大心。宇宙之心，均匀地分布、珍藏于万物，这就是万物的心。

从那一次次悲壮的跳，我看见了鱼的心灵，看见了河流疼痛的心灵，那是多么值得尊敬的心灵。

铸剑者

我梦见在旷野上，一位古人给我讲一个更古的故事。

古时有一闲人，常奔走于战场、墓地，深入王室、宫殿，搜集剑、戟、刀、斧，回到他的偏僻村庄，燃起炉火，挥动铁锤，叮叮当当，昼夜不停。

知情者说：他爱铁器，他在玩铁。

也有人说：他是秘密军火商，是战争的帮凶，他在铸剑。

他依旧奔走于鬼火粼粼的阴森之地，搜集锈蚀的凶器和寒光闪闪的利刃。小小的村庄，炉火很旺，铁锤敲击声不绝于耳。

有人骂：那个军火商，那个嗜血的活鬼。

奇怪，他一生只铸一柄剑，再无其他产品，且这柄剑造型罕见，已经很完美了，他仍在铸造，仔细打磨。

他依旧奔走于鬼火粼粼的阴森之地，搜集锈蚀的凶器和寒光闪闪的利刃。小小的村庄，炉火很旺，他敲击铁锤的声音，越来越生动，像一首优美的打击乐。四周的乐手和艺人，都来恭听，接受音乐和美声的启蒙。

也有人骂：那个打造凶器的人，那个惑人的妖。

他老了，他在炉火、铁屑、猜疑声、咒骂声和极有限的同情中度过了一生。

谁也不知道他到底打造了什么。

直到有一天，人们忽然听到了极好听的音乐：悠扬、浑厚、高古、旷远、平和，如上古清音，如九天仙乐。

人们看到了一架巨型编钟。

剑与琴、恩与仇、笑与泪、生与死……对立的事物在这里达到了和解，深深的静穆里，升起祝祷的声音。

他在凶器里度过了慈悲的一生。

他把仇恨搜集起来，为它们，修筑了如此华美的坟墓。

他用自己的音乐为自己钱行。

最后的时刻，他依旧手抚编钟。

他怀抱音乐远去……

镜　子

　　猛一抬头，就看见那人迎面走来，要辨认：突然间也向他迎面走来的这个家伙是谁？

　　但是，镜子比我更知道存在的真相，在我未出现之前，它一直沉浸于自己内在的空无。

　　它的空无是无限的，时光的水手，无法找到它的彼岸。

　　它的空无是巨量的，历史的储藏，无法喂饱它的饥饿。

　　立于群山之间，它立即呈现万壑青黛，而无量白云全都囤积于镜面深处。

　　立于大海之岸，它立即俘获广袤和深蓝，人类的船队，全部驶入镜中的深渊。

　　立于星空之下，宇宙的无限和深邃，立即奔涌而来，无数星斗在它怀中燃烧、奔腾和旋转。那遥远星系里的外星人，也在镜子深处生生死死出出进进。镜子，以迅疾的光速和无法想象的辽阔，穷尽了一种胸襟的无限蕴藏。

立于太平间，它比任何一位逝者更安详地接受了时间的最后叮嘱。

立于废墟上，它让废墟亲自说明自己废弃已久，连废墟附近正在施工的豪华酒店，也注定很快变成废墟。而所有建筑设计师，都在为未来设计废墟。

立于理发店里，它目睹无数青丝和白发，纷纷飘进镜面；红颜、皱纹、笑靥、愁容，全都坠入它的明亮深湖，再也无法打捞出来。

立于厕所之内，它目击我们不雅的隐私和难堪的动作，却绝不存入档案，它仅仅告诉我们：必须以如此原始的行为，才能清空我们的不洁，才能保持我们那所谓"优雅"的优雅性、可持续性和可重复性。

立于裸裎之前，它检阅我们曾经光溜溜的身体，光溜溜的手，光溜溜的童年。那时，镜子看见，那个未来的皇帝也身无分文，手无一物，他只能呃着他那无味的手指头，津津有味地呃着他的可笑和无知。

我、你、他，纷纷走来，又突然离去，镜子，总是悚然一惊：这些家伙从哪里来，到哪里去了？

镜子对我们的愕然和吃惊，我们却从不察觉，一无所知。

我们以为镜子认识并熟悉我们，并能随时叫出我们的名字。

镜子只收集灰尘，镜子没有记忆。

……多年以后，所有的镜子都将被时光打成碎片。

一万年之后，不，不需那么久远，就说三千年后吧。

三千年后，从地层深处挖掘出一块破碎的镜片，考古学家反复擦拭，想使之复明，他想从那深不可测的镜面上，打捞出一点什么。

不小心，镜片划破了他的手。

那块镜片，也许是多年前曾照过我的镜子。

——那是很久以前的一个下午，一个重要人物要接见我，我急忙对着走廊里的镜子，整理我不情愿的表情，整理我颓唐散乱的头发，也顺便整理了窗外乱云密布的天空。

我很抱歉，觉得对不起后来的那位考古学家——

除了突然感到的疼痛，他在我这里，竟然一无所获……

影　子

　　有时，他长久地，在我的身后坐着，仿佛一直都在焦急地劝说我，想扶我站起来，走出深陷其中的茫然。

　　有时，他斜斜地跟在我的身旁，仿佛极不情愿地走向一个危险的思想的悬崖，再走几步，就立即下落不明。

　　在转弯的地方，突然，他一个箭步，拦在我的前面，质问我要把他带往哪里？

　　有时，众多的鞋子跑过来了，他被反复践踏和蹂躏，他不停地逃离却无法逃离，他向我求救，他想赶紧爬起来领着我一起逃离现场。他那尘埃弥漫的身上，写满了恐惧和伤害。

　　他会在不经意间，时不时陪着我仰起头，静静地看着天空，看着他总也看不明白的深蓝和黑暗。

　　有时，他慈祥地走在我的前面，默默为我领路，生怕我一失足误入歧途。也许，他就是我那并未故去的父亲？

　　有时，他温顺地走在我的后面，模仿着我的步态，以为只有这样走下去才会有前程。他莫非是我那总也长不大、一直不敢独自上路的胆怯的儿子？

他有时紧挨着我坐着，手里也捧着一本书，为自己并不曾经历的叙述和悬念，紧皱着眉头。

有好多次，他比我更悲哀地低垂着头，大颗大颗的泪水滴落下来，被击打的地面，吸收了多少人间无法处理的痛苦。

……

他对我的命运一无所知，也从不关心什么命运，却总是比我自己更深地受命运摆布。

常常，他会突然伸出手，停顿在一个阴影里，比画着连他自己都不相信的去向……

那习惯于描述幻象的光线们，注定会在某一刻，突然找不到曾被它们反复描述过的那个熟悉的家伙，于是，那漂浮的光线全都悬置在空中，无可描述，只好临摹虚无——

他，从此失踪……

外星人

我们以人的形象想象着外星人。

我们离不开自己的身心结构去想象人之外的事物。

这使我们的想象有了人的特点，也带着人的狭隘、偏见和局限。

外星人为什么非得是"人"呢？

他们并非与我们有种属的关系，更没有血缘上的关系。

他们处在与我们完全不同的时空境遇和历史长河之中。

宇宙无限，星河无限，生命的存在方式也无限。

除了我们这种肉身之人，宇宙中也许存在着非肉身的生命，如液态、气态形式的生命，或者以光波、电磁波形式存在的生命，甚至以声音的方式存在的生命。

我们还可以超越我们所置身的三维空间的限制来展开想象，在四维、六维、九维和更高维的空间里，那种根本不依赖可见物质为形态的生命，也完全是有可能存在的，他们无形无影，但他们存在着，他们以一种纯粹意识的方式存在着，在宇宙里穿越着。

为此，我建议，不要寻找什么外星人，"人"，我们为什么总想在茫茫宇宙寻找自己的同类？

这说明我们实在是太孤独了。

人在孤独的境遇里，容易陷入一厢情愿的单恋情结里。

不要老是在茫茫宇宙里寻找自己的同类。

在无限广袤的宇宙里，生命存在的方式也许有无数种，也许宇宙里并不存在与我们相同或相近的同类。

你想想，与我们生活在同一个地球的万千物种，比如牛羊马猴猪狗狼虎豹狮熊，以及鸟类、昆虫，它们的生存方式和心智结构，竟是何等的不同？与我们精神世界的差异，简直隔着十条银河系。

生活在同一个星球、同一个地理环境的不同生命之间，尚有如此巨大差异，几乎不可能互相对话和理解，而与我们隔着天文距离的另一些星球的生命，你想想，我们与它们是可以相互理解的吗？

一只蚂蚁能懂得释迦牟尼的佛法吗？

一缕电磁波能理解爱情的内涵吗？

一束闪电能解读《诗经》的意境吗？

反过来也一样——

释迦牟尼能理解蚂蚁吗？

爱情能理解电磁波吗？

《诗经》能解读闪电吗？

我的结论：宇宙无边，知音难寻，同类难觅。

那么，为什么不去寻找异类或另类呢？

我们应该寻找的是外星智慧，而非外星人。

或许那外星智慧，也在寻找他们心中的外星智慧。

只是，他们的智慧也如我们一样不健全，他们总是在按照他们自己的形象寻找，他们觉得我们不像他们要寻找的某种智慧生物，而只是一些普通的，随时光漂移的，一些没有灵魂的物质碎片，一种没有智慧的宇宙尘埃。

他们因此忽略了我们，也失去了与我们相遇、交往的机会。

其实，我们是有些智慧的。

或许，我们的智慧与他们的智慧是截然不同的类型，我们和他们，无法互相感知和辨认。即使相遇了，也会浑然不觉，以为擦过身边的只是一缕风，一抹星光，一点身心里的微颤。

这都是有可能的情形。

你不能总是抱定一种预期和假设，非得见到天上驶来一艘飞船，或头顶降下一种不明来历的强光和异响，你才想象和猜测：外星人有可能来了，或已经来过，侦查一番，又走了。

我想，永远也不会有这种廉价的、到处乱跑的驴友般的、没事了就在宇宙星空里乱串门的外星人。

永远也不会有这种外星人！

那种所谓的外星人，只是我们胡思乱想中的另一个自己，或另一个自己的化身。

所以，我们再不要在宇宙中去寻找"人"了，我们去寻找智慧吧。

对智慧的寻找，才是更高的智慧。

也许，此刻，外星智慧正在想象着我们，并且自言自语：那里，在太空深处的某个角落里，也许有一种智慧吧？

他们在追寻、冥思、沉浸中，圆满着自己的智慧，在对无限宇宙的敬畏、叩问、祈祷、求索中，一步步走向觉悟、澄明、通达、崇高之境，他们认为这就是生命的责任、内涵、意义和最高欣慰，而并非一定要找到另一种智慧的实体，更非一定要找到一种血肉之躯。

这才是一种大智慧。

或许，我们正是被别的更高智慧想象着、期待着又害怕着的"外星人"？

又或许，我们太愚昧，太贪婪，也比较邪恶，又过分自以为是，所以宇宙中那些更高的智慧不愿意接近我们，也许曾经看到了我们，但他们有点害怕我们，怕我们搅乱了他们的生存方式，污染了他们的文明，降低了他们的智慧？

这样说来，也许，我们正是被宇宙中的更高智慧惧怕着也期待着的"外星人"？

我们是有待好好进化和升华的"外星人"。

也许，这是一个长久的修行过程。

我想，这个修行过程，所指向的是两门功课：证悟无边的宇宙法则，证悟无边的内心道德。

这个修行的过程，如无边的宇宙，如我们无边的内心一样，路漫漫其修远兮。

我想，这是非凡的功课，人须以至真至诚之心，面对宇宙大块，体悟内心大千。诚如古人所言，精诚所至，金石为开；诚外无物，心外无物。唯真唯诚，方能进入宇宙之心和人之本心。

我估计，这个非凡的功课，一课时大约需要三千年，一单元需要十课时，一学期需要十单元，一学年需要二十单元——这是我的估算，一学年下来需要六十万年，这才初步完成了扫盲，学习成绩也仅仅是：略知生老病死之常识，略知地球表面之常识；略知宇宙无边无垠，略知时间无穷无尽；略知自己最大的知识，是发现了自己的无知，包括对生命真相的无知，也包括对宇宙真相和宇宙未来的无知。

诚如先贤所言：有无知则有知，无无知则无知。

人，栖身在被无量星海星云包裹着的一粒星球上，这粒星，在宇宙眼里仅仅是像素般的微粒，我们就栖身在这微粒上，刹生刹灭，出生入死，猜测着宇宙，也叩问着内心。

我们被无限无边的浩渺"未知"和永恒之谜，笼罩性地包裹着和撩拨着，我们在其间猜想着、震惊着、证悟着。

我们心有所感，智有所得，此谓之"知"。

在无边混沌中，在宇宙那万古长夜中，这一点"知"，擦亮了一粒心智之火星——无边的时空长夜里，我们似有了"天亮了"之幻觉。

但笼罩性地包裹着我们的仍然是，无边的宇宙之长夜，无穷的时空之哑谜。

我们的"知"之小船，永是包裹在无边的"未知"之宇宙长夜。站在"知"的小船上，我们抬眼望去，宇宙的长夜仍是无边无际，时空穹隆之上，听不见鸡鸣报晓，听不见晨钟应答……

是的，宇宙浩瀚，未知无边，而希望在前，召唤在天。

加油吧人类。让我们继续好好修行。

时间永恒，空间无限，生命不息，修行不止，也许，我们未来的生命形态和智慧境界，会比现在高贵、深邃和纯粹一些。

而在宇宙深处，那些期待着与我们相互发现、相互欣赏的外星高深智慧，也许正准备着与我们在银河彼岸相逢。

"无限空间的永恒沉默使我颤栗"——大哲帕斯卡尔如是说。

无限空间的永恒暗示使我觉悟——我默默地如是应许。

加油吧人类。

斧　头

斧头有着古拙而优美的形体。

铁的锋刃，木质的柄，一半是平和，一半是暴力，一半带着手和梦想的体温，一半呼啸着嗜血和征服的冲动。斧头的结构，也是人类文明的结构。

把耳朵贴近一柄锈迹斑斑的古代斧头，我听见树木倒地的声音、头颅滚动的声音；我听见宫殿和庙宇崛起，我听见桥梁在斧头的光芒里受到激励，缓缓地横过河流。

我听见在漆黑的古代的夜晚，强盗和义士们磨刀、磨斧的声音，铁的锋芒，照亮了沉闷史书的某些段落。

我听见在混沌的时间那边，盘古举起巨斧，从宇宙的顽石里开凿黎明。

我看见祖父劈柴的身影，斧头如闪电划过世代居住的房檐，柴越堆越高，斧头瘦下去。斧头照看的炊烟，苦涩洁白，散发着淡淡的温暖和感伤。

我看见过去岁月里的一群少年，依次从斧头边走过，掂量它的分量，学习磨砺的方法，斧头渐渐来到他们手中，进入他们的身体，成为他们性格的一部分。

我看见斧头渐渐老去。

我看见最后一柄斧头，它回到深山，回到泥土覆盖的岩层里，它对被它伤害的事物表示忏悔，同时也怀念那些砍伐夜色的日子，劈柴的日子，那些光芒闪闪的、快意的日子。

怀着复杂的心情，它返回到岩石深处，重新变成朴素、安静、沉默的矿石……

父亲的天文学

父亲的宇宙观和天文学知识，是远古先民式的，朴素、神秘、好玩，带着浓厚的童话和神话色彩。

在父亲生前，除了和他谈论地上的日常生活，我也曾与他零星聊过天上的事。

我依稀记得父亲仰望星空的情景，依稀记得星光下父亲说过的那些很有意思的话。

仰望星空，并不只是哲人、诗人、伟人以及天文学家的专业，我种庄稼的农民父亲，一生里不仅面朝泥土，一生里也仰望星空。依我看，我的父亲同时种着两片土地：在地上种植粮食和蔬菜，在天上播撒辽阔的梦想。

父亲说，星星是数不清的石头堆砌在空中，在天上，居住着许多长生不老的天神，就是他们在摆弄那些大大小小的闪光的石头。就像我们在地上修筑各种样式的房子，建造大大小小的城池，天神也在天上把那些石头摆弄成各种样式，修砌成各种城池。天神从古至今扛着石头，东忙西忙，砌这砌那，这里砌条银河，那里码个北斗，这里堆个火星，那里又垒出个天蝎。天神忙个不停，其实也好像并不刻意为了什么，很可能只是为了不让那么宽敞的天白白地空着，就像我们庄稼人，看见空地，就要种点什么，茄子啊，葫芦啊，豌豆啊，韭菜啊，萝卜啊，就是一截田埂埂也舍不得空着，也要种上几窝蚕豆或一架丝瓜。这么说来，天神也是忙碌在天上的劳苦人啦，一辈子没个清闲。

太阳可能是一个燃烧的大火炉，温度很高，烧成了火球，天神是安排它照料地上的虫虫鸟鸟、花花草草、人人物物的，若是总那么烧着，会很快烧化的，天神就在每天的结尾将它投进海里降降温，第二天早晨又开始点火燃烧。据父亲估计，太阳这个烧着的火球——他也把它叫作火石——还能燃烧九千年到一万年。一万年以后，这颗火石熄灭了咋办？我这样问父亲的时候，父亲皱了皱眉头，有些忧心，但很快笑了，说："天大由天，天到时会有办法的。他劝我也不要为此操心，赶紧把媳妇娶回家是正事。"

月亮在父亲心中的地位似乎高过太阳，他总是把月亮称作月亮爷爷，却把太阳开玩笑地叫作阳婆子，这样说来，似乎月亮反而成了太阳的丈夫，是支配太阳的，就像传统的夫妻关系。按理说，太阳促成了万物和庄稼的生长，作为庄稼人的父亲，对此应该是再清楚不过的。但父亲并不以实用主义眼光看待悬在天上的这两样宝贝，他对它们的感情充满了唯美的色彩。在父亲那里，月亮是被高看一眼、厚爱一层的。我理解，可能因为月亮离人、离土地总是那么亲近，像是家里的一个远房亲戚；月亮总是那么清亮、纯净和友善，没有半点浑浊和险恶，我猜想，善良的父亲在内心里是把月亮当作一个朋友和知己来对待的；在风雨交加、雷霆狂暴的天空，月亮总是保持着不慌不忙、不忧不悲、随遇而安的平和形象，这对在颠簸的命运里挣扎的父亲而言是一种安慰和镇静。在父亲的潜意识里，月亮是一个抬头也见、低头也见的芳邻和君子。父亲一生尊敬月亮，喜欢月亮，逢年过节总要孝敬月亮。最难忘每到中秋之夜，父亲都要在院场正中摆个方桌，供上月饼、大枣，虔敬地面东而坐，待月、望月、拜月，当月亮升上中天，父亲就将供品抛向空中，撒在铺满月光的地面。我至今记得父亲跪下来向月亮磕头的情景，父亲起伏的身体上，落满了自天而降的透明的月光。父亲向苍穹施礼，苍穹也向父亲馈赠祥光。

我想，星空下，月光里，父亲那样虔诚纯真的身影，如今大地上怕是很少很少了。

焊　接

生存炫目得无法逼视。

你被迫躲在面罩后面，偷看自己的作业。

疯狂的电光里，一些细节苏醒，一些细节昏迷，一些细节尖叫，一些细节沉默，一些细节死去，一些细节诞生。

总之，满目都是飞溅的细节。

对立的金属在高温里溶解，互相吞吐和渗入，直至肌肤相亲，仿佛关系很铁。

这惨烈的美，超越了审美极限，无法欣赏和领略。

金属死去活来的痛楚，谁能分担？

焊接的现场，我一次次路过，每一次只投去匆忙的一瞥。

直到一件器物成形，一个建筑竣工，一座高楼耸立。作为购买者，我们去购买它的舒适；作为享用者，我们去享用它的愉悦；作为消费者，我们去消费它的惬意。

舒适、愉悦、惬意。商业的关键词，遮蔽了世界的真相。

谁曾留意过泥土的震荡？谁曾留意过金属的疼痛和断裂？谁曾留意过事物被重组时的磨难和创伤？谁曾留意过被闪电切割的夜晚那惊恐、苍白的脸色？

　　我们幸福地居住在痛苦的大地上。

　　有多少细节，因过于炫目，被我们省略了。

　　有多少细节，因过于灰暗，被我们省略了。

　　我们很少看见生存的真实细节……

未　知

　　在层峦叠嶂的大巴山深处，在山路转弯的地方，我看到一些散落的碎纸片，我弯腰拾起几片，断续读到上面幼稚的字迹："可爱的王小菊，你几天不跟我说话，我好难受"，"张老师，我妈妈出事了我请假一天，请老师批准"。还有的碎纸片写着生字练习和词语解释。从其难度，我猜测纸片主人可能是一位小学三年级或四年级学生。

　　他是谁？王小菊是谁？他母亲出什么事了？急病或车祸？为什么丢下这些纸片？是他写给王小菊的纸条被王小菊撕碎扔在了这里？还是他写好纸条最后又不想交给王小菊就自己把它扔了？那个写给张老师的请假条涂改了数处，显然是草稿。那么，也有可能，是因为妈妈出事了，这是很大的事，王小菊不跟他说话就不值得计较了，在惶恐中就把写给王小菊的纸条和请假条草稿一同掉在了这里？

　　我又从几页纸片上看见红色的斑痕，显然不是红墨水的痕迹，而是血的颜色，殷红的。

　　那么，这孩子，是不是在放学的路上，钻进路边林子里采摘野花，被荆棘划破了手血流不止，就顺手从书包里扯出几页纸擦拭伤口？

但是，他母亲出了事，王小菊不跟他说话，他不可能有心思采摘野花；也许，正是六月大热天，又连续发生这些事件，燥热，郁闷，焦虑，压得这孩子身心烦乱，毒火上升，他爱流鼻血的毛病又犯了，情急之下，他就从书包里揪出几张纸，匆忙为自己止血？

王小菊后来怎么样了？他妈妈到底怎么样了？这孩子后来怎么样了？

未知。全是未知。

我在大巴山深处看见这些纸片的那天，我的旅行包里带着两本书：《神的秘密》《宇宙的命运》。

《神的秘密》里有一段话："一切都在时间中发生又在时间中消失，最终，一切都归于未知。我们把未知的总和称为神。"

《宇宙的命运》这样说："在宇宙渺远的深处，那正在形成中的某个星系，有可能产生能够观测和理解我们的某种智慧。假设我们以光速试图接近他们，他们也可能以超过光速的速度更远地离开我们。我们在未知的浩瀚海洋探索'知'的岛屿，但我们有限的'知'也很快变成'未知'——我们在半途中消失，我们的文明在半途中终结了。我们携带的信息被时间之键彻底删除，宇宙，始终是一片混沌和未知。"

神、宇宙，这些宏伟的事物，我只能暂且搁置。

那个隐藏在纸片后面的小孩子，以及围绕他发生的一切，对于我，已经成为巨大的未知。

那些纸片在记忆里飘落着，渐行渐远。

没入殷红的苍茫……

蟋　蟀

　　二〇一二年深秋的一天晚上，八点左右，我家客厅隔断上放置的那盆绿萝里，发出唧唧唧唧的声音，妻正好在隔断附近沙发上读《中国人的心灵——三千年理智与情感》一书，她捧着书走到隔断下，听了一会，惊喜然而压低着声音说："盆里有一只蛐蛐，没错，就是它在叫呢。"

　　我中断了正在写的一篇文章，轻轻走到隔断下，听它那清脆、清新，也显得十分凄清的琴音。

　　它每次演奏二分钟到五分钟不等，就停歇一会儿，有时停的时间较长，以为它休息了，然而却又演奏起来，而且音量比方才更高、更亮。

　　妻索性放下了书，放下了那三千年理智与情感，而把她的理智与情感，集中在这个秋夜，这只秋夜里鸣叫的蟋蟀。

　　我也停下了那篇写了不到一半的文字，心里隐约觉得，这孤独蟋蟀的鸣叫才是有感而发的，我那篇写的很不顺的文字，未免有点无病呻吟。

我们就议论和猜测这只蟋蟀的来历。养绿萝的盆子放得那么高，它怎么去的呢？它又怎么知道这儿有一盆绿萝呢？我猜想，一定是初夏那次我在花市买回的绿萝盆里，就藏着它，它那时还是儿童或少年，发育不成熟，胆子也小，还没有制作好自己的琴弦，也不懂演奏的艺术，它就怯怯地悄悄藏在土里。我们以为养着的就只是一盆草，谁也没想到那静静生长渐渐蓬勃的绿萝根下，藏着一个静修的歌手、古代的琴师。

此后连续几天里，它每天都依照大致相同的作息时间表，晚八点左右演奏，中间也有停歇，午夜（十二时）后，是长时间的停止，夜半三四点左右再演奏一两小时，天亮前后，则谢幕休息，天地一片静默。

这个夏天，每晚我都在书房凉席上睡觉。与隔断上的蟋蟀比邻而居，有它演奏的这一段日子，我的夜读时光，不仅愉快，而且读书也读得深入，我特意将《诗经》里"风"的部分，反复诵读并默想体会，力求还原数千年前先民们的生存情境和生态场景，那乔木、茉苴（车前草）、木瓜、椒聊、桃夭遍地生长的日子，那"蒹葭苍苍，白露为霜"的日子，那"求之不得，寤寐思服"的日子，那"匪报也，永以为好也"的日子，那"蟋蟀在堂，岁聿其莫"的日子……我想，正是这笼罩着无边神秘，茂长着无尽草木的大地，灵光初降，文明开启，先民们睁开赤子的灵眼，敞开纯真的诗心，他们惊讶地看到和听到的，都是诗性的意象和声音，都是生命的美丽与忧伤。

当我诵读《唐风·蟋蟀》"蟋蟀在堂，岁聿其莫……""蟋蟀在堂，岁聿其逝……"哦，隔断上那蟋蟀，它提高了音调，声音格外恳切而凄切，它把我拉回到几千年前的夜晚，它在努力再现公元前的神秘时光。时间流逝，万物代谢，世事变迁，但是，也有一些东西没有变，没有弃我而去，你听，此时，蟋蟀在堂，蟋蟀在我堂。还是那只蟋蟀，还是公元前那只蟋蟀。

午夜，蟋蟀休息，古琴静止，琴声回旋之后的静，是一种有深度的静，如同海潮过后的沙滩，它的寂静里沉淀着一种渊默、古老和苍茫的意境。被蟋蟀之声点化过的我的屋子，弥漫着的就是一种意味无穷的静。我觉得这屋子不是坐落在现代嘈杂僵硬的城市，而是坐落在时间之外的某个深山幽谷。

蟋蟀在堂的那些日子，我睡眠沉酣，常常一觉到天亮。偶尔也在半夜醒来，听听隔断上安静岑寂，心想，它还在公元前睡着，睡在它地老天荒的混沌里，这样想着，就觉出"时间"概念的相对性和虚妄性，其实宇宙是没有时间的，只有无始无终的混混沌沌苍苍茫茫，所谓"时间"，只是人为了生存和记忆的便利而发明出来的方便尺度。请问，这蟋蟀是哪个时间里的蟋蟀？那些星斗是哪个年代里的星斗？那浩瀚银河是哪个世纪的银河？那无边宇宙是哪个纪年的宇宙？——噫吁嚱，茫乎渺哉！一切都是超时空的须臾幻象，混混沌沌茫茫渺渺似有实无刹生刹灭，万物与生命，只是这无际无涯混沌中似有若无的一痕像素一丝叹息……

这样想着，心绪就渐渐滑进时空的背面，而抵达那没有时间的鸿蒙大荒，心，在梦境里沉潜，在无限里泅渡，抵达那无际无涯的茫远空阔。有时醒来，恰逢蟋蟀正在演奏，于是就和着它的韵律，吟几句诗经句子，继续恬然入梦。

终于，八月末的那天晚上，琴声静默，我想它也许累了，它该歇歇了。等一等，看明天它是否重新演奏。

第二天，依旧琴声静默。

第三天，依旧琴声静默。

我确信蟋蟀死了。

妻子捧着那本《中国人的心灵——三千年理智与情感》，许久不说话，我知道她是在默默悼念，默默送行。

一只蟋蟀从公元前一路走来，一路鸣叫，一路打听，穿越了《诗经》《楚辞》、汉赋、唐诗、宋词、元曲、《红楼梦》《聊斋》，它凄切的韵脚，穿过数千年夜晚，穿过连绵的梦境，终于抵达我们的夜晚，我们的梦境。

抵达我们时，它已经是一只孤独的蟋蟀。

此刻，我静默着，以三千年的理智与情感，我默默怀想……

悬　石

　　孤悬于陡壁，眼看就要掉下来，却一直没有掉下来。

　　记得，我曾从杜甫的一个惊险诗句里，看见它悬在唐朝的某个黄昏，一千多年了，它似乎一动未动，今天下午，我路过这里，看见它仍悬在那个孤崛的情境里，押着无声的险韵。

　　此时，我从半山上一条险径路过，仰起头，我看见它正在俯视我，它一定也看见我在仰望它吧？此时，我之仰望，不是膜拜它的崇高，而是惊恐于它所提示的这个世界的危险。

　　它的上方，是更陡峭的群峰和绝顶，累累顽石堆积了炫目的海拔。山顶的上方，是暧昧的苍穹，拥挤着无数的星子，无数滚动的巨石，无数悬空的命运，此时，它们投来密集的眼神，冷峻地打量着我。

　　然而，却有一丛野花，在那悬石的附近，无知地开着，且无忧地笑着，以她们短暂的妩媚，装饰了绝壁的冷酷表情。我对野花的微笑报以微笑。此时，漠然山风里，轻拂着一丝温馨。

它是怎么悬在那里的？也许，是在若干万年前，它从山顶随一串惊雷滚落而下，突然，又被一道闪电叫停，它一头扎进那惨白的亮光里。那个惊险的瞬间，从此固定成一个悲壮的姿势。我，以及古往今来的人们，仰望它，其实都在仰望那个雷霆炸响的瞬间，并为之震惊。

　　也许，总有一天的某一刻，它会滚落下来，疯了般一路撞击，把封存在它记忆里的雷霆，一股脑儿倾泻出去，寂静的山谷，一时雷声隆隆，重现远古那些惊怖的瞬间。

　　我祈愿，在它滚落下来的时候，正值夜半，当时，无人路过，也无山羊、羚牛、松鼠、野猫、蚂蚁等生灵路过。只有见惯沧海桑田、处变不惊的明月，目击了那个现场……

秋　水

　　走了很长很长的高速路，被迫奉陪了许多轮胎的尖叫和世纪高分贝的吼叫，你那被噪音一再扫射已经变成城墙箭垛的耳朵，不得已都认了；被迫接待了好几吨的尘埃废气，你那被《诗经》里的蒹葭和唐诗里的白云呵护的肺叶，不得已都认了。

　　再走很长一段水泥路，好不容易来到岔路口，你偏偏不走专门为轮胎、钢铁、速度、欲望、效率、金钱等等现代猛兽们设计的大路，你却朝那偏僻方向拐过去，再拐过去，终于拐上一条人迹罕至的小路——一条掩映于草木中的崎岖山路。

　　转过一个山湾，再转过一个山湾，转过好多个山湾之后，你走进一个耐心地用许多个小山湾一层层套成的繁复曲折的漫长的大峡谷，你一边走一边耐心地体会着山的耐心构思里隐藏的深意，你被它的幽深思路折叠进去又显露出来，然后又被更深地折叠进去，折叠进它更深的峡谷、更深的胸臆里了。

　　你在被反复折叠的过程里，在不断加深的山色里，你期待着，也思忖着：在山谷深处更深处的那边，它最终将怎样把反复折叠的你呈现出来呢？它在把你反复收藏之后，会把你交给一个怎样的情境里？当你出现，你将会与什么相遇？将会有什么平凡的事物或意外的奇景，骤然向你呈现？

你想，古人曾说"天意怜幽草"，那么，"天意怜幽人"也是可能的吧。一层层山湾将你一次次折叠、收藏，让你逃离你从来就无法与之握手言欢同床共枕的那个名曰现代乐土的现代铁笼。山湾那幽深的思路定然藏着天意和深意。它把你小心折叠、收藏起来，定然是要把你交给一个你所心仪的神秘之地，它让你绕开那尘埃四起、猛兽狂奔的欲望之路，也许是要让你找到一条心灵的秘径，进而抵达心灵的秘境？

终于，四周山色渐渐转向幽蓝和暗蓝，时间也似乎由过于明亮、苍白、喧嚣、疯狂、混乱、空洞的现代，彻底转向幽深、丰盈、单纯、寂静、缓慢、唯美、神秘的古代，突然，又一个转弯！

你一个转身，转过去，你揉了揉眼睛，定睛一看，嗬，山色全然变成了黛绿和深蓝，你一步踏入了古代，你来到公元前。

你看见了什么呢？你被一连串的山湾一次次反复折叠，你被一种远比你自认为的深邃的思想更为深邃的思想反复思量和深化着，你被一种比你使用的语言更有表现力和感染力的另一种古老语言和另一种叙述方式反复叙述和引用，然后，它终于将你呈现和说出。

那么，你在被反复折叠之后而终于被重新呈现出来的时候，是什么也同时向你呈现？

那么，你在被一种幽深的思路和有意味的叙述方式反复思量和叙述之后而终于被说出的时候，你说出了什么？

啊，秋水。

是的，是幽谷里的一湖秋水。

你觉得无须多说，只需念出这个古老的词：

秋水。

它蓝着宋词里的蓝。

不，它比宋词里的蓝更蓝。

它蓝着唐诗里的蓝。

不，它比唐诗里的蓝更蓝。

它蓝着诗经里的蓝。

它蓝着远古的蓝。

它蓝着圣人看见的那种蓝，那种启发了他神圣思想的蓝。

它蓝着宇宙间第一次出现的那颗心灵的最清澈的意识和情感，那个时刻，心灵忽然看见一种透明的深蓝，那接近无限的深蓝，心灵久久被震惊，心灵在那一刻，在一泓深蓝里看见了自己，心灵看见了宇宙的心灵，看见了万物深处隐藏着的同一颗心灵，看见了纯真的底色，看见了不停地向心灵涌流汇聚的神秘潮汐的起源，那一刻，心灵看见了自己，心灵看见了心灵。

那一刻，天真看见了天真。

那一刻，纯洁看见了纯洁。

那一刻，灵感看见了灵感。

那一刻，思想看见了思想。

那一刻，诗看见了诗。

秋水，那透明的深蓝，接近无限的深蓝，荡漾在世界的第一个早晨，灌注进大地上第一次出现的那些纯真心灵。

那盈盈秋水，浩瀚成他的感情，提炼成他的瞳仁，幻化成他的语言。

哦，你久久伫立于秋水边，久久地忆想和缅怀，那最初的心灵，最初的诗，最初的语言，那最初的情感，那最初的心灵对世界的初恋。

而此刻的秋水仍在提炼，默默地，按照公元前的方式，按照神圣暗示给它的接近于本心的纯度和亮度，接近于最朴素、最本然的美学方式，那也许是不仅属于人，也属于别的星系和任何时光里的纯粹心灵都认同的美好方式，默默地，秋水在它的深处提炼着，提炼着更深处的秋水，提炼着更深处的深蓝，它在心灵深处提炼着更深的心灵，在诗的更深的意境里，提炼着另一首诗。

这时，天黑了下来，与远古的夜晚几乎完全同样的夜晚降临了。几粒星子，羞怯地出现在公元前的那个位置，不偏不倚地站住，等待着谁来认领和清点，等待着那些把它们当作心灵记号的女孩子或男孩子前来辨认他们情感的位置和梦的含义；有几粒稍稍有些倾斜，但仍然小心翼翼地保持着孔夫子那夜长久凝视的恰到好处的那种亲切诚恳的坡度；接着，哗的一声，星子们不约而同全都齐刷刷出来了，都激动地一闪一闪地站在古诗里描述过的那些令人心跳的位置，都精确地站在被古代占星师们反复仰望和占卜的那些神秘位置，并呈现出与心灵、与命运对应的各种角度、坡度和亮度。

而这一切，并不是我在仰望中看见的，我静静伫立于秋水边，静静地俯瞰着秋水。秋水，向我忠实地转述着它怀抱里的宇宙，向我呈现着千万年来反复映现在它心中的天国情景，那其实也是我们心灵的情景。

秋水，静静地回忆着大地的第一个夜晚，缅怀着大地的第一个夜晚里第一颗因美的震惊而失眠的心灵；秋水，默诵着大地上出现的第一首诗，那第一声天真的长叹。

这时，我忽然明白，秋水并不认识我，秋水的眼睛里看见的，仍是它看见的公元前的宇宙，公元前的星辰，仍是它看见的天真的景象。它是天真，天真看见的总是天真。

这时，我也忽然明白，秋水并不认识更不知道有个什么"现代"，秋水仍然是古代的水，仍然是孔子、老子、庄子、屈原、曹植、陶渊明、张若虚、王勃、苏东坡、辛弃疾、张孝祥们看见的水，只是在有些流域变得浑浊一些罢了，而远远地背对时光、背对"现代"，安静而专注地在内心深处加以沉淀，秋水就会返回自己古典的心灵，找回自己透明的眸子，这时候，秋水，它看见的仍是史前的苍穹和公元前星辰的队列，它怀抱的仍然是大地上的第一首纯诗。

而我的到来，只是与静默和透明中所呈现的梦境深处的梦境，情感深处的情感，心灵深处的心灵，以及一首诗的意境里所暗示的更深、更永恒的意境，打了一个照面，并被久久震惊，被永恒的天真之美震惊得如醉如痴。

这时候，我莫名其妙地，在岸上拾起了一枚小石子，轻轻地投向湖心。

"卟通"一声，水花溅起，涟漪涌动，水里的星辰和宇宙，出现片刻的紊乱。

这就是说，我的到来，只是代表所谓的"现代"和尘世，向永恒的水面、向永恒寂静的时间史诗和宇宙长梦，制造了一个病句，添加了片刻混乱。

很快，水面静止，水波不兴，湖光恢复了古老的湛澈，星辰回到史前的位置，水底的宇宙，仍然如远古第一个夜晚那般雍容高古，那般纯真无瑕。

我安静下来，谦卑地伫立于深夜的秋水边。

在寂静的时间史诗里，在宇宙永恒的梦境里，我静静伫立，默默聆听。

在时间的水面上，我们，只是一阵风偶尔划过，只是一粒石子偶尔落下。

在永恒的水面上，我们只是制造了片刻波动和紊乱。

片刻的波动和紊乱之后，秋水复归湛澈，星辰重现，宇宙安详。

稍稍走神的时光回过神来，它看见：

在深夜的水面上，那史前的苍穹和天真的星辰，依旧纹丝未乱，而时代制造的那点泡沫，刹生刹灭，其实根本算不了什么，在时间长河里，完全可以忽略不计。你看，秋水托举的星辰，还是公元前的造型，还是孔夫子看见的队列；秋水深处的银河，还在一如既往汹涌着神秘的波澜，那是和屈原那夜看见的一模一样的波澜，那是注定要对我们短暂的人生做一次淋漓浇灌的永恒波澜。

夜深了，夜很深很深了，寂静的秋水边，那凝视的眼睛，依旧凝视着深蓝里沉浸着的史前星子们的纯真队列和梦幻造型，那是天地间第一首诗的意象，那是高深莫测的宇宙对冥顽、短视的我们实施的近距离直观诗教、超验暗示和神秘耳语。

此时，你发现，那个无明的你、狭隘的你、躁乱不安的你、时时被贪嗔痴嫉妒恨裹挟的你，已不见了，你已融入了一颗无限湛澈的心灵，眼前的一切无不是心灵的细节和情景。其实并没有什么宇宙，我们所谓的宇宙乃是一颗无边无际的心灵；也没有什么秋水，所谓的秋水只是呈现心灵景象的一种液态形式，此刻，从这个形式里你看见的，正好是我们心灵深处的心灵，我们最初的、不增不减、不尘不垢、寂然湛然、透明无边的心灵。

佛说：拂去尘埃，乃见本心；拂去妄念，乃见宇宙心。

王阳明说：此心光明，亦复何求？

佛又说：心外无物，物外无心；其实，亦无心，亦无物，唯一片空明寂静……

圣人之心

心　说

人安静下来，就能听见自己的心跳。

在一间空屋里，唯一陪伴你的，是你的心。

这时候，你比什么时候都更加明白：你什么也没有，只有一颗心。

不错，还有手。但手是用来抚摸心跳的，疼痛的时候，就用手捂住心口；有时候，我们恨不能把自己的心掏出来，捧给那也向我们敞开胸怀的人。

不错，还有腿。但腿是奉了心的指令，去追逐远方的另一颗心，或某一盏灯光。最终，腿返回，腿静止在或深陷在某一次心跳里。

不错，还有脑。但脑只是心的一部分，是心的翻译和记录者。心是大海，是长河，脑只是一名勉强称职的水文工作者。心是藏书丰富的图书馆，脑是它的读者。心是浩瀚无边的宇宙，脑是一位凝神（有时也走神）观望的天文学家。

不错，还有胃、肝、肾、胆、肺，还有眼、耳、鼻、口、脸等等。它们都是心的附件。我们不要忘了，狼也有肝，猪也有胃，鳄鱼也有脸。但它们没有真正意义上的心——因为，它们没有信仰和深挚的爱情。

我们唯一可宝贵的，是心。

行走在长夜里，星光隐去，萤火虫也被风抢走了灯笼，偶尔，树丛里闪出绿莹莹的狼眼。这时候，唯一能为自己照明的，是那颗心。许多明亮温暖的记忆，如涌动的灯油，点燃了心灯。心是不会迷途的，心，总是朝着光的方向。即使心迷途了，我就索性与心坐在一起，坐成一尊雕像。

我有过在峡谷里穿行的经历。四周皆是铁青色的石壁，被僵硬粗暴的面孔包围，我有些恐惧。仿佛是凿好了的墓穴，我如幽灵飘忽其中。埋伏了千年万载的石头，随便飞来一块，我都会变成尘泥。这时候我听见了我的心跳，最温柔最多汁的，我的小小的心，挑战这顽石累累的峡谷，竟是小小的、楚楚跳动的你。

在一大堆险恶的石头里，我再一次发现，我唯一拥有的，是这颗多汁的心。我同时明白，人活着的意思究竟是什么——在一堆冷漠的石头里，尚有一种柔软的东西存在着，它就是：心。

我们这一生，就是找心。

于是我终于看见，在峡谷的某处，石头与石头的缝隙，有一片片浅绿的苔藓，偶尔，还有一些在微风里摇曳得很好看、很凄切的野草。

我终于相信，在峡谷的深处，或远处，肯定生长着更多柔软的事物和柔软的心。

这世界有迷雾，有苦痛，有危险，有墓地，但一茬茬的人还是如潮水般涌入这个世界，所为者何？来寻找心。这世界只要还有心在，就有来寻找它的人。

当我们离别时，不牵挂别的，只是牵挂三五颗（或更多一些）好的心。当我能含着微笑离去，那不是因为我赚取了金银或什么权柄（这些都要原封不动留下，这些东西本来就是些嫁鸡随鸡嫁狗随狗的东西），而仅仅是，我曾经和那些可爱的人，交换过可爱的心。

奇怪，我看见不少心已遗失在体外的人，仍在奔跑，仍在疯狂，仍在笑。

仔细一看，那是衣服在奔跑，躯壳在疯狂，假脸在笑。

"良心被狗吃了"是一句口头禅了。只是我们未必明白，除非你放弃或卖掉心，再多的狗也是吃不了你的心的。是自己吃掉了或卖掉了自己的心。人，有时候就是他自己的狗。

守护好自己的心，才算是个人。

这道理简单得就像 1+1=2。但我们背叛的常常就是最简单的真理。

有时候回忆往事，一想起某个姓名就感到温暖亲切，不因为这个姓名有多大功业多高的名分，而仅仅因为这个姓名连接着的是一个好心的人，一个真诚的人，一个慈悲的人；有些姓名也掠过记忆，我总是尽快将它赶走，不让它盘踞我的记忆，这样的姓名令人厌恶，不为别的，只因为拥有这个姓名的那人，他（她）的心不好，藏满了冷漠、仇恨和邪恶。

我们对一个人的评价，乃是对他拥有的那颗心的评价。

心，大大地坏了的人，怎么能是好人。

"圣人""贤人""至人"，这些标准似乎都高了一些，不大容易修行到位。

　　那就做个好心人吧。

　　人生一世，草木一秋。做个好心人，有一颗好的心，这就很好。

圣人之心

1. 心是我们唯一能掌管的神圣国土

心是我们唯一能掌管的神圣国土，我们是心的国王，我们的一生不过是为心活着，为着一颗高贵清澈的心活着——这颗心里，荡漾和蕴藏着情感、慈悲、智慧、道德的源头活水，浓缩和倒映着宇宙的奥秘和生命的清影。心碎了，生命顿成碎片；心秽了，生命再不纯真；心完整且能抱璞怀素，则生命和宇宙，都在心里映现出永恒所昭示的光泽。

我们一生的修为和追寻，不过是为着维护心灵国土的完整和美好，使之免遭心外之物——贪欲之狼、邪恶之魔、仇恨之火的入侵和伤害，我们还要随时预防和治理心外的气候骤变而引发的心内的洪流和沙尘暴，这会导致心灵国土的水土流失和植被凋残，我们的心会因此而减少道德的沃土、情感的养分和美的风景。

一个正直的、有德行的人，他一生的奋斗和努力，不过是守护心使之完整，修炼心使之纯粹，种养心使之葱茂，他是自己心灵之国的国王。有了这样的好国王，他的心之国土，才得以保持山清水秀，土厚墒满，有芝兰香草之清芬，有嘉木修竹之浓荫，有蕴玉藏金之灵氛，有君子美人之气象。

相反，那些随波逐流、背道而行的人，那些不守心、不护心的人，他们听任心外之物侵害心，放纵心内之狼啃噬心，他们眼看着心灵失守却不护心，眼看着心灵受害却不救心，大片的心之国土沦陷了，道德和情感的严重水土流失和污染，造成国土贫瘠，垃圾成堆，荒草疯长，美的风景化为废墟，良心的庄稼连年减产，甚至颗粒无收。

还有比这样的人更不幸的吗？也许他权势熏天、富可敌国，然而，他丢失了、污染了或出卖了他的心之国土，他在心灵之国里，已无一寸净土，已无立身之地，也许他拥有大量财富和金钱，他是财富和金钱的奴隶主，但是，他的心灵之国已经沦陷，他是心灵之国破落的、失败的国王。他放逐了心，心也流放了他，他是心灵之国的亡国奴。他是精神王国的赤贫，他是价值世界的乞丐，他的人生不过像蝗虫满足于在物欲世界里吞噬和制造垃圾，并在吞噬和制造垃圾的过程里满足自私和低级的快感，却失去了人之为人的高尚道德、超越精神和生命美感，从精神和价值层面来说，这种匍匐于物欲世界的人生境界已低于一般的生物存在了，因为一般的生物只要服从自然的指令去完成自己就算是好的生物，而人作为精神动物，除了服从自然律，更要聆听和追随头顶的星空和内心的道德律的召唤，才算是合格的人，真正的人，纯粹的人，高贵的人。所以，那种放弃人的精神性和超越性而把自己降至一般生物层次的人，其人生是无意义的。

2. 圣人之心与凡人之心

什么是圣人之心？圣人的心是怎样的心？

古人曾说：欲见圣人气象，当于自己心中洁净时观之。

在夜深人静之时，心体澄明之际，你就可以从你变得安静、光明、澄澈、慈悲的心，体会到圣人的那颗心：无杂念，无私欲，无妄想，无尘灰，心广大无边，却又寂然湛然，心的上空，被一片光明和慈悲，笼罩、氤氲和照彻。此时的心，接通了茫茫天地，故人心也是天地心；此时的心，连接起悠悠古今，故人心也是万古心。心体湛澈，如皎月在天，如明珠在泉，这就是圣人之心。

圣人之心连通着凡人之心，凡人之心也存有圣人之心，否则凡人就无法倾听圣人之言，无法理解圣人之教。区别在于：圣人通过深切的修养和笃诚的践行，已经将一种崇高的道德境界和生命觉悟化为自己内在的情操和品质，他之身、心、灵，思、言、行，已完全与道合一，即"道成肉身"，他想的就是他悟的，他说的就是他想的，他做的就是他说的，他高尚的德行已成为他生命的常态、常情和常性。而凡人则因为根器、修养的不足和所处环境的局限，虽则也有对道德的尊敬，也有善念萦绕并偶有善行，但德行和道义，还没有完全化入他的生命和人格，没有成为常态和常性。在现实生活中，为了保全自己的生存，或为了降低生存成本，或为了满足一己之私欲，在势与道交织之时，他有时就顺势而损道；在义与利交战之时，他有时就趋利而弃义。这样，在德行方面就有克扣和亏欠，人格上就有缺陷。

凡人若以圣人言行为镜子，为路标，不断向性灵的圣境沉潜、修炼、靠近，不断洁净自性、修行自心、找回本心，则庶几接近了圣人之心。

3. 找回"本心"

我们活着，要工作，要劳碌，要挣钱，要养家，要买房，要买车，要消费，要旅行……这一切，难道是为身体的满足吗？是为身体的安顿吗？身体又是为什么存在的呢？身体里面不是藏着一颗心吗？那么，身体的需要都是心所需要的吗？安顿了身体就安顿了心吗？

心需要豪华车吗？心需要豪华别墅吗？心需要很多很多钱吗？心需要奢侈品吗？心需要戴一顶体现世俗等级的帽子去显摆吗？

世俗所谓的"心"，并非人之本心，不是人之本有的那颗澄明之心、赤子之心、君子之心，常常是指贪图之心、虚荣之心、占有之心、投机之心，此心即为"色身"携带的那颗"色心"，满是贪、嗔、痴，嫉、妒、恨。

人迷失了本心，或遮蔽了本心，心就污染和走偏，心被种种杂念、贪念、妄念所占据和支配，意乱而心狂，表现在外面，就是淫邪奸诈，伪恶贪佞。

而人生的真义和价值，人生的修为和修行，归根结底是要找到和培养那颗本心——澄明之心，赤子之心、君子之心。

本心是我们本来的家，找到了本心，就回到了我们的家。

孟子说："仁，人心也；义，人路也，舍其路而弗由，放其心而不知求，哀哉！人有鸡犬放，则知求之；有放心而不知求。学问之道无他，求其放心而已矣。"

那么，我们要找的那颗心，那颗本心，是怎样的心呢？

孟子说："人皆有不忍人之心……无恻隐之心，非人也；无羞恶之心，非人也；无辞让之心，非人也；无是非之心，非人也。恻隐之心，仁之端也；羞恶之心，义之端也；辞让之心，礼之端也；是非之心，智之端也。人之有是四端也，犹其有四体也……"

《金刚经》开示："应无所住，而生其心。"

六祖慧能偈语："菩提本无树，明镜亦非台。本来无一物，何处惹尘埃。"

诗人苏东坡说："小人之心，如瓢在水；君子之心，如珠在渊。"

宋代大哲陆九渊说："四方上下曰宇，往古来今曰宙；宇宙便是我心，我心即是宇宙。"

心学大师王阳明临终遗言："吾心光明，亦复何言！"

德国哲学家康德说："有两种事物，我们愈是沉思，愈感到它们的崇高与神圣，愈是增加虔敬与信仰，这就是头顶的星空和心中的道德律。"头顶上的灿烂星空，昭示我们以宇宙的浩瀚无垠，让我们体会自身的渺小，感悟现象界的短暂；仰望苍穹，无限空间的永恒与博大，启示着我们的心灵所能领悟和可以抵达的境界是多么广阔和深邃，从而引领我们的心灵不断接近和融入那光明和觉悟的境界。

被我们遗忘了的那颗本心说：我是心，我是本心，我是自性圆融之心，我是透明空灵之心，我是宽广无边之心，我是有始以来不增不减不生不灭不尘不垢的那颗宇宙心，除了光明、慈悲、觉悟、智慧和宁静，我不需要别的多余的东西，我不需要与心无关的东西，我不需要心之外的东西——诚如慧能所言："何期自性本自清净，何期自性本不生灭，何期自性本自具足，何期自性本无动摇，何期自性能生万法。"

4. 心法：减法

人活着，必然要为安顿好自己的身心而劳作，而且人对生命情感和精神价值的追求和实践，也使得人生有了丰富的内涵和光彩，从而使人间值得，让生命美好，这也是人的责任和劳绩。除了这些之外，别的贪图和追逐，几乎都是受了贪欲的教唆和绑架，才无节制地去填充和讨好那贪欲，无节制地向贪欲抵押和交付生命。人讨好着炽燃的欲望，却远离了澄澈的本心，浑浊了澄澈的本心。因为，欲望喜欢做加法，喜欢多多益善；贪欲则更可怕，贪欲喜欢做乘法，欲望之外它还会不断刺激和升级欲望，甚至发明出欲望，发明出原初的人性里本来没有的更为饕餮的怪诞欲望。印度的圣雄甘地说："自然满足人的需要，却不能满足人的贪欲。"贪欲如同没有止境的吞噬性黑洞，它会把人变成吞噬性工具直至把整个人也吞噬进黑洞，这就是人为物役，贪欲使人成为物质的奴隶和祭品。而心灵喜欢做减法，诚如古代高僧所言："身是菩提树，心是明镜台；时时勤拂拭，勿使惹尘埃。"这就如同：减去乌云雾霾才见晴空，减去泡沫浮渣才见碧水，减去壅塞的赘物——减去欲望和烦恼，才见心宅的宽阔、敞亮和干净。

那些被贪欲觊觎和追逐的东西，对于心，都是多余的、累赘的、有害的，根本不需要的。谁把多余的累赘的东西，堆积在人生里，堆积在心宅里，就是对心的挤压、污染和奴役。占有就是被占有，你占有了什么也就被什么占有和控制。当心宅被欲望封锁，被杂物堆满，心灵的房子就拥塞、窄逼、压抑、昏暗，甚而缺氧、缺光，心就要发生病变，甚至窒息而死。

心法——修心之法，就是在心里做必要的、持续的减法，就是精神世界对包围、诱惑和蚕食精神的物质世界的反包围、反诱惑和反蚕食，就是对左顾右盼东张西望蠢蠢欲动的心做减法，不停地减去和清理附着于心上的多余之物、不洁之物、腐蚀之物，减去妄念，减去烦恼，减去贪嗔痴嫉妒恨，减去不洁和无明——这就是心法，心的减法，也是心学，就是心的打扫，心的清空，就是心的解放，心的回归，心的保洁，心的升华，就是明心见性，就是见性成佛，如此，则定力生焉，觉悟生焉，慈悲生焉，智慧生焉——这也是心的拯救、圆融和安宁。

关于善良

1

"善良"，善则良也，善的人是优良的人。反之，"恶劣"，恶则劣也，恶的人必是劣质的人。古人造词如此严谨周全，肯定是有感而发吧，他们也如我们一样，感受过善良带来的温暖和恶劣加给人生的伤害。

2

"善心""善意""善缘""善愿""善根""善行""善举""善言""善事"……围绕一个"善"字，从古至今，人们造了多少词，说了多少话，叙述了多少故事，写了多少书啊。人类的历史，也可以说是追求善良的历史。作为自然物种之一的人类，在长期的演化过程中，从生生不息万古长存的大自然里，从雄浑庄严无限神秘的伟大宇宙里，获得了感染和启示，不仅发现了笼罩万物并支配万物的"自然律"，也发现了激荡于人的内心深处、贯穿于人类历史进程并使之趋向和谐与高尚的那种感人的正义力量和精神本源，即"道德律"。自然科学探究的是"自然律"，人文哲学追寻的是"道德律"，即人类心灵的奥秘和道德的完善。道德的核心，就是"善"。人类的一切具有恒久价值的、高尚的思想、学说、事业、行为，都来自于"善"。

善，是笼罩天地的正义，是抚慰生命的情感。有了善，人间才有了温暖，人心才有了慰藉，人生才值得一过——因为，在短暂的一生里，我们感受到天长地久的道义和情感。

3

"人之初，性本善，性相近，习相远"。古人的话基本是对的。现代基因理论也揭示了遗传和"天性"对人的潜在影响。但"性相近"是基本的事实，没有哪一个孩子不具备天真可爱的童心。关键是"习相远"，即后天的生存环境、文化环境、教育环境对人的性情、道德的引导和塑造，有的变好了，有的不那么好，有的变坏了。

4

善，是人之为人的根本，所谓"良心""真心""初心""芳心""本心""圣人之心""赤子之心""天地之心"，就是一颗善良的心。

如果把"善"从人心里抽走，人的心就变成"贪心""野心"；如果把"善"从人的意识里抽走，人的智力活动就变成了冷冰冰的算计和谋略，而没有了温情、挚爱和关怀。

古人把既充满智慧又饱含温情的心灵称为"慧心"，反之，那些对人对事充满算计、狡诈而阴冷的心则是"机心"。有慧心的人是君子，对人对事总怀着机心的人是小人。

古人也推崇淡泊、素朴、宽厚、仁慈的"素心"，而对那伤天害理、损人利己、贪婪邪恶的"祸心""奸心"，则不遗余力痛加鞭挞和贬斥。

5

孟子说，"仁"是人的心灵，"义"是人的道路。舍弃道路而不走，失去善良的心灵而不懂得去寻找，多么可悲！鸡和狗走失了，还懂得去找；善良的心丢失了，却不懂得去寻找。学问之道没有别的，就是把丢失的善良心灵找回来。

几千年前的圣人告诉我们：丢失了善良的心，不善、不义、不仁和邪恶就会占有和怂恿人去危害他人和社会。这是很可怕，也很可悲的。但更可悲的，是人对其最可贵的善良之心的丢失，却不觉得可惜，不以为丢失了什么贵重的东西，反而习以为常，而对自家丢失的一只鸡一条狗，却知道下功夫寻找回来。善良的心，竟然不如一只家畜，这是怎样的本末倒置呢？

对人性的这种疾病，圣人开了处方：学问（包括教育）之道，没有别的，就是把丢失的善良心灵找回来。

由此可见，人活着的一件大事，就是守住善良的心灵；一旦不小心丢失了，就赶快把它找回来；如果损害了这颗善心，就要好好修补、滋养。所谓品德和心性的修养，是既要修，也要养，修即修补、修正，养即养护、涵养。勤修常养，那颗善良、干净、美好的心，就如运行在我们生命内部的阳光，照亮我们的思与想、言与行、灵与肉，照亮我们人生的路程。

读书、治学、求道、信仰、教育、修行，其目的都是要把丢失的善良心灵找回来，把美德的源泉找回来。

6

一颗善良、宽厚的心灵，才会经常荡漾丰富的情感和爱意，并能随时发现和欣赏生活中、自然中的诗意和美感。

内心的丰富使一个善良的人时时有了对生活意味的丰富发现，这种发现反过来又使内心变得更加丰富——这就是善的增殖和循环。

善良使人的内心变得多汁多情多梦——假如人的心灵是有颜色的，那么善良的心灵该是翠绿的，像森林、像牧场；像覆满植被的青山——它给世界呈现的是生长的景象和希望的风景，而它自身也享用着生长的希望和喜悦。

一个真正善良的人总会被内心善的激情推动着，去尽力以点点滴滴的善行修补世界的缺陷，培育生存的花荫——他顾不得去恨谁，也顾不得留意谁在恨他，善推动着他也保护着他，生活中的恶反而伤害不了他——他在善的路上行走，偶尔袭来的石头和荆棘，不能改变和动摇他行走的方向，只是让他了解了路上的情况。恶，反而坚定了他对善的信念和忠诚。

7

善是精神世界的水土和植被，人的一切有价值的追求和事业，从这里得到滋养、庇护而得以生长。反之，恶是暴力和泥石流，它破坏人性的植被和心灵的水土，造成情感和道德的水土流失。恶泛滥的地方，留下心灵的伤口、精神的废墟、道德的戈壁滩。

善，是人类精神文明的核心和灵魂。伟大的宗教里，"神"的形象不过是最高的善的象征，寄托着人对彻底去除了诸恶，而将世间一切美德完全熔铸贯通的伟大人格和高尚生命境界的崇敬、追慕和向往；再高深的哲学，也是要通过形而上思辨引领人的心智深入精神世界的深海，达到对人的处境的彻悟，最终把人导向善良、智慧和觉悟；文学艺术除了审美功能，也有道德的净化和升华功能，即使审美，也是通过有意味的形式和意象，来震撼、感染、净化人，改变和深化人对生活的理解和感受，从而使人性趋向高尚、善良和美好。

8

"善有善报，恶有恶报"，人们总是怀疑着，觉得报应迟迟不兑现，因为生活中有许多似乎"不报"或"反报"（即恶人享福、好人受苦）的事实。

其实，"报应"是不能量化考核的，"报应"不是简单的投入和产出，你不能指望恶人作了恶就立即遭到雷轰电击、腰断骨折，好人行了善就马上逢凶化吉、天降甘露。报应不仅指行为和事物的结果，报应更存在于行为和事物运行的过程中，存在于人的内心体验中。一个作恶的人，不管他是否得逞，不管他是否最终受到惩罚，他作恶的过程，就是被恶的意念支配、绑架、扭曲、奴役的过程，也是被恶的毒素煎熬、毒害的过程。即使他真的作恶成功，并侥幸未被发现，他的内心也会变得地狱般黑暗、狰狞、恐惧。可见，即使"成功"的恶人，也绝对不会是幸福的人。因为真正的幸福，来自于灵魂的丰盈、安宁、温润和喜悦。一个充满毒素、惶恐不安、暗无天日的灵魂，怎么会有真正的丰盈、安宁、温润和喜悦呢？

而一个怀着善心爱意的人，他从他的"善根""本心"出发真诚地帮助一个人、救护一只鸟、爱惜一棵草，去做灵魂默许他做的一切或大或小的善事好事，在行善的过程中，他的灵魂已获得了纯洁的满足和喜悦，他并不需要来自过程之外的回报和奖赏，因为，行善的过程是一个美好的过程，而美好的感觉，就是心灵获得的最高奖赏和幸福。在这个过程中，人会感到做一个高尚的人的快乐。人性的最好本质在这个过程中得到了最大程度的实现，人会感受到一种来自心灵的深刻欣慰。

何况，在法治严明、见贤思齐的文明社会，恶会受到越来越多的抑制和惩罚，善会得到越来越多的推崇和尊敬。

所以才有智者这样说：上天对坏人的惩罚就是让他做一个坏人，对好人的奖赏就是让他做一个好人。

做一个好人，自己感到美好，也让世界增加一点美好，是多么好啊。

9

高尚、仁义、慈悲、忠实、正直、友爱、贤淑、淳朴、厚道、勤劳、同情心……这都是被推崇和向往的美德。种种美德如优秀的植物，其绿荫庇护了我们，其芬芳感染了我们，其果实营养了我们。美德之根扎在哪里？扎在心里。而心灵的厚土，乃是善良。从这个意义上说，一切美德的源头乃是善良。凡称得上是美德的，首先是善的。

尊重人，同情并帮助弱者和不幸者，是善良。尊重一棵树，尊重一只鸟或一条狗，同情并帮助一只受伤的乌龟和失群的孤雁，也是善良。前者是对人的善，后者是对整个大自然和全体生命的善。这种无边界的善，是大慈大善，是大仁大义，是善的最高境界，即佛教所说的"无缘大慈，同体大悲"。这样的境界不容易达到，但它提示了人性升华的无限可能性。是每一个善良的人终生的功课。

10

"知易行难""说起来容易做起来难""坐而论道，何如起而行道"，古人既强调"闻道"，也强调"修道"，更强调"行道"，即人生的使命在于践行自己认同的真理和道德。这也告诉我们，懂得什么是善良很容易，在情感上、行为上、细节上落实善良就不那么容易了。"同情心"，是善良的美德之一，说说它，不过是纸上和嘴上功夫而已。你帮助过无家可归的流浪穷孩子吗？你舍得掏出身上的零花钱送给贫病交加的老人吗？你为故乡那条曾经清澈美丽却被严重污染的河流奉献过一勺清流吗？我这样问自己：从你的衣兜里还能掏出多少善良？

11

呵护一个迷路的儿童并把他送回家，把一只不慎掉落的鸟儿捧起来放回树上的鸟巢，友爱地抚摸一只羊的瘦脸，翻书时同情地注视一粒在纸页间穿行的小小书虫，在原野上长久地凝望着一朵不知名的野花微笑，并认真地为它取一个温婉的名字，好像只有这样才对得起春天——你从这些小小的善意里，从对他人行善、对自然行善的过程里，体会着一种纯洁的幸福，没有人知道你为什么如此快乐，这快乐是小的，是秘密的，对于心灵，却是最贵重的。心灵经常享用这小的快乐、小的善良、小的秘密，心灵就丰富、柔软、温润了。每一个善良的人，内心里都有一座四季如春的心灵花园。

12

道德似乎是伦理学的，但也是美学的，高尚的道德有一种动人的美感，所以叫"美德"。所以古人把那些心地善良、情操高尚的人称为"美人"——看来，美人不仅指有美貌的人，更指有美德的人。这样的"美人"多了，生活就充满了美感，人和人的关系就成了审美关系，我们彼此从对方身上领略心灵的风景和生命的意境，并感受到人生虽然短暂，虽然艰辛，但人生仍是一种奇迹，是一次值得感恩的情义之旅，因为它毕竟让我们在崎岖的岁月里，曾经与善良相逢，与那么多美好的人和事物相逢。难怪，伟大的马克思曾经说：美学是未来的伦理学。他说得多么好啊。

宇宙便是我心，我心即是宇宙

我国宋代哲学家陆九渊说："上下四方曰宇，往古来今曰宙。宇宙便是我心，我心即是宇宙。"这段话后两句看似费解，但若你在静夜里仰望星空，沉浸于无边宇宙的笼罩里，你会感到那无穷的星光星河，那永恒的时间和绵延无际的空间，都在默默地表达着你内心激荡的心绪，那滔滔的星河，恰似浩瀚的词典，都在注释你的意识、潜意识和生命深处的无意识。而最新的天文观测数据这样揭示：银河系由四千多亿颗恒星构成，而人的脑细胞也有四千多亿个，人脑与银河在数据上的对称、同构关系，有可能说明人脑是银河系漫长演化史的产物，也即：人脑是银河系的"压缩版"，积淀着至少可能囊括银河系演化史的"全息"。

从这个意义上理解陆九渊的"宇宙便是我心，我心即是宇宙"之说，就会十分叹服，那并不是谬说，而是智者的心灵在绝对宁静的时刻，对人的生命、人的灵性世界与无限宇宙有可能完全对称、同构的量子纠缠真相的直觉顿悟。这也与我国古代哲学强调的"天地与我并生，而万物与我为一""心物无二""物外无心，心外无物""天人合一"的经典之论一脉相承。细加感悟，就不由不惊叹我们的古圣先贤的智慧真是太高了，被他们那澄澈性灵所证悟的宇宙，就是一颗包容万有的无边的心灵，而人的心灵，则是对这颗宇宙之心的感通和映照。

同时，这个关于人的内在灵性宇宙与浩瀚的物理宇宙之对称同构关系的天文发现也说明，人的大脑乃至人的精神生命里蕴藏的智慧、灵性、潜能和道德意识，至少与银河系的规模是对等的，足够浩瀚、无限而深邃。但大部分现代人的脑智慧和心灵世界，只开发、启动不足百分之零点一，且只停留在小聪明、小智慧、小谋略、小机巧的浅表层面和欲望、本能层面，远未触及对生命和宇宙之深层真理的智慧领悟和心灵认知。

这就是说，人类远不是一种已经"进化到位"的物种，在许多方面他还没有走出动物性的桎梏，还被体内潜伏的兽性所左右，这使得人类社会的整体现状还呈现出一种带有动物世界浓厚特征和气息的"丛林社会"的景观，试看当今由资本主义和极权主义主导的这个混乱的丛林世界，竞争日趋剧烈、纷争日趋酷烈，包括动用军事武器的看得见的战争，以及动用"隐形武器"的看不见的战争，即运用金融武器、政治武器、文化武器、宗教武器、基因武器、信息武器、网络武器、心理武器等软武器进行的一个国家对另一个国家的渗透、掠夺、侵略和暗算，这比之于弱肉强食的动物世界又进化、高尚、美好了多少呢？若是让动物们看了人类社会竞争、纷争和战争的纪录片，不用虚构的艺术片，就让它们看拍客实拍的人类争斗的纪实片，它们定然会被吓得毛骨悚然、魂飞魄散，发誓再不与这种生物打交道了。在人类眼里，动物当然是动物；在动物眼里，人类未必就不是动物，而且比它们残酷，它们至少肯定不会把人类看作高于它们或优于它们的"神灵"。

人的优长在于，人是一种可能性，人有灵性和灵魂，人是一种"未完成存在"，人是一种在文化、信仰、道德引导熏陶下可以无限生长和升华的可能性（反之，人也会在一种不良文化、反文化的邪恶"文化"和不道德氛围的诱导下向黑暗的深渊持续沉沦和堕落），人是无意识的宇宙的自我意识，人的高贵心灵、高尚道德和高深智慧是宇宙自我意识里的最高意识，人在高级的心智生活中领悟到的对宇宙和生命的理解和觉悟，可以视为宇宙对它自身的自我理解和自我觉悟。且不说我们意识到的宇宙的无限性和永恒性，仅把时空缩小到人类所置身其中的银河系，就是它直接演化和塑造了人类，包括人的大脑就是银河系全息的浓缩和投影，是银河系的"袖珍版""缩微版"，可以说在人的大脑里和人的性灵里，就储藏着至少包涵整个银河系无数亿年的沧桑、记忆、潜能、智慧和情感，这是一个多么巨大的内在的灵性空间、智慧宝藏和道德王国？从这个角度来理解佛学所讲的人的"自性圆满""慧根通天"，我们会有更深的感悟，深感佛学的高深和高明，它在两千多年前就彻悟了生命和宇宙的真相，就打通了天地与人心的内在关联，心即宇宙，宇宙即心，心是浓缩了的天地，天地是无限展开着的心。这与陆九渊对心与宇宙之对称同构关系的论述完全一致。所谓"自性圆满""慧根通天"，即人的内在的性灵世界是一个蕴藏着万古宇宙之奥秘的精神的"内宇宙"，一个人潜心于自身性灵世界的觉解、修行和开悟，同时在现实世界中进行真诚的道德实践，就可以达成对生命和宇宙真谛的证悟与觉悟，从而获得大智慧、大慈悲、大光明、大解脱、大圆融。

看来，人类，是多么需要一种境界更高、界面更宽、意境更深、情思更美的高尚信仰和伟大文化，来照耀和引领迷途的人类，从金钱拜物教和消费主义的泥沼里走出来，从对物质享乐的迷狂、迷失和迷雾中走出来，从金钱的枷锁和欲望的牢笼里走出来，而把智力、精力、时间和兴趣更多地转向精神领域和灵性世界，转向更丰富、更纯粹、更美好的对生命的"内宇宙"的感悟、挖掘、关照和修炼，向更高的精神境界、道德境界和智慧境界升华。

历代的圣贤大哲仁人志士，那些人类精神文化的开天辟地者，无一不是从天（宇宙）、地、人、神（道）四位一体的宏伟结构里获得心灵激荡和启示，通过虔诚的学习、吐纳和修行，从而熔铸了与宇宙对称的宽广心灵，创造了崇高优美的信仰和文化，孔子、老子、庄子、张载、陆九渊、王阳明、曹雪芹、释迦牟尼、泰戈尔、柏拉图、康德、黑格尔、列夫·托尔斯泰、爱因斯坦、霍金等等莫不如此。现代人若要在智慧、道德和心灵上得到砥砺、熔铸和升华，我以为也需要在现代科学（包括天文学）揭示的宇宙背景上，综合传统的信仰、哲学、道德和文化的精华部分，创造出既吻合宇宙真相又能引领和慰藉人心的高尚、超越而温暖的信仰和文化。

从这个意义上说，星空，永远是召唤和启示我们心灵的伟大经典。

母亲的眼睛和心灵

在农家小院的院子正中，在光线最集中的地方，我妈端坐着，为我们做鞋、做枕头、缝补衣裳，在书包上绣花。此时，宇宙那明亮仁慈的光线，从光年之外赶来，空投在一个小小的院子，灌注进母亲手里那小小的针眼。每一个针脚里，每一个图案上，都注满村庄正午的温情和深蓝。

看着沐浴在天光里的母亲，看着跟随母亲的目光穿梭在生活经纬里的小小针线，我终于明白：我们贴身的衣服里和书包上，织进去的不只是母亲细密的眼神，还有来自光年之外上苍的眼神。

我不必用光年之类的貌似深奥的科技知识为难和迷惑我的母亲。其实，母亲交织着期待和忧郁的目光，一次次投向屋顶之上祖先的苍穹，正以她所不理解的光速，穿越尘世飞抵遥远的星河。我的母亲没有什么值得示人的学问，而破译她深沉忧郁的目光，却成为另一个星球的科学家、哲学家、文学家和精神学家的高深学问。

母亲八十多岁的眼睛，还保持着少女的清澈和纯真。而世间不少的人，涉世稍深或略有阅历，目光就少了清纯，蒙上了或世故或势利或狡黠的尘灰。莫非，母亲有什么特殊的养眼法吗？我想了解这其中的缘由。

那年，我在回老家养病期间，用整整一个月的时间，读母亲念诵一生的《心经》，同时，每天都在故乡的原野走来走去，在清晨，在黄昏，在百万千万颗露珠的照拂里，在百万千万片绿叶的叮咛里，我的心里，我的眼睛里，哪怕藏匿得很深很隐蔽的细小杂念和灰尘，都逐渐被一一洗净；我身体里的病，也渐渐离我远去。我身如菩提树，心如明镜台，无尘无垢，无嗔无痴，甚至有一点"吐气若兰"的意思了，连梦都是清洁的，有一次竟在梦里看见莲花的花瓣上，放着李清照的一句诗。这让我体会到：一个人若保持身体的洁净、心灵的洁净、眼睛的洁净，保持每一个意识和念想的仁慈和洁净，那么，他将会从生命里领受到怎样单纯而又无比丰富的情意？

我在故乡怀里、在母亲身边养病，病，大约不好意思待在我逐渐变得干净、健康的身体里，我的身体里，没有了毒素，也即没有了病魔赖以存活的养料，若继续待在这里，病魔会感到无趣和饥饿，病魔会被饿死。病，知趣地走了，我却养好了身体，也养好了心（后来离开母亲，回城，那病也追进城，又找到了我）。那次乡村静养，等于让我对乡村母亲的心灵养成做了一次"田野考察"。

那么，母亲何以有那样洁净无尘的心，何以有那样洁净无尘的眼睛？我想，清晨或黄昏，原野上那无数颗透明露珠，已经给出了一部分答案。我的母亲，她是用一生的时间，念念在兹于心灵的善良、纯洁和真诚；她是用一生的田野劳作和行走，与无数颗露珠——与无数颗清澈的天地之眼，交换着心灵的语言，交换着眼神。就这样，上苍把最好的露珠，交给母亲保管，露珠一直滋养和化育着母亲的心，也明净了她的瞳仁。这就是我母亲眼神的来历。

一个人若很少在露珠（包括具有露珠之透明品质的事物）面前停留，激赏、感动于那无邪的纯真，并反观、反省自己内心的不洁和阴影，同时将自己被尘世染脏的身体和心灵拿出来，接受其消毒、清洗和映照，那么，他的内心和眼神，就少了某种天赐的清澈。一个人若很少将目光投向苍穹的星辰，却总是沉沦于欲望的池塘，锁定于功利的店铺，那么，他的心域必窄狭，眼神定然就少了某种悠远和深沉。

我的母亲，低头与露珠交换眼神，抬头与星辰交换眼神，俯仰之间，她都在吐纳天地精神。她识字不多却有天趣，因为她心存天真；她阅历不多却胸襟宽阔，因为她到过天庭。宽厚的原野和澄明的天穹，就是我母亲的心灵老师。

我的一个好朋友，见过我母亲好多次，他对我母亲印象很好，很尊敬。有一次他对我说：汉荣，你注意了吗？你妈的眼睛特别清澈，八十多岁了，还像少女的眼睛那么纯洁和深情。我说，是的，也许因为我妈识字不多，看书少，杂念少，一生都生活在故乡的原野草木中间，接触到的浑浊的东西少，污染少，心里保持着原始的纯洁和质朴的感情，心里干净，眼睛就干净。我的朋友说：你这样说，好像对，也有些似是而非，眼睛的清澈程度与读书多少和阅历深浅并不必然构成正比或反比关系，重要的是一个人的天性要好，又注重内心的保洁，注重后天的品德修行。你看爱因斯坦、托尔斯泰、泰戈尔，还有我国的丰子恺，都是博学的智者和仁者，他们的眼睛，到老都是那样清澈，除了清澈，再加上睿智和深沉。我说，是的，我妈的眼睛里，一生一世都盛着纯洁和天真，但比起博学的智者，少了一种睿智和深沉。看来，纯洁和天真，需要保持；睿智和深沉，则需要涵养。而最关键的，是内心不能让不洁和杂乱的东西污染和堵塞了，这就需要一辈子进行心灵的净化和人格的养成。

我的这位好朋友名叫正国，当时五十几岁了，他的父母去世较早，也许他思母心切，每次伴我一同去我老家，都把我妈亲热诚恳地也叫妈妈，而不叫婶婶、姨姨，他妈妈、妈妈一声声地叫，我妈也慈祥地回答：正国娃娃，你又来看我了，你真好，快坐下，我给你们做饭。这时候，我妈的眼睛就有点潮润了，那本就清澈的眼睛，蕴蓄着一种很深的情意，而又克制着不使其向外漫溢。这时候，我觉得，我妈的眼睛，不仅清澈，也有着来自生命深处的仁慈和深沉。

正国兄真是把我妈当自己的妈来对待的，2012年初夏，我妈摔了一跤，摔断了腿骨，住院做手术期间，正国兄一直协助我照顾我妈，一趟趟跑医院，数次背我妈上手术台、去检查室。有一次我妈流着泪说：正国娃娃，我没有养过你，你连我做的饭也没吃过几口，你对我这么好，你这是"买母行孝"啊，我今生怎么报答你呢。正国兄俯下身子，轻轻擦着我妈的眼泪，说：这是我们当孩子的应该做的，妈妈好，我们就好。看着我妈噙着泪水向晚辈深情致谢，一旁的护士小姑娘也流泪了。我想，眼泪是咸的海水，它来自人的内心的深海，我们流泪，说明我们的心海，并未枯竭，也没有被不好的东西完全搅浑和覆盖，我们心灵的海域，仍然保持着对纯洁和蔚蓝的永恒渴望，仍然蕴藏着一片情义的深泽。

我妈满八十六岁那年去世。正国兄闻讯竟伤心地流泪了，他第一时间赶到我老家为我妈送行，他写了挽联：人间痛失慈母，天堂又添芳魂。还写了一篇短文发给我，标题是：想念母亲的眼睛。他在文章里，痛惜一位慈祥母亲走了，人间少了一双清澈的眼睛。

　　眼睛是心灵的窗户，眼睛里荡漾的是内心的光亮和情感的波澜，是一个人心灵世界的折射。想念一双眼睛，其实是想念一种纯洁的感情，缅怀一种干净的人生。

在心里收藏一条清溪

面对它，我脱口说出的只是一句小孩子说的话：亮晶晶的水。

在它面前，我变成了小孩子：简单、清澈、亮晶晶。

小孩子不会咬文嚼字，不会造对仗句，说排比话，小孩子不会泛酸发腻，小孩子看见小溪，觉得小溪也是小孩子，小孩子脱口而出：溪水，孩子水，亮晶晶的水。

是古代的水。

是从《诗经》里流过的水，它舍不得离开那些纯洁天真的诗句，就一直蜿蜒在远古那些清澈的早晨，直到此刻，我打开《诗经》，就听到三千年前溪水的声音。

是流在王维诗中的水，是陶渊明饮过的南山下的水，是孔夫子眼中那不舍昼夜的水。

俯下身来，我与水中那人打了个照面，却不敢相认：那个一直远离水、在水外面荒芜着、干裂着的人，何时潜入水中，用惊讶的眼神，望着我。

他就是我的倒影吗？

或许，在他眼中，我也是他的倒影，是他深陷于尘埃中的倒影。

他也想领走我吗？

我和他互相凝视着。

渐渐地，我感到我的身体透明起来，我的内脏透明起来，我的灵魂透明起来。

我感到我在不停地向水中走去。

而他，不停地从水中走出。

默默地，我与他交换着身体和灵魂。

终于，在水里，我找回了清澈的自己。

静立溪边，我忽然想到：所谓拯救世界，其实就是拯救人心。

拯救人心的一部分工作要靠水来完成。

让每一个人面前有一条清溪，心里有一条清溪。

人心也许会变得清凉清澈，世界也就变得清凉清澈。

大海，让人感到渺小的同时，也激起潜伏于人性中的征服的冲动和浑浊的欲望。

清澈的溪水，让人简单而纯真，回归到朴素的本心，回归到赤子之心。

面对清溪，比读哲人的书，比听圣人的教诲，比听牧师讲道，让人更能体悟到：只有内心澄明，人才是大自然中的一种清洁、美好的存在；也只有内心澄明，人才能领略天地万物呈现出的无言之美。

应该让每一户人家的门前都有一条清溪。

每天早晨，一打开门窗，就与最清澈的眼睛交换眼神，带着这样的眼神上路，照亮每天，照亮每一个生活的细节，照亮一生。

这个不容易做到。世界被高温烘烤久矣，清水被欲望或吞噬，或搅浑，清溪还有几多？

你见过清溪吗？你可能见过的，你也觉得清溪很清，清溪很好，是吧？

没有被污染的事物，才是清，才是好。

清与好，是我们天性里本来有的，后来丢失了，或被遮蔽了。

然而，在人性深处，多数人还是喜欢那种清，那种好。

让我们把那种清，那种好，找回来，存放在心上。

让我们心里都有一条清溪。

清溪汇成生命之湖、情感之湖、记忆之湖，湖光，倒映着宇宙的彩虹。

我在清溪边，久久站立，久久凝眸。

清溪，不停地收藏着我的影子。

清溪那么清，他该把我的影子藏在哪里呢？收藏了我的影子，他还会那么清吗？

是我过于自恋了，以为清溪会收藏我。

其实，清溪并不收藏我的影子，也不分担我的心事。

清溪，只是清清地流，静静地流，静静地沉浸于自己清澈的心灵。

一尘不染，一物不藏，一身清白——

清溪，因此才是清溪……

孔子睡着了做梦吗

圣人，是在道德上达到至善境界的人。

不仅他的意识领域，已全然被道德的光芒照成朗朗白昼，即使他的潜意识，即那意识深处的幽暗水域，也被这光芒所烛照，已然脱离本能的支配，而成为德行的内在源泉。

孟子这样形容精神境界的四个层级：美，大，圣，神——

充实之谓美，充实而有光辉之谓大，大而化之之谓圣，圣而不可知之之谓神。（《孟子·尽心下》）

意思是说：好的德行充满全身叫作美，充满全身并且能发出光辉叫作大，大而能化育万物叫作圣，圣而又高深莫测（与天地万物融为一体）叫作神。

圣人再往上走一步，就成"神"了，但他没有成神，没有辞别红尘（比如隐遁出世），而是留在大地上，留在人群里，孜孜求索，替天行道。

圣人是人走向神的过渡状态，是半人半神。

或者说，圣人是留守在地上的神，是极致的人。

若他完全成为神，则会变成"不可知之"的神异现象，为凡人所不能理解，不可接近；所以圣人虽然在道德、情感、智慧诸方面，都已达到至高境界，但他仍然以凡人的形象走在人世间，实践着也显现着他所领悟到的人应该追随的"道"，即那最高的真理和品行。

这样说来，圣人就是"道成肉身"的人，也即是，最高尚的灵魂附着于肉体凡躯上的那个人。

圣人是以人的形象显现的宇宙精神。

圣人是矗立在凡尘界和超越界之间的一道桥梁。

圣人是芸芸众生的榜样和引导者。

孔子就是这样的圣人。

古人说："天不生仲尼，万古长如夜。"

圣人未出现之前，日月早已照耀着这个世界，但那还是一个混沌的世界，弱肉强食的野蛮世界，没有真理、道德和良知的蒙昧世界。圣人未出现之前，日月照着的只是一个混沌、冷漠、残酷、血腥的动物世界。

圣人出，混沌开，大道立，乾坤亮，真理的太阳、道德的月亮升起来了。

从此，人心和世道有了方向。

人间有了正义和道德的光芒。

人与人如何相处？圣人说：仁者爱人。己所不欲，勿施于人。

人与天（天即大自然）如何相处？圣人说：畏天命（即敬畏自

然法则）……

等等。

圣人这样想，这样说，也是这样做的。圣人是知行合一的。

且看——

《论语》第九章有这样的记载：

见齐衰者，冕衣裳者与瞽者，见之，虽少，必作；过之，必趋。

孔子遇见穿丧服的人，戴礼帽穿礼服的人和盲人，只要见到他们，即使是少年，孔子也一定站起身来，等他们经过；经过他们面前的时候，一定恭敬地迈小步快快走过。

对待不幸的人和弱者，圣人内心充满真诚的同情，行为也是一派恭敬。

类似的记载，在《论语》里比比皆是。

不仅对人如此，圣人由人及物，对自然界的生灵万物，也投注了普遍的悲悯和怜惜。

子钓而不纲，弋不射宿。（《论语·述而》）

孔子只用（有一个鱼钩）钓竿钓鱼，而不用（有许多鱼钩的）大绳钓鱼。只射飞鸟，不射巢中歇宿的鸟。

人为了生存，难免要对自然进行一定的"处理"，也就免不了要杀生，但圣人绝不把这种行为视为理所当然，而是怀着不忍之心和恻隐之情，严格控制自己行为的分寸，尽量把对生灵的伤害和造成的痛苦降到最低。

《孔子家语·曲礼子夏问》一节中，记载了一件关于孔子如何看待死去的看家狗的事情：

> 孔子之守狗死，谓子贡曰："路马死，则藏之以帷，狗则藏之以盖。汝往埋之。吾闻弊帷不弃，为埋马也；弊盖不弃，为埋狗也。今吾贫，无盖。于其封也，与之席，无使其首陷于土焉。"

孔子的看门狗死了，孔子很难过，让子贡去埋掉它。又不放心，交代子贡说："马死了，用帷幔裹好了再埋。狗死了，用车盖裹好了再埋。你去把它埋了吧。我听说，破旧的帷幔不丢弃，为的是留着埋马；破旧的车盖不丢弃，为的是留着埋狗。现在，我贫穷，没有车盖。你埋狗的时候，给它弄张席子吧。不要让它的头直接埋在土里啊。"

著名学者鲍鹏山先生对此有过感人的评论：

你说子贡这样的一个人，埋一条狗还不会吗？还用您老人家啰啰唆唆地交代吗？这里体现的是孔子对一条狗的感情。他一想到狗的头直接埋在土里，他就受不了啊。

为什么有些人心地纯善？

就因为他常常受不了。

为什么有些人心地残忍？

就因为他常常受得了。

什么叫文明？文明就是对很多东西受不了。

什么叫野蛮？野蛮就是对很多东西受得了。

什么叫文化？文化就是软化和净化，就是让我们的心灵变得柔软和洁净。

什么叫圣人？

圣人就是使我们的心灵变得柔软和洁净的人。

我感到鲍鹏山先生读懂了圣人之心。

孔子的心是洁净的，仁厚的，柔软的。

这样的心，对人世的悲苦和万物的遭遇，怀着无边的同情。

圣人醒时牵念天下，怜悯众生，圣人睡着了呢？他做梦吗？他会梦见什么呢？

庄子在《逍遥游》里说"至人无己，神人无功，圣人无名"，无己，无功，无名，是说那些道德、情感和智慧达到崇高境界的人，其人格已达到了与天地对称的境界，即冯友兰先生指出的人生最高境界"天地境界"，圣人乃人格化的天地，天地乃圣人人格的显形。他就像浩茫的天地负载万物而不私享，就像无穷的宇宙围绕着终极之轴进行着永恒不倦的精神运动却绝无自己的私心。天地会有私欲吗？宇宙会有小心眼吗？天地宇宙就是一颗无边的大心的显现。圣人正如天地宇宙一样，负载万物、吐纳万古而无半点私欲和一毫私念。当人的精神境界达到与宇宙对称的无限规模，他早将一己之私、功名利禄等等视为可笑可鄙的垃圾统统超越了。他思想，是为天地众生思想。他工作，是为天地众生工作。他流泪，是为天地众生流泪。他微笑，是为天地众生微笑。

既然"至人无己，神人无功，圣人无名"，那么摒弃了功名欲念的圣人肯定也是无梦的，庄子说真人是"其寝不梦"的，圣人当然首先是个真人，他当然该是"其寝不梦"，因为，按照现代心理学的说法，梦是压抑了的本能和潜意识在失去理性控制的睡眠里的流露。也即是，梦是被压抑的本能和潜意识背着理性发动的起义。圣人之心，昭昭若日月，他的思与行、言与道、意识与潜意识，已达到完全的同一，他的生命和精神，深广而透明，他说的就是他做的，他做的就是他想的，他的意识呈现的正是他的潜意识，他已经没有了被压抑的潜意识，即使他睡着了，理性休息了，也不会有潜意识在非理性的荒野发动起义。就是说，圣人是不做梦的。

然而，孔子睡着了也做梦，而且终生都在做梦，可见他有着被压抑了的、日思夜想而难以实现的理想。

"泛爱众，而亲仁"，"四海之内皆兄弟也"，孔子的理想是天下归仁，天下大同。

孔子在晚年说：

"甚矣吾衰也！久矣吾不复梦见周公！"（《论语·述而》）。

孔子一生孜孜求道、闻道、传道、行道，他思先贤，梦周公，在我看来，他并非主张回到周公时代，而是渴望一个公正、和平、善良、完美的大同世界尽早出现。

然而，在险象环生的宇宙里，在乱云密布的尘世间，要实现大同梦想，是何其艰难？

孔子的一生是坚贞求道的一生，也是饱受挫折的一生。

"知其不可为而为之"，这是夫子自道，说明他知道他所追求的理想，要真正实现是难乎其难的。历史长河的不可跨越，人性缺陷的难以根治，都将理想的彼岸阻隔在浓雾的那边。

人生是如此短促，理想却遥遥无期，忍看苍生受苦，人心纷乱，世道浑浊，圣人怎不为之奔走呼号，操心忧虑？

他的理想比常人更高远、更执着、更深沉，因而他感受到的失落和压抑也就更深重。

日有所思，夜有所梦。这样，即使圣人如孔子，道德上虽已达到"无己、无功、无名"的至善之境，内心里早已没有了一己之杂念，但他仍然有被压抑着的意识，那就是：对理想世界的真挚憧憬和灼热期盼。他睡眠时不仅做梦，而且做的是大梦。只不过他梦见的不是升官发财、功名利禄、声色犬马、多吃多占的红尘俗梦。他梦见的是万方归仁，万类向善，四海一家，天下太平，他憧憬的理想世道，是人道与天道的完全合一，是人与人、人与万物的完全和解，不仅人不再被痛苦折磨，连水里的鱼、天上的鸟，都能离苦得乐，连一条看门狗都能受到尊重并得以善终。圣人之爱，泽被万物；圣人之心，系念天下。"朝闻道，夕死可矣"（《论语·里仁第四》），如果早上彻悟并接近了最高的真理（道），晚上死了也无憾。可见，圣人对"道"、对理想的求索是多么强烈啊。

他感受到的大道难行、理想难以实现的痛苦和压抑也该是同样的强烈。

所以，圣人睡眠时，不仅做梦，而且做的是恢宏大梦。

那被严酷的现实压抑着的、一生里孜孜以求的大同理想、公正世界，在睡梦里一一上演、冉冉降临。睡梦里的孔子，脸上一定有了欣慰的笑意。

其实，孔子的一生，无论醒时睡时，都在做一个人文主义者的大同之梦。

人心与佛心

佛心乃觉悟者的心，慈悲之心，无量菩萨心。

民间有言：不俗即仙骨，多情乃佛心。此多情，非滥情和矫情，更非香艳之心，而是对众生苦难的深广同情心、慈悲心。

从佛心里发出的光是佛光。佛心无边，所以佛光无穷。

那么，在声色犬马、物质至上、五色迷眼的现代，人还能不能修得佛性，修成佛心？人心还能不能发出佛光？

凡人的心皆有边界，总是以"我"为界桩，界内为我，界外为他、为你、为物，物又分为若干层次，远与近、有用与无用。藏在界内的那个小小的"我"，窥视着界外的众物、众生、众人，生发出悲喜贪怒怨、羡慕嫉妒恨。心被切割成碎片，层层的碎片包裹和蚕食那个小小的"我"——那个欲望的核。心的碎片携带着伤痕和阴影，汇聚成一个很大的阴影，阴影笼罩下的那个"我"，也几乎是灰暗的。所以凡人的心很难发出真正的光。在欲望的牢笼里，心或许也想出走，也想化入广阔天宇，但笼子越来越严密、越来越精致，偶尔透过笼子，也似乎很难看见天空之上有什么更伟大的光芒降临——现代的天空已不同于古典的天空那么神秘、神圣和单纯，现代的天空是机械和电子的天空、间谍卫星和航天飞船的天空，是失去神性的物理学和化学的、商业的天空、智力竞赛、利益博弈的天空。于是无处可去的心又返回来，返回到笼子的更深处。天地一牢笼，囚着一颗心。被囚的心，又在笼外的天空上听不见更高处的召唤，看不见彼岸的启示，而它既不甘于被囚，又找不到出口，它就成了真正的囚徒了。所以现代人的处境其实是囚徒的困境。

不独东方如此，西方也是如此。上帝死了之后，西方人的精神宇宙坍塌了，数学、物理学、营销学取代了神学，商业巨子取代了精神巨人。西方人的天空，也不是古代诸神的天空、中世纪上帝的天空、文艺复兴时期爱情和美学的浪漫天空，甚至也不是 20 世纪理性的天空，而成了时尚的天空、消费的天空、高科技的天空和货币的天空。他们只是在一个比较完备的法制、文明的秩序里，过着合理的、富足的生活。而心灵，我想也是很不丰富的，没有神性，没有诗情，没有浪漫，人，也成了电子机械世界的一个高级智能配件，心灵，即使不是彻底贫困，也是十分单薄、贫乏的。

这么说并不意味着现代人已不可拯救。人只是一种可能性，人类作为一种物种在没有终结之前，人就具有无限的可能性。如果人稍稍超越那些物质、文明层面的东西，就会发现人的根本处境与古典时代的人们相比并没有本质的改变，我们只是多了些声光电化，多了些消费之物、时尚之物。声光电化改变了我们的生产和生活方式，但并没有改变我们生、老、病、死、苦的命运。数学和物理学测算，计量了银河的规模和宇宙的年龄，但丝毫没有改变我们身体的任何部件和功能，也丝毫没有改变日落日升的时间和轨迹。我们每日看见的天空还是盘古的天空，女娲的天空，还是阿波罗的天空，还是释迦牟尼于菩提树下静观证悟过的那个繁星密布的天空。每到黄昏，太阳穿过积木般的城市，准时到达山边的那个隘口——那或许是古代某位圣人静坐冥思过的地方——他静坐在山边那个岩石上目送落日和飞鸿、沉思着人生宇宙的究竟——此刻，太阳准时地从那块留下圣人目光和白发的岩石上擦过去，缓缓沉落于时间那边。诗人歌德曾这样感叹：那从天边下沉的，永远是同一个落日。

是的，剥离或超越那些人造的东西：城市、商品、机械、网络、制度、权力、拜物教、等价交换原则、信息漩涡、时尚游戏等等；剥离或超越你对这一切人造物的迷信、畏惧或困惑；剥离外在的物障和内在的心障，你就会还原，就会退回去，退回到本来无一物的澄澈"本心"中，退回到人那单纯原始的本质中，退回到单纯原始的宇宙中，从商业、电子、制度的土地退回到原始、无名、无界的大地，从机械的土地、房地产公司的土地退回到植物、粮食、芳草和河流的大地，你会看见大地上的一切仍然是不可名状的神秘和纯真，你会脱口而出：青青翠竹，无非菩提；郁郁黄花，都是般若。而你头顶那一度被人造卫星监视、被商业传单锁定的天空——那被技术肢解着、被化学实验着、被物理学研究着的天空、被跨国公司算计着的天空，也大踏步撤退和还原，回到无始无终、无边无际、无言无语的神秘浩渺，回到像神的表情一样的深邃、辽阔和庄严，这才是真正的天空，永恒无言令人战栗惊诧的天空。这时候，你就会像诗人歌德那样感叹：那从天边下沉的，永远是同一个落日。

这时候，凡心息了，佛心亮了；欲望之心退去，慈悲之心显现。一颗无边际的心就照亮了你，无量心光投射于诸物，诸物皆发出亮光：心光投于山，山发出佛光；心光投于水，水发出佛光；心光投于天，天发出佛光；心光投于地，地发出佛光；心光投于银河，银河发出浩瀚佛光；心光投于宇宙诸天，无量星天皆发出神秘佛光。最后，无量心光与无穷宇宙融为一体，物我交融，魂天归一，整个宇宙就成为一颗心，一颗佛心，一颗光明之心，发出照彻永恒暗夜的无量佛光。

这时候，你似乎消失了，你消融于无限之中，消融于天地万物之中，你敬畏着无限，你把自己交给无限，无限包容了你，无限携带着你穿越着一切时间和空间，穿越着一切生死，从一切生死中漫过的是那不生不死、不增不减、永不熄灭的心光：佛光。

"宇宙便是我心，我心即是宇宙"。古人说的绝非妄言，而是真谛：宇宙不过是一颗大心，我心不过是对这颗大心的感应与映照。当我心与宇宙合一，就达到了人的最高境界，也是宇宙的最高境界：人心与天心交融合一，变成一颗觉悟之心、光明之心、圆融之心、慈悲之心。此心内外，一片光明，一片慈悲，一片寂静。这时，已没有人、没有佛，也没有佛光。宇宙和人，在一片寂静无边的光明里，完成了自己，涅槃了自己，圆融了自己……

记忆光线

　　天文学家的一生，是单相思的一生，他们苦苦思慕、追寻、凝视着遥远的天体，而那些远在天上的"恋人"却浑然不觉，既不眉目传情，也不摇手拒绝。但他们依然固执地捕捉她们的细微信息，一缕微光，一点脉冲，一丝烟云，都令他们兴奋、迷狂，好像恋人有了微妙的暗示。也许他们中的不少人，用一生的激情和精力，孜孜以求、苦苦眷恋的那个偶像级天体，仅仅是从一百多亿光年以外传来的光线，很可能，经过一百多亿年的太空穿越，光线到达地球时，那天体早已毁灭了，这位痴心人看见的，只是恋人的遗像。

　　天文学家的单相思苦恋，是有点悲壮的意味了。但是细想来，我们人类的一切崇高的精神活动也都有点单相思的悲壮意味。读屈原的诗，我们被他的高洁情怀所感染，但谁见过屈原？屈原早已沉淀成历史长河深处的贵金属，我们感受到的是从语言的云层里辐射而来的诗人灵魂的光线；读《红楼梦》，我们会为黛玉及那些纯洁女子的不幸命运洒一掬同情之泪，但我们无一人到过大观园，无一人见过林黛玉，那感动我们、洗礼我们的，是从时间那边、文字深处传来的美好生命陨落的血泪之光；翻雪山、过草地的万里长征壮举，是何等感天动地，但我们听到那故事的时候，无数英雄们已经走进历史的壁画和浮雕，那让我们热血沸腾、情怀壮烈的，正是那穿透历史烟雨的强大记忆光线。

我们总是在正在穿越的这段时间里，这段生活里，接受着此刻太阳的照耀，同时回望和远眺那笼罩我们的历史苍穹，它已成为我们生存和心灵的深远背景和强大磁场。那穿越层层烟云抵达我们的精神光线，也如此时的阳光一样，照耀着我们，增加着我们的精神钙质，扩大着我们的心灵幅员，且由于它携带着更多的记忆密码，它更激起我们对一种崇高生命境界的缅怀、追慕和敬仰。

这样说来，貌似单相思的苦恋和热恋，其实并不只是单相思，当对方足够美好、伟大和可爱，你将她视为追慕的女神和偶像，她就会调动你全部的生命激情和美好襟怀，去在精神上接近她，力求达到与她的美好、伟大与可爱对称的生命境界。那么，被你追慕着的远方的那个光源，无论是一个女神、一个英雄，或一个天体，她就已经进入了你的生命和精神，参与和塑造了你的成长，成为你心路历程的一部分。

为什么锁定的必须是一个具体的目标，并一定要得到和占有？否则，就一律叫作"单相思"？就叫"发神经"？就叫空想？这样的逻辑符合动物生存的自然法则，但却是关于人的心灵生活的最低定义，甚至是矮化人生境界的扭曲性定义。动物绝不做无用功，绝不自作多情，绝不会去为没有结果和实效的"单相思"犯傻。狗只为具体的骨头而战，狼绝不会为抽象的主义远征，猫也不会产生一丝一毫的形而上冲动去追问生命和宇宙的终极之谜，猫追逐和锁定的，永远是一只或一群行迹可见、美味可餐的具体的老鼠。

只有人才会去单相思，才会去仰慕、追忆和缅怀，只有人群里才会产生天文学家，产生幻想家和精神圣徒，只有人才会怀着激情和信仰去仰望星空。而狼群和猴群里，偶尔也会有猴王或狼王斜目瞅一眼天空，但那不是仰望星空，不是对宇宙的起源发生了兴趣，不是有了美好的单相思，它们仅仅是观察此时是否该伸出利爪，是否该下口了。

我们总是缅怀和追忆那逝去的一切，我们总是发思古之幽情，我们总想挽留流逝的时光。诗人普希金说：那逝去的一切，都将变成美好的记忆；诗人华兹华斯说：诗是在沉静中回忆过来的情绪；诗人李商隐说：沧海月明珠有泪，蓝田日暖玉生烟，这是在回忆；诗人白居易说：天长地久有尽时，此恨绵绵无绝期，这依然是在回忆。而所有的回忆都是单相思。所有的单相思也将变成回忆。

照耀万物生长的只有一个太阳，而构成我们生命背景并照耀我们精神宇宙的，则是亿万个太阳亿万个星辰亿万条星河，它们中的绝大多数都在千万年、亿万年光年之外。可以说，正是宇宙的过去之光、历史之光、记忆之光在环绕、笼罩和照耀着我们。

其实，宇宙就是一场漫长的回忆。

天文学家就是在宇宙的沧海里打捞记忆线索的人。

我们难道不是在历史的沧海里打捞记忆线索的人？

从这个意义上说，人类的生存方式，其实都带着天文学的属性。

我们被时间深处的记忆光线缠绕着照耀着，同时，我们也将变成记忆的光线，去缠绕和照耀后来的心灵，后来的人生。